『あなたに課せられた使命――【悪しき魔王の討伐】はたったいま達成されました』
『帰還のための召喚魔法がただいま発動します』
最強の吸血鬼は普通に生きたい
1
著 浦田阿多留 画 Siino

天照地陽華
HARUKA TENSYOJI
稲荷茉莉
MATSURI INARI
瑠奈
RUNA
明月竜彦
TATSUHIKO AKATSUKI

犬飼浩二
KOUJI INUKAI
虎狼憲一
KENICHI KOROU

「っはぁ〜疲れたぁ〜……」
ザバーン、と軽快な水音を立てた茉莉が、
湯船の中で大きく体を伸ばす。
やや赤みを帯びた白い肌が、
水滴を滴らせ艶やかに輝いた。

最強の吸血鬼は普通に生きたい 1

異世界で王となった吸血鬼、現代に帰還する

浦田阿多留

OVERLAP

CONTENTS

イラスト／Siino

プロローグ†『吸血鬼』明月竜彦の帰還

──異世界に召喚されて、七百七十日目。

「──かっ……は……」

血反吐《ちへど》を吐いた俺は床に左手をついた。その拍子に開いた胸元から、鮮血が流れ落ちていく。一体どれだけの血が俺の体の中に入っているのだろう。すでに足元は血の水溜《みずた》まりを超えて血の海になっている。

紅《あか》い水面に映った、黒い髪と赤黒い瞳のごく普通の顔立ちの男。しかしその表情は、痛みと苦しみに染められ歪《ゆが》んでいる。

満月が皓々《こうこう》と夜を照らす中。壮絶な戦いを経た俺は、今まさに死にかけている。

死闘。約二年前はまだ普通のオタクの高校生だった俺には、到底馴染《なじ》みのない言葉。そんな非現実を、俺は地球とは別の世界で体験する破目《はめ》になった。

異世界を破壊せんとする魔王の討伐。

それこそが俺がこのクソったれな異世界に召喚された根源的な理由であり、元の世界に戻るための唯一の道だった。

「これで、どうだ、ノアナ……」

『──はい、マスター。あなたに課せられた使命──【悪《あ》しき魔王の討伐】はたったいま達成されました。ただいまより帰還のための召喚魔法が発動します。これによって二年前の緑山公園《みどりやま》にあなたは帰還します――お疲れさまでした、マスター』

瀕死《ひんし》の状態で虚空に語りかけると、脳内で無機質な女性の声が響いた。死に際の主人にかける言葉がそれかよ。もっと涙ぐんで「マスター、死なないでっ……！」とか言えよ。これでお別れなんだからさ。

心の中で文句を垂れていると、ちょうど俺を取り囲めるぐらいの魔法陣が、淡い緑光とともに音もなく浮かび上がった。

――帰れる。

安堵《あんど》でも達成感でも感動でもなく、もっとフラットな、犬を見て「犬だ」と思うような、本能的な心の声。

心臓に穴を空けた状態で、全身から血が失われたままで、長く生きられるわけがない。万一生きながらえても、戦いに身を投じ幾つもの命を奪った以上、かつてのような日常生活は送れないかもしれない。今更日本に帰る意味など、無いに等しい。

それでも、最後に息を引き取るなら故郷が良いと、そんなことを考えながら今日この日まで歩んできたのだ。欲を言えば、家族にも会いたいし、悪友の顔も見たい。

光が強くなる。同時に視界もぼやけてきて、意識も薄れていく。魔法が発動する時の作用なのか、それともいよいよ死ぬのか、その判別もつかない。

甘えん坊な妹の笑顔が走馬灯となって過《よぎ》ったので、多分後者だ。

ああ――でも。

もし……もしこれで俺が死んでしまうのであれば。

来世では――

そんなどうでもいい考えを浮かべながら俺は静かに瞳を閉じて――まばゆい光とともに体を包む浮遊感に身を任せた。

――風の抜ける音が耳に届いた。額にふわりと柔らかくて軽い物が触れる感覚。重い瞼《まぶた》を開けると、花を咲かせた桜の枝々に切り取られた夜空が見えた。

額に乗っていた薄桃色の桜の花びらを払って、何度か呼吸を繰り返す。

「――生きてる」

第一声はそれだった。右手を左胸に持ってくると、心臓がドクドクと元気に血液を全身に送り届けていることが伝わってきた。

身じろぎすると、じゃりっという砂の感覚が背中を撫《な》でた。満月の浮かぶ夜の空が視界に映る。仰向《あおむ》けで寝ている状態だ。横に視線を向けると、砂場の縁《ふち》とその奥に立派な桜の木々が見える。

この光景には見覚えがある。二年前に異世界に召喚された時と同じ、家の近所の緑山公園の砂場だ。

ノアナの言葉を信じ切れていなかったから、マジで帰ってこられたのは僥倖《ぎょうこう》だな。あのままま た別の異世界に飛ばされる可能性だってあった。

というかいつまでも砂場で寝転がっているわけにもいかない。俺が異世界に召喚された時刻からして、現在は午後七時頃だろうか。子供達《たち》は遊び疲れて家に帰っている頃合いだが、仕事帰りのサラリーマンや花見客が夜桜を見に来る可能性は高い。

そう思いながら跳ね起きて、俺は全身を軽く叩《たた》いて砂を落とす。

「……ん？」

なんか違和感を抱いたが、そんな些細《ささい》なことよりももっと疑問を持つ部分がある。

ズバリ、なぜ俺が生きているかということだ。

召喚される間際、俺は死にかけていた。数々の死線を越えてきた俺でも、もう絶対助からないと悟るような状態だった。

全身を触ってみるが、異常はない。左胸に空いた穴も元通り塞がっている。服は異世界で手に入れた最強装備ではなく、飛ばされる前に俺が着ていた地味な私服に変わっている。

「……なるほど、そういうことか。『吸血鬼の明月竜彦《あかつきたつひこ》』は死んで、『人間の明月竜彦』として日本に戻ってこれたってわけだ」

『違いますよ、マスター』

「どわぁっ!?」

浮かび上がった推測を口にすると、脳内に女声のアナウンスが響いた。

「なぁっ……ノアナ!?　お前、なんで消えてないんだ!?」

『消える……とは異なことを言いますね。私はマスターの頭脳。つまりは一心同体の存在。世界を跨《また》いだ程度で存在が霧散する脆弱《ぜいじゃく》な体ではありません』

「お前はそもそも肉体を持っていないがなっ……！」

冗談なのか真剣なのかわからないノアナの淡々とした物言いが、俺の頭を痛める。

ノアナ。俺が異世界召喚された時から聞こえるようになった、なんかよくわからん奴《やつ》だ。

異世界ではみんな頭の中にこういうのを飼っているのかと尋ねたら『マスターだけです』なんて言われてもう本当に意味がわからない。二年間一緒に過ごした（？）上で、未《いま》だに謎に満ち溢《あふ》れた存在。それがノアナだ。

「……なあノアナ。本当にここは異世界じゃないんだよな？　地球なんだよな？」

『はい。ここは西暦20××年の地球であり、あなたの生まれ故郷である日本です。ちなみに今日は四月一日です。エイプリルフールですね』

「なんで知ってんだ、エイプリルフール……俺の記憶を読んだのか。まあそれはいいけど、じゃあそれなら尚更《なおさら》、なんでお前は今も健在なんだよ？」

『日本に戻ったら私が消えるとは、一言も言っていませんよ』

「エッ、そうだっけ？」

……そうだったかもしれない。昼夜問わず喧《やかま》しい脳内のこいつとさっさと離れたい、という俺の願望がそう錯覚させていた可能性が高い。

っていうか、ノアナが未だに俺の脳内にいるってことはさ……。

「ちょっと待ってくれ、まさか……！」

俺は嫌な予感に体を震わせ、虚空を睨《にら》みつける。そして左手を上に向け、ゲームでよく知られた言葉を放った。

「【ステータス】――おい、マジかよ……」

俺の言葉に反応して、左手の上に青いホログラム画像のようなものが浮かび上がった。

嫌な予感が的中して、俺は天を仰ぐ。あぁ星がきれい……。

【ステータス】。俺がいた異世界で、誰もが持つ魂の情報（ノアナ談）。俺が唱えたのは自分の魂の情報を開示する魔法の呪文だ。それがなぜこの現代日本で使えるのか、そんなこと今はどうでもいい。

問題は、そのステータス画面に表示された文言だ。まさにゲームのステータス画面のようなホログラムを凝視する。

明月竜彦　性別：男性　年齢：十六歳　種族：吸血鬼（王位）――

「おいおい、嘘《うそ》だろ……」

愕然《がくぜん》として、俺はつぶやいた。

その下にも色々つらつら書かれているが、俺にとって最も悩ましいものはこの『吸血鬼』だ。何故《なぜ》だか俺は、異世界によばれた際に人間から吸血鬼にクラスチェンジしてしまっていたのだ。

この吸血鬼という種族、最初は「最強種族キター！　異世界で俺ＴＵＥＥＥしてやるぜー！」なんて思っていたが、そこまで良いものじゃなかった。

不死性とか怪力とか変身能力とか魅了とか強力な魔法とかはまだよかった。けどこの種族、昼は外を出歩けないのだ。日光を浴びた部位から灰になる。もうこの時点でクソ。

それだけならまだしも、血を吸わないと酷《ひど》い飢餓感に襲われるし、ニンニクを使った料理は食えなくなるし、泳げなくなるし、招かれていなかったり俺を嫌っている人間の家だったりするとそこに入れなくなるし……とにかく散々だった。

まあとは言え、そんな不便な体で二年を過ごしたことで、今挙げた弱点は大体克服できたけどな。吸血衝動は抑え込めるようになったし、太陽の光を浴びても灰にはならないし、普通に泳げるようになったし、人の家に侵入できるし、ニンニクマシマシラーメンだって食えるようになった。異世界にンなもんなかったけど。

それでも厄介なのが、昼間の活動制限だ。天敵である太陽を克服したといっても、そう簡単に無敵になれるはずがなく、ヤツが空にいる間は重い枷《かせ》がつけられる。

第一に身体能力が下がる——これはいい。それでも常人の十倍ぐらいの能力がある。生きていく分には不自由しない。

先ほど抱いた違和感の正体はこれだ。異世界召喚前の俺には、仰向けの状態から跳び起きることなんてできなかった。身体能力が強化されている証拠だ。

第二に殆《ほとん》どのスキルが使えなくなる——これも全然問題ない。使えなくなるのは戦闘向きの【任意発動《アクティブ》スキル】だけで、【超化五感】や【念話】といった【自動発動《パッシブ》スキル】は使えるし。

それにそもそも、平和な日本で物騒なスキルを使う機会なんて訪れないからな。

そして最後——めっちゃ眠くなる。

これが現代社会と本当に相性が悪い。朝から夕方にかけて社会が回るこの国で、常時眠気と戦うのは至難の業だ。これが夜勤従事者だったりしたら影響は少ないんだけど、俺は全日制の高校に通うごく普通の高校生。

校長のあいさつで昇天する姿が見える見える……。

「……ん？」

ステータス画面の、自分の名前の下で点滅する文字列が目に入った。

新しいスキルを獲得したという、メッセージだ。

【新スキル：無駄死《むだじ》に——命を賭しても願いが叶《かな》わなかった哀れな存在。その確固たる証明。哀れな子羊に、神は慈悲を与える。お前は一度だけその死を無効にできる。クールタイムは月が一周するまで。条件下で自動発動。昼間は発動までタイムラグあり】

これ以上ない皮肉だ。ステータス画面にすら煽《あお》られるってなんなの？

「なんっなんだよこのクソ展開は……！」

膝から崩れ落ちた俺は、暴力衝動のまま砂場の砂を殴った。ボフン、という間抜けな音とともに噴水みたいに大量の砂が飛び上がった。人生で初めて、砂場の底を目の当たりにする。でも全然うれしくない。

もうやだこの体……。


「――状況を整理しよう」

『はい、マスター』

砂をせっせとあるべき場所に戻した後に、俺は古びた木製のベンチに座って足を組む。

「俺は異世界で魔王を殺し、生まれ故郷の地球に帰ってきた。これは間違いないな？」

『はい。私は嘘をつきません』

ウソつけ。俺が異世界で何度騙《だま》されたことか……『この世界で人気の食べ物ですよ』と嘯《うそぶ》かれてワサビの数倍辛《から》い木の実を食わされた時は殺意が湧いたぞ。

「それなのに、俺の体は吸血鬼のままだ。……これは一体どういうことだ？」

『マスターの体が吸血鬼の状態で固定されてしまったからですね』

「固定？」

『「種族が定着する」と言われる現象です。在り方、生き方が変わった生物には試練がつきもの。マスターはそれらの壁を悉《ことごと》く乗り越えてきました』

「……つまり？」

『あちらの世界で過ごした濃密な二年間が、マスターの体を改造してしまったのです』

絶句。ため息をつく気にすらなれない。十六年過ごした人間の体が、たった二年強で吸血鬼の体に乗っ取られたってことかよ。そんな理不尽がまかり通って良いのか？

「……元に戻る方法は？」

『力をあまり使わず、普通の一般人のように過ごせば人間の体に戻れます』

「逆もまた然《しか》りってことか……どれくらいで戻るんだ？」

『十年ほどでしょうか』

「長いわっ！」

思わず大きな声が出た。十年――こっから十年⁉　人間に戻る頃にはアラサーに突入しているんだが⁉　十年も俺は日中の睡魔と戦わなきゃいけないのか⁉

『一度上位の種族になると、魂の在り方が強固になってしまい変化させるのが難しくなってしまうのです。たとえ下位種族になろうとしても』

俺の動揺をよそに、ノアナは淡々と説明をする。今はこいつの冷静さが羨ましい。

「はぁあああ……」

今度こそ特大のため息が出た。魔王を殺した英雄に、なんて仕打ちをしてくれるんだ……倒し方に問題があったのか？　ぶっちゃけ裏技みたいなもんだったからな。

自然と独り言が漏れていく。

「あーこれからどうしよう」

「――おい」

「あんなに痛い思いをしたっていうのに、報酬もないしさぁ」

「おい、おいコラ」

「『魔王を倒した、終わり、ハッピーエンド！』でよくない？　なんなの、これから第二部が始まるの？　誰もそんなの望んでないって……」

「──おいっ、聞いてんのかよ！　なんで今この公園に、ガキがいるんだよ！　お前、どこの家のモンだっ!?」

「うるっせぇな、俺に話しかけんな」

さっきから一体なんなんだ。こっちは今絶望に打ちひしがれているというのに。

俺は若干の怒気を孕《はら》んだ視線を向けて、声の主を睨みつけた。自然と声も低くなる。

そこに立っていたのは、見た目二十代の男性だった。派手なスカジャンを着て、ただでさえあまりよろしくない人相をこれでもかと歪《ゆが》めている。

俺と目が合うと男性は大きく肩を跳ねさせて硬直した。

「ヒィッ!?」

男性が変な声を上げる。斬新な威嚇方法だろうか？

てかやっべぇ……ヤンキーに喧嘩《けんか》売っちゃったよ。ここはさっさと謝ったほうがいいな。

「あー……すみません、ちょっと嫌なことがあったもので……別に貴方《あなた》をどうこうするつもりはないので、ここはどうか穏便に……」

「ひ、ひぃいいいいい!?」

立ち上がって謝罪をしようとしたら、ヤンキー？　は一目散に逃げて行ってしまった。

なんだろう、ファッションヤンキーだったんだろうか？

「……ノアナ、俺ってもしかして臭う？」

『嗅覚がないのでわかりません』

つかえねえ。

「……まあ元々こっちに戻ったらのんびり普通に暮らすつもりだったし、やることは変わらない、か……。ひとまずは、日中の睡魔をなんとか克服しないとな……」

いつまでもウジウジしてらんないので、方針を定めた俺は軽く体を伸ばした。

『それに加え、今のように虚空に語りかけるのもやめたほうがいいでしょう。私と話したい時は念話でお願いします』

確かにノアナの言う通りではある。ノアナの声は基本的に俺にしか聞こえないので、こうして口に出して喋《しゃべ》っていると完全に危ない人間だ。

「大丈夫、もうお前に話しかけることはないから……ん？」

憎まれ口を叩《たた》いた俺は、ふと違和感を抱いて周囲を見回した。

夜闇に包まれた公園。昼と比べたら少し気温が下がっているだろうが、春の心地良い陽気は健在だ。散りかけとはいえ、周りに植えられた桜も見ごたえがある。

だと言うのに、周囲には人っ子一人見当たらない。いたのはさっきのヤンキーぐらいだ。

「あぁ、ちょっと!?」

「……ノアナ。周囲に人の気配はあるか？」

『……』

「ノアナ？」

『…………』

　こいつ、生命体かどうかも怪しいくせに拗《す》ねてやがる……っ！

「……悪かった。さっきの言葉は取り消すから、周囲に誰かいないか確認してくれ」

『はい、この公園とその周囲にはマスター以外誰もいません。先ほどの男もすでに逃げ去ったようです。素晴らしい俊足ですね』

「やっぱりか……だとするとおかしいな」

　緑山《みどりやま》公園はこの時期、桜の見物客で賑《にぎ》わう筈《はず》だ。そうでなくても、犬の散歩などで訪れる人も多い。なのに俺以外誰もいないとは……。

「嫌な予感がするな……」

『先ほどの男性の言葉から推測すると、今夜この公園で何かする予定だったようですね。そのための人払いもしていたようです』

「まじかよ、ヤクザの抗争でもあんのか……？　よし、さっさと逃げるぞ！」

『逃げるんですか？　見学していかれては？』

「厄介ごとに巻き込まれるのはごめんだよ――俺は、もう普通に生きていくって決めたんだからな！」

吸血鬼という種族のせいで、異世界での俺の日々は散々なものだった。

魔物に襲われ、冒険者に襲われ、吸血鬼狩りに襲われ、王国全土に指名手配され……安心して眠れた日のほうが少ないんじゃないか、と思うほどに壮絶な日々だった。

だから今度こそ、平和なこの国で普通の人間として、のんびりと生きていくのだ、俺は。

戦いとは無縁で、血の一滴も流れず、誰からも恨まれず、時間がゆっくりと過ぎていくような――そんな穏やかな日々を！

公園を飛び出し、住宅街を進む、進む。吸血鬼の人間離れした脚力を抑えながら、俺はアスファルトを踏みしめていく。

近所のコンビニが目に入る。無性にホットスナックが食べたくなるが、母さんが夕飯を作って待っているだろうから我慢だ。

百円自販機が明かりを灯《とも》している。異世界に飛ばされる前は、あそこの自販機でよくジュースを買って飲んでいた。

だんだんと人が増えてくる。仕事帰りのサラリーマンに、買い物帰りの主婦、仲良く手をつなぐ親子。

見慣れた景色は、異世界でのすさんだ日々の中でも忘れることがなかった。冷酷で凄惨な日々の中で、温《ぬく》もりと生きる意味を俺に与え続けてくれていた。

そうして、俺は一つの家に辿《たど》り着く。

築二十年の一軒家。ガレージには白い車が鎮座し、庭には母親の趣味で何種類かの花が植えられている。ベージュ色の壁に、焦げ茶の屋根——何の変哲もない、世界で唯一の俺の家だ。

「っ……！」

沸き立つ感情をなんとか抑えつけながら、ポケットから鍵を取り出す。上手《うま》く差し込めない。手が震えている。シリンダーに何度か鍵をぶつけた後、ようやく解錠に成功した。

出迎えたのは、酷《ひど》く懐かしく思える玄関口。いや、俺にとっては実際二年間帰れなかった空間なのだ。色々な感情が込み上げてくるが、今は感傷に浸る時間も惜しい。俺は靴を脱ぎ捨てて、談笑の声が響くリビングに繋《つな》がる扉を開いた。

「——おかえり、竜彦《たつひこ》。どうしたんだい、そんなに急いで？」

「タツヒコ～おかえりなさい！　さてはお腹《なか》ペコペコね！」

「お兄ちゃんおかえりー。ご飯運ぶの手伝ってよ～」

居間に飛び込んだ俺を、父が、母が、そして妹が出迎えた。

——ああ、ここだ。ここが俺の帰る場所だ。クソったれな異世界での生活の中で、ずっと変わらずに優しく温かくあり続けた空間だ。

記憶の中と何も変わらない家族の姿を、滲《にじ》む視界に捉えながら。

「——ただいまっ！」

俺はくしゃくしゃに笑いながら、七百七十日ぶりにその言葉を伝えた。

第一章† 寝過ごし特急　非日常駅行き

ピピピピピ――朝七時を告げる目覚ましが鳴る。画面をタップしてスマホのアラームを止めて、俺はうっすらと目を開けた。

四月五日。今日は高校の始業式だ。カーテンから漏れ伸びる太陽光が、今日の晴れ晴れとした天気をバッチリ伝えてくる。まさに始業式日和ってやつだ。

うんうん、何事も始まりはこんな穏やかな日であってほしい……よ……な……。

「お兄ちゃん、もう朝だよー！」

「むぅり……眠い……」

春眠暁を覚えず。二度寝を敢行しようとすると、甲高い声とともに俺の布団がゆさゆさと揺らされた。

「初日から遅刻しちゃうでしょー！」

「遅刻しても死なない、死なな……い……」

「死んだように眠るなー！」

声の主は業を煮やしたようで、バッサァと俺の愛用の掛布団を引っぺがした。おおぅ……春とはいえ朝方はさすがにまだちょっと寒いな……。

顔を上げると、中学の制服に身を包んだ妹の紗奈《さな》の姿があった。

くりんとした大きな瞳と、若干子供っぽさの目立つ顔立ちが特徴の妹だ。光の具合によっては金にも見える母親譲りの亜麻色の髪の毛が、外にぴょこっとはねている。

「紗奈……もう少し優しく起こしてくれない……?」

「それだとお兄ちゃん、起きないじゃん。この春休みですっかりダメ人間になっちゃったよね。夜更かしのしすぎじゃない?」

正確には、四月一日からだけどね……。起きられないのは夜更かししているわけじゃなくて吸血鬼の体質のせいだし……。そんなこと紗奈に言えるわけもないけど。

俺は目をしばたたかせ、ふくれっ面をする紗奈に曖昧な笑みを返しながら、のそのそとベッドから起き上がった。

あくびをしながらリビングに下りると、味噌汁《みそしる》のいい匂いがした。起こす前に紗奈が温めてくれていたようだ。両親は既に仕事に出かけたようで、食器が無人のダイニングテーブルに並んでいる。

「ほら、ごはんついで。お箸出して」

「ふぇえい」

緩慢な動きで紗奈の指示に従いながら配膳する。

「もう、おっそーい!」とたびたびドヤしつけられて泣きそうになったが、俺達《たち》兄妹は無事に朝食の準備を終えた。お互いに向き合いながら座り、手を合わせ食べ始める。

「うぅ……美味《うま》い、マジで……本当に……至高……」

なめこと豆腐の味噌汁に口をつけた途端、涙が溢《あふ》れてきた。

「また食事中に泣いてるよ……」

そんな俺を見て、ドン引きする妹。

まあ仕方ない。実の兄がここ最近の食卓で泣いてばかりいるのだから。

だが妹よ。お前も異世界に二年間いたらわかる。調味料が最低限の種類しかない食事の物寂しさをな……。それに俺は吸血鬼だったから料理屋にもそう易々《やすやす》と入れず、自給自足を余儀なくされてたので尚更《なおさら》悲惨だったわ。

——という事情も当然言えないので、俺は甘んじて妹の汚物を見るような視線を享受することにする。へへ、今日の玉子焼きはしょっぺえや。

「ねえ、本当に大丈夫？　そんなに昨日眠れなかったの？　それとも学校が嫌なの？」

「いや……ぐっすりだったよ……ぐっすりすぎてまだ夢の国が俺を放してくれないんだ……それに、学校はめっちゃ行きたい。学校大好き……」

「一年の時はあんなにめんどいめんどい言ってたのに!?　やっぱり変だよ！」

紗奈が危うく味噌汁を零《こぼ》しそうになりながら言う。

二年強もの間、殺伐とした世界にいたのだ。前までは怠《だる》かった学校も、今は歓喜にむせび泣きながら登校できるとも。青春がしたい。血の臭いじゃなくて制汗剤の香りを嗅ぎたい。楽しみだなあ。友達百人できるかなぁ？　誰でもいいから俺を好きになってくれ。

とはいえ、二年も異世界にいてそれまでの学習内容が怪しくなっているし、そもそも吸血鬼の体質があるから授業についていけるかはわからないけど……。モンスターを退治する際の注意点なんて、試験に出るわけがないしな。

「心配だなぁ。それ、アルコールペプシって奴《やつ》じゃないの？」

「なん、それ……アルコールペプシ？」

『恐らく、「ナルコレプシー」のことかと。居眠り病と呼ばれるものですね』

「ああ、ナルコレプシー？」

「そう、それ！」

ドヤ顔で頷《うなず》く妹。思いっきり間違ってましたやん……。

「いやほんと、そういうのじゃないから……お前は心配すんな」

「辛《つら》かったら、パパとママにちゃんと言うんだよ？」

「おけおけ」

我が妹ながらしっかりしてる。俺の教育が良かったのかな？

『しっかりしているのは、間近にいるダメな例を反面教師にしてきたからでは？』

やかましいわ。

俺はノアナの茶々を無視しながら、白米をかき込んだ。

「それじゃあ、行ってくるね」

「あい……俺も行く……」

「……駅までついていこうか？」

「幼稚園児じゃないんだぞ……ほら、俺は大丈夫だから」

「うん……」

紗奈は心配そうに何度も振り返りながら、曲がり角の向こうに消えていった。

……と思ったら、ひょっこりと角から顔を出してこっちをうかがってきた。

「大丈夫だっての……」

苦笑を浮かべながら、俺は紗奈とは反対方向――最寄り駅に向かって歩き出した。

その足取りは軽いとは言い難い。ゾンビになりかけの人間のようである。

『やっぱりこの眠気はきつい……ノアナ、気晴らしになんか面白い話題をくれないか？』

『今朝のニュースで資源枯渇問題について報道されていましたね。持続可能エネルギーというものは興味深かったです』

『お前に頼った俺が馬鹿だったよ』

なんでより眠くなりそうな話題をチョイスしてくるのか。

ノアナとの脳内会話を切り上げて、せこせこと足を動かす。途中でブラック缶コーヒーを買って一息で飲み干す。するとなんだか少しだけ頭がさえたような気分になってきた。

『くぅうう、カフェインが染み渡るなぁ』

『私はマスターの将来が心配です。飲み物でこんなにハイになってしまうなんて……』

『合法なもので満足できるから、むしろ健全だろ。中毒になるわけでもないし』

『カフェインには僅かながら依存性があるんですよ』

『え、マジで?』

知らんかった……もう手遅れかも。

ノアナの言葉に慄《おのの》いていると、緑山《みどりやま》公園が視界に入った。

『――結局、特に騒ぎとか起きなかったな』

『はい。平和で何よりですね』

『じゃああの男は本当になんだったんだ……?』

単に俺が絡まれただけ?　自分でもひ弱そうな見た目だとは思うけどさぁ……。

『マスター、駅が見えてきましたよ。交通量が増えてきたので、お気を付けください』

『りょーかい』

自宅から十分歩いた場所に、最寄りの緑山駅はある。駅前にはいくつかのお店が並び、バスとタクシーのロータリーは通勤通学前の人々で溢れかえっている。

ここから私鉄に乗り、各駅停車で六駅進んだ先が、俺の高校の最寄り駅だ。

『やはりこちらの世界の人口は、向こうとは比べ物になりませんね。驚嘆に値します』

本当に驚いているのかと指摘したくなる、冷静沈着な感想をノアナが呟《つぶや》く。

こちらの世界が初めてのノアナには、残った春休みの間に色々と教えてやった。俺の家の周囲を見せて回ったり、この国の法律を簡単に学ばせたり。

昼は惰眠をむさぼり、外の散策は主に夕方に行った。夜はスマホなどを使い動画サイトやニュースサイトを見せてやった。

スーパーや本屋、ゲーセンに喫茶店などの異世界にない施設の数々は、ノアナの知的好奇心を大いに刺激したようだった。

これらの時間は彼女にとって有意義なものだったようで、ここ最近はすこぶる機嫌がよかったような気がする。

俺も俺で、二年間文明と文化から離れていた影響は大きく、最初はスマホの操作すらおぼつかなかった。学校までの道を忘れかけたり、道路のど真ん中を歩いて車に轢《ひ》かれそうになったり……春休みの間にこっちの生活の復習ができてよかったよ。いやマジで。

『東京だともっと多くなるぞ』

『マスター、そのトウキョウとやらに今すぐ行ってみませんか』

『新学期早々サボる勇気はねえよ』

プラットホームに立ってしばらく待つと、電車が時間通りに滑り込んできた。降車客を待ってから他の人々とともに電車に乗り込む。

『――おっ！』

乗り込んだところで俺は目ざとく空席を見つけた。ラッキー！　この時間に座席が空いてるなんて！

一直線に空いてる席に向かい、隣の客に配慮しつつも勢いよく座る。俺と同じ狙いであっただろうオッサンが、「チッ」と舌打ちをしてスマホをいじり始めた。ごめんねぇ。

『よし、十五分くらい寝るか……』

『寝過ごしてしまいますよ。起きているほうが得策です』

ノアナがそんなことを言ってくるが、もう俺は睡魔に誘われウトウトし始めていた。

『ノアナ……駅に着いたら……起こして……』

『はぁ、ダメなマスターですね……』

ぼやけていく意識の中で、呆《あき》れたようなノアナの声が響いた。


「――て！……起きてってば」

微睡《まどろみ》の中で、体がゆすられる。

なんだ……ノアナ……？　もう少しだけ寝かせてくれよ……いや、ノアナの声にしては無機質さが足りない。これはもっと綺麗《きれい》で柔らかくて、鈴を転がしたような……。

「もう――星川《ほしかわ》学園前だよ！」

「っ――！」

その駅名を聞いて、俺は一気に覚醒し鞄《かばん》をひっつかんだ。

ちょうど発車のベルが鳴る。あと数秒で扉が閉まってしまうだろう。

「きゃっ！」

「――っと！」

立ち上がってドアに向かおうとしたら、一人の女性とぶつかってしまった。

俺の目の前にいただろうその少女は、俺と同じ星川学園の制服を身に着けていた。

深く考える間もなく、俺は彼女の腕を摑《つか》んで電車から飛び出した。

「はぁ——ギリッギリセーフっ！」

人波に揉《も》まれながら改札を抜け、駅前の広場に到着した俺は安堵《あんど》の息を吐いた。危うく乗り過ごすところだったぜ……。

「あ、あの……」

「あぁ、すみません！　いきなり腕なんて摑んで……」

横から困惑した声が聞こえて、俺は慌てて少女の腕を放した。

起きる直前の声は、おそらく彼女のものだ。同じ制服を着ている俺が眠りこけているのを見て、声をかけてくれたのだろう。ここはきちんとお礼を述べるのが筋ってものだ。

「さっきはありがとうございます。おかげで助かりました……って、天照《てんしょうじ》地さん？」

「いえ、困った時はお互いさまですから……あれ、私の名前を知ってるんですか？」

「そりゃあ、有名人ですし……」

俺は困惑した表情を浮かべる同学年の少女——天照地陽華《はるか》に苦笑を浮かべる。

天照地さんは学内で知らぬ者はいない星川学園の有名人だ。晴れ渡った夜空のような黒髪のロングストレートと、陶器のように滑らかで白い肌。そして日本人離れした整った目鼻立ちは見ているだけで胸が幸福感でいっぱいになるともっぱらの噂《うわさ》だ。

その瞳は少し変わっていて、黒い瞳孔を淡黄色の虹彩《こうさい》が囲んでいる。実際に目にすると、向日葵《ひまわり》のようだと思う。

スタイルも抜群で、制服に包まれていてもはっきりとわかる胸の膨らみと、すらりと伸びた手足を前にしては、男どころか女の人だって見惚《みと》れてしまうだろう。

成績優秀でスポーツも万能。教師からの印象もよく、一年の秋から生徒会に入っている。

そして古くから続く大きな神社を管理する、天照地家の長女でもある。天照地神社は全国的にも有名な神社で、そこの娘ともなればお坊ちゃまお嬢様が通う星川学園の中でも飛びぬけた超お嬢様だ。

――こんな感じの、スペック特盛二次元から出てきたんですか系美少女こそが、今俺の目の前にいる天照地陽華さんなのだ。

うーん……竜彦《たつひこ》君はまだ夢の中にいるようですね。そんな美少女と会話できるはずがないでしょう。

「……ちょ、なんでいきなり頬をつねるの!?」

「いひゃい……」

「当たり前だよ！」

夢じゃなかった……。

「……いやぁ、まさか天照地さんとお話しする機会があるとは思わなかったもので……改めて、起こしてくれてありがとうございます。おかげで遅刻せずに済みそうです」

「あっ、いえいえこれくらい……あの、同学年なんだし、敬語じゃなくて大丈夫だよ？」

天照地さんは俺の胸元の臙脂《えんじ》色のネクタイ――二年生の証《あかし》――を見て首を小さく傾《かし》げた。

学園のアイドルである天照地さんにタメ口かぁ……。

「いやぁ、ちょっと恐れ多いですね……」

冷や汗をかきながらの俺の答えに、天照地さんは明らかに落胆した表情を浮かべた。

「もぅ……みんなそんなことを言って敬語をやめてくれないんだよ……たまに先生まで敬語で話しかけてくるんだから」

「それはまた極端な……」

VIPにしかわからない悩みというやつか。天照地さんの声音からは真剣な色が窺《うかが》えて、彼女がそのことに悩んでいることが否応《いやおう》なしに伝わってくる。

「……わかった。これからはタメ口でいかせてもらうよ」

俺がなけなしの勇気を振り絞ってそう言うと、天照地さんはぱぁっと満面に笑みを咲かせた。俺の魂もぱぁっと天に召されそうです。

「――うん、よろしくね！……えっと……」

が、すぐに困った表情を浮かべてしまった。なんだろう、と少し考えてから俺はまだ自分が名乗っていないことに気付いた。

「俺は明月《あかつき》竜彦。よろしく、天照地さん」

「よろしくね、明月君！」

そうしてもう一度、天照地さんは笑みを浮かべた。

「――あー、陽華！　こんなとこにいたんだ」

と、二人で挨拶を交わしていると新たな女性の声が聞こえてきた。

「茉莉《まつり》ちゃーん、はぐれちゃってごめんね！」

天照地さんは声の主を見つけて、少し甘えたような表情を見せた。つられて俺も同じ方向に目を向けると――そこには、天照地さんとは対照的な美少女がいた。

鮮やかな金髪をサイドで纏《まと》め、ただでさえレベルが高いのにその上さらにメイクをバッチリ決めた顔。両耳には複数のピアスが飾られていて、それがまたよく似合っている。朝《あさ》陽《ひ》に照らされて輝く黄金の髪ときめ細かなクリーム色の肌のコントラストが目に眩《まぶ》しい。

制服は大胆に着崩していて、胸元なんかはその豊満な谷間を見せつけるかの如《ごと》く開けられている。スカートも太腿《ふともも》ぐらいまでしかないし、ちょっと動いたら下着が見えてしまいそうだ。細い手首には桃色のシュシュがつけられ、美人な彼女にワンポイント的な可愛《かわい》らしさが加えられている。隙がないとはこのこと。

彼女もまた、天照地さんに並ぶ有名人だ。

稲荷《いなり》茉莉。そのギャルみたいな派手派手な見た目とは裏腹に、名家のご令嬢だという噂。そして天照地さんの幼馴染《おさななじみ》でもある。

正反対な二人のコンビはクラスを超え学年を超え学校を超えて熱狂的な支持を受けている。秘密裏にファンクラブのようなものまでできているらしい。

かく言う俺も、二年間のブランクを埋めるために学校について調べていたところにそのファンクラブを発見し、それでようやく二人の存在を思い出したのだが……接点のない同級生なんてそんなモンだよな。

「もー……なんか知らない男に声かけるだけじゃなくて、そいつに連れ出されてったから心配したんだかんね」

「あはは、ごめんねぇ」

「反省してなくない？　まじおこなんですけど」

俺の前で華々しく会話を始める天照地さんと稲荷さん。眼福ではあるがおいていかれてしまったような気がしてちょっと寂しい。

『路傍の石の様に完全な部外者になっていますし、先に学校に行った方がいいのでは？』

『なんか言い方に棘《とげ》を感じるけど……それもそうだな』

高嶺《たかね》の花である天照地さんと会話ができただけでも儲《もう》けものだ。今日この朝の出来事を糧に生きていこう。

「あ、それでこっちが明月君。さっきの男の子」

「へー？」

とかなんとか思っていたらまさかの紹介が入ってしまった。返しかけていた踵《きびす》を戻して俺は超美少女二人に向き直る。

「えっと……明月竜彦というものです……」

なんだかうだつの上がらない平社員みたいな自己紹介をしてしまった。

俺からすると天照地さんより稲荷さんのほうが話しにくい。ギャルってオタクとは真逆の生き物な感じがして苦手なんだよな。

「ふーん、ほー？」

「えっと……なにか？」

「キミが誘拐犯？」

戸惑っていると稲荷さんが爆弾発言を落としてきた。ゆ、誘拐犯とは失礼な……。ここはビシッときっちりと自分の正当性を主張しなければ。

「いやあれはちょっとえっとですね俺を起こしてくれた天照地さんがこのままだと電車に取り残されてしまうと思って手を摑んでしまったわけで、ここまで来たのも人の流れに乗らないと迷惑になると考えたからでして決して不埒《ふらち》な考えを抱いたわけでは……」

「めっちゃ早口で喋《しゃべ》るじゃん、ウケる」

ねえその「早口で喋るね（笑）」っていうのやめて？　早口になっている自覚があるから、地味に傷つくんだよ。稲荷さんは右耳のピアスを触りながら、ケラケラと笑う。

「まあこんな人が大勢いるところで誘拐もなにもないよねー。最初から疑ってないよ」

「そう言ってもらえるとありがたいよ、稲荷さん」

「これも何かの縁だし……ヨロー、明月」

稲荷さんはまっすぐにこちらを見つめ、笑いかけながら俺に手を差し出してきた。えっと……握手しようってことか……？　念のためズボンで手汗をふいて……。

「こちらこそよろしく」

俺は緊張しながら、右手で稲荷さんの手を握った。

——瞬間、バチっと電流のようなものが俺の掌《てのひら》を走った。

「「っ!?」」

俺と稲荷さんは同時に弾《はじ》かれたように手を放した。なんだ、今の……？

困惑しているのは稲荷さんも同じのようで、自身の手と俺の顔を見比べている。

「ど、どうしたの、二人とも……」

そんな俺達《たち》を見ていた天照地さんが、戸惑いながら尋ねてきた。

「あー、いや、なんかめっちゃ強い静電気が来て……びっくりしただけだよ」

「そ、そーそー！　静電気、マジでないよねー！」

俺の咄嗟《とっさ》の言い訳に、稲荷さんが乗る。

「そっか、四月とは言えまだ寒いもんねえ」

天照地さんはそれで納得がいったらしく、朗らかな笑みを浮かべた。

「それじゃあそろそろ学校に行こう？　このままだと遅刻しちゃうよ」

「そだねー」

「……だな」

俺は天照地さんと稲荷さんと並んで歩きだした。そしてポケットに入れた右手を、探るように閉じたり開いたりする。

あの感覚はいったい何だったんだ……？　痛みはなかったが、どこか拒絶のようなものを感じた。攻撃、ではないだろうけど。まさか異世界のようにスキルがあるわけないし。

ここは平和な日本なんだから。

……いやちょっと待て。もっと重大な事態が発生してるじゃないか。

俺、今、学園の二大美少女と一緒に登校してる──!?

それからはもう、突如訪れたボーナスタイムに頭が回らなくなり、気が付くと星川学園《ほしかわ》に到着していた。

──星川学園。最寄りの星川学園前駅から徒歩五分の所に位置する、神奈川《かながわ》県内どころか全国でも有数の知名度を誇る私立進学校だ。

男女共学で一学年四百人の大所帯。県内外からの志望者は多く、天照地《てんしょうじ》さんや稲荷さんのように金持ちの家の子供も通っている小中高大一貫校だ。中学と高校は一緒の敷地の中にある。

俺はその高校用の校舎三階にある二年三組の教室の中、窓際最前列の席に腰を下ろして周囲をちらりと見まわした。

そこには今朝会話を交わした天照地さんと稲荷さんの姿がある。

そう、なんと俺はあの二人と一緒のクラスになったのだ。なんという幸運だろうか。見ているだけで脳内から幸せ物質がドバドバ出てくる。あの二人をこれから毎日拝めるのかぁ……。今年は皆勤賞とれるな。

始業式もクラスの朝礼も簡単な自己紹介も終えて、今はすでに放課後だ。本格的な学校生活が始まるのはもう少し先になる。

新年度の始まりは、みな自分のコミュニティを作ろうと必死になる時期だ。教室のあちこちで連絡先の交換や話題のすり合わせが始まっている。その中でも一際大きな集団が、天照地さん達の周りに出来上がっている。学年の二大美姫《びき》と同じクラスになった幸運を逃すまいとしているのだろう。男子だけでなく女子まで必死になっている様はちょっと怖い。

「お前はいかんの？」

「いやぁ、あの集団に入るのは……それに俺ごときが仲良くなれるとは思わないし」

「あの二人と今朝一緒に登校してきた男の言葉とは思えんな」

「あれも偶然の産物だし……って、いきなりなんだよ猪俣《いのまた》」

俺はいきなり話しかけてきた男子生徒に胡乱《うろん》なまなざしを向けた。

うさんくさいエセ関西弁を操るこの男は猪俣寛治《かんじ》。一年の時も同じクラスで、席が近かったから仲良くなった俺の数少ない友人の一人だ。

俺の不愛想な態度は受け流して、猪俣は色素の薄い茶髪を掻《か》きながら苦笑を浮かべる。

「非モテ同盟を結んだ俺とお前の仲やん。どうやってあの二人とお近づきになったん？」

「ンな同盟結んだ覚えはねえ。あの二人とは今朝初めて喋ったぐらいの親密度だ。コツは偶然同じ電車に乗り合わせること。参考になったか？」

「チャリ通学の俺には不可能じゃねえか。ったく、期待させやがって……」

「勝手に失望しとけ」

いつものように軽口を交わし合う。長い間異世界にいたから、こんな何気ない会話ですら懐かしくて貴重に思えてくるなぁ……。

「……今朝も思ったんやけど、明月《あかつき》ってなんか雰囲気変わっとらん？」

「うぇ？」

あまりにも遠い眼《め》をしすぎていたのか、猪俣が訝《いぶか》し気《げ》に俺の顔を覗《のぞ》き込んできた。

もしかして、俺が異世界に行って吸血鬼になったって気付かれたか……!?　そこまで詳細にわかる筈《はず》はないが、それでもなんらかの違和感を持たれるのは不味《まず》い。

「まさか、ジブン……」

「な、なんだよ」

ごくり。俺と猪俣が同時に生唾を呑《の》み込んだ。

「まさか春休み中に、大人の階段を上ったんとちゃうやろな!?」

よかった。コイツただのバカだ。

「んなわけねえだろ。悲しい現実を改めて言わせないでくれ」

「ほ～よかった。お前が裏切ってたらどう処刑しようかと思ったわ」

「童貞捨てたら殺されんの、俺？」

「安心せい。お前を殺した後に俺も童貞を捨てる」

「一緒に逝けよ。人として」

高校生らしいあほな会話。これだよこれこれ。俺はこういうのを求めてたんだよ……！

「今年もよろしくな……！」

「え、なんで今このタイミングで言うん？　つかなんか圧ない？」

「気のせいやろ」

眉を顰《ひそ》める猪俣に薄笑いを返して、俺は鞄《かばん》を持って立ち上がった。

「もう帰るんか？」

「特にやることもないしな。猪俣は？」

「俺は閉店間際の値下げ時を狙う男なんよ」

つまり、人が捌《は》けたあたりで天照地さん達に声をかける算段か。

「健闘を祈るよ。また明日」

「おーぅ、お疲れ」

タイムセール待ちの猪俣を置いて、俺は教室を後にした。平静を装ってはいたが、先程から睡魔が俺の瞼《まぶた》を閉ざそうと攻勢を仕掛けている。さっさと家に帰って寝てしまいたい。うとうとしながらそんなことを考えていると、ガラリと扉の開く音とともに教室から誰かが出てくる気配がした。

『……どうやら、マスターがベッドに入るのはまだ先になりそうですね』

『まあ……こうなるだろうなとは思っていたよ』

ノアナの無機質な声に答えながら、俺は振り向いて後ろに立っている人物と向き合った。

「明月……だっけ。今時間ある？」

そこには、やけに真剣な顔つきの稲荷《いなり》さんが立っていて、俺のことをまっすぐに見据えていた。「ライン交換しよー」という感じではない。

「……わかった。いいよ」

美少女からのお声がけだというのに、俺は冷え切った心とともに小さく頷《うなず》いた。

稲荷さんに連れてこられたのは、人気《ひとけ》のない校舎裏だった。

手入れもされておらずその上校舎の巨大な影に包まれ、どんよりとした空気が漂っている。生え放題になっているドクダミの臭いがツンと鼻をついた。どう考えてもお話しするような場所ではないと思うんだけど……これからカツアゲでもされるのかな。

「今朝のことなんだけど……握手した時に、バチッてなったやつ」

俺の前を歩いていた稲荷さんが立ち止まり、振り返ることもなく話しかけてくる。

「ああ……あの静電気は痛かったね。あのレベルのを食らったのは生まれて初めてだよ」

「あれは、静電気なんかじゃないよ」

今朝のことを思い出しながら俺が言うと、稲荷さんは小さく首を振った。

「違うの？　じゃああれかな。運命の人を見つけちゃったみたいな感じかな？　ほら、ビビビッときた、みたいな――」

「【化生道具・魔該示爪化粧《まがいぎのつめげしょう》】——あーしの指にはね、『妖魔』を探知するためのマニキュアが塗られているの……電車に乗った時から反応を示していたから警戒していたんだけど、まさかクラスメートの一人が妖魔だったとはね」

ん……？　話が急にキナ臭くなったぞ？

戸惑っていると、ようやく稲荷さんがこちらを向く。その瞳は、敵愾心《てきがいしん》に満ちていた。

「あのマニキュアに反応したってことは、明月が妖魔であるなによりの証明なんだよね」

「……えっと、なんの冗談？　ひょっとして稲荷さんって中二病を患っていたりする？」

「とぼけないでっ！」

稲荷さんが声を荒らげた瞬間、空気が張り詰める。柵にとまっていたカラスが逃げるように飛び去った。稲荷さんの小さな体の向こうに般若《はんにゃ》が立っているかのような錯覚が、俺の体を襲う。おいおい嘘《うそ》だろ……。

『これは、【威圧】スキルですね。間違いありません』

『どうなっているんだよ……稲荷さんも異世界帰りだったりするのか？』

『情報が足りません。ここは彼女から色々聞いたほうがいいでしょう』

ノアナの提案はもっともだ。今のこの状況はあまりにも非現実的すぎる。俺がこの前までいた異世界ならともかく、ここは地球で、日本なのだ。

銃火器ならまだしも、スキルが存在するなんてあり得ない。

「あーしの【威圧】を真正面から受けても全く動じないんだね……いちおう、最大出力なんだけど。予想はしていたけど、大分高位の妖魔みたいだね。鬼族ってところかな」

「まってまって、どういうこと？　本当に俺は何も知らないよ。ただの人間なんだから」

まあ嘘だが。本当は異世界帰りの吸血鬼です、なんて言ったって信じてもらえるわけがない。それよりも俺の知らない単語をぽんぽん出されるのが困る。情報戦で完全に負けている状態だ。とにかく今ははぐらかして彼女から情報を引き出さないと――

「――いま、ウソをついたでしょ」

「っ!?」

稲荷さんは右耳につけたピアスに触れながら、敵意をはらんだ目で俺を睨《にら》む。

「【化生道具・鸗見顕《うそみあらわしのみみかざり》耳飾】……キミの言葉に隠された邪気を感知して知らせてくれる【霊技】だよ……これで確定だね。キミは――あーしらにとって、有害な存在だ」

稲荷さんが纏《まと》う空気が変わる。異世界で何度も経験した、全身を無数の針で刺されるような感覚――明確な殺意が彼女の視線に宿る。まずい……！

「待っ――！」

「【化生道具・白刃薄刀《はくじんはくと》】」

俺の制止を無視した稲荷さんが腕を振り上げて――次の瞬間俺の視界がぐるりと回った。

……は？

数秒の浮遊感の後、どさっという音と共に俺は手入れのされていない雑草の上に落ちた。

落ちた――そう、俺の首だけが、落とされたのだ。

「は……？　え……？」

随分と低くなった視界の先には、首から上を失い倒れる俺の体と、その横で刀を振りぬいた稲荷さんの姿が映った。

「鬼のキミなら当然知っていると思うけど、首を切られた鬼はしばらくしたら塵《ちり》になって死ぬ。恨みはないけど、計画が大詰めのこんな時に得体のしれない奴《やつ》を放ってはおけないからね……」

なんだ、なんの話をしているんだ……。視界が狭まっていく。瞼を開いているのも困難になり、俺の意識は次第に暗がりへと落ちていく。

なんなんだよ、本当に……これが、本当に現代日本で起きたことなのか？

なんでこんなことになったんだ？　俺はただ、普通の学生生活を送りたいだけなのに。

俺はいま、一体どこにいるんだ……？

稲荷さんの足音が遠のいていき、しばらくして俺は完全に意識を手放した——


『——いやぁ、死ぬかと思ったわ』

『普通は死にますよ。マスターが異常なだけです』

肩を落としながらため息をつくと、脳内でノアナが辛辣な言葉を投げかけてくる。

俺は起き上がって体の状態を確認した。よしよし、首もちゃんと生えかわって五体満足。神経系にも問題はなさそうだな。服にも汚れはなし。咄嗟《とっさ》に血を止めておいて良かった。

稲荷さんに首を切られたダメージによって日中の睡魔に抗《あらが》えなくなった俺は、そのままこの校舎裏で寝入ってしまったのだ。

稲荷さんが、俺は完全に死んだものだと早合点してくれて助かった。眠っている間に拘束されてたりしたら面倒だったからな。いやー吸血鬼が不死身でよかったよかった。

「さて……どうやって処理しようか」

俺は足元に転がった生首を見下ろして顔をしかめた。

空間収納スキルの【インベントリ】を発動できれば楽なんだけど、残念ながら夜でないと使えない。鞄に詰め込むのも嫌だし、学校の土に埋めるのもなんか申し訳ないよな……。

「しゃーない、食うか」

俺はしゃがみこんで首を拾い、土埃《つちぼこり》を軽く払って思い切り犬歯を突き立てた。

ぶしゅっと吹き出る血飛沫《ちしぶき》が顔を汚す。バリボリ、ゴキン、と強化された咬合力《こうごうりょく》が肉だけじゃなく骨まで嚙《か》み砕いていく。何が悲しくて自分の頭を食わなきゃならんのか。しかし吸血鬼の体が、肉と血の味に歓喜しているのも事実。

あー、ほんとに嫌な体だ。

血を滴らせながら、俺は死んだ眼で自分食いを進めていった。

間食を終えて、血で汚れた顔を近くの水道で洗った後。

首をさすりながら中庭に出ると、既に日は傾いていて辺りは夕焼け色に染まっていた。

潤沢な資金で設備が整えられた運動場からは、運動部員達《たち》の掛け声が聞こえてくる。

青春のＢＧＭを聞き流しながらおもむろにスマホを取り出して時間を確認すると、時刻は午後四時半。正午に学校を出ようとして稲荷さんに殺されかけたから、だいたい四時間半ほど眠っていたことになる。

長時間寝たからなのか、それとも夜が近づいているからなのかはわからないが、俺の思考は先ほどよりずっとクリアになっている。

『……状況を整理したいし、歩いて帰るか』

『徒歩での帰宅ルートを視界に投影しました。国道沿いをまっすぐ進んでください』

ノアナの言葉とともに、俺の足元から黒い矢印が伸びていった。すげえな、地図アプリいらずかよ。

『こっちに来て初めてお前がいてよかったと思ってる』

『……それはどうも』

ノアナの声が少しだけ拗《す》ねたように聞こえたのは、気のせいだと思うことにする。

細かいことは置いておいて、俺はノアナが示してくれた道順通りに歩き始める。しばらくすると片側二車線の国道に出て、交通量が一気に増えた。俺は国道沿いの歩道をてくてくと歩く。

『マスターにお聞きしたいのですが』

『んー？』

『この国は、マスターが異世界に来る前と変わったところはありませんか？』

ノアナの質問に、俺の表情が強張《こわば》る。

この世界が俺の居た世界とよく似た別世界なのではないかと、彼女は言いたいのだろう。

『……無い、はずだ。家族は記憶のままだし、学校や友人にも変わりはない。あの稲荷さんにしたって、俺は一年の頃は接点がなかったからな……彼女がどういう人間なのかすら、把握しきれていないんだよ』

『そのようですね……』

俺とノアナは沈黙する。

ノアナはそもそもこの世界の存在ではないし、俺は俺でこの世界が前の世界と同じだとは断言できないのだ。パラレルワールドってやつかもしれない。

俺は先ほどの出来事を思い出して、深くため息をついた。

稲荷さんは、俺を殺すつもりだった。俺を敵と認定して、二度と彼女の前に現れることがないように屠《ほふ》ろうとしてきた。あんな稲荷さんを見てしまったら、異世界から帰ってくる際に平行世界に入り込んでしまったという説にも信憑性《しんぴょうせい》が出てしまう。

ここは俺がよく知る日本ではなく、それに悪趣味なほどによく似た、命の奪い合いが頻発する地獄なのではないか――

「っ――」

がらがらと、足元が崩れていくような感覚が襲ってくる。視界が歪《ゆが》み、まともに立てなくなり俺はその場に跪《ひざまず》いた。血が流れるのも無視してアスファルトを何度も引っ掻《か》き、そこに足場があることを確認すれど、激しい動悸《どうき》は収まってくれない。

「ノアナ、ノアナっ……！　俺は、帰ってきたんだよな……？　あの異世界から、故郷に、家に帰ってきたんだよな……!?」

情けない声が漏れる。今もどこかから、誰かが俺の命を狙っているのかもしれない。そう考えると、酷《ひど》い悪寒に襲われる。忙《せわ》しなく周囲を見回し人影がないことを確認しても、その不安は消えない。

乱雑に回る視界に、異世界での光景が映し出される。燃える街、夜半に上がる悲鳴、血みどろの戦場。怒る人、悲しむ人、恨む人、恐れる人。彼ら彼女らの表情が鮮明に俺を捉え、足を摑《つか》んで離さない。奈落の底に誘《いざな》う、死者達の腕——

「暗殺者が、吸血鬼狩りがどこかに居るんじゃないか!?　俺が吸血鬼だって、本当はみんな知ってるんじゃないか……!?　ノアナ、探してくれ！」

『落ち着いてください、マスター。半径二十メートル以内に人の存在はありません。ですから一度呼吸を整えましょう』

「整えろったって……！」

『ほら、ひっひっふー。ひっひっふーですよ』

「——……いやそれ、ラマーズ法じゃねえか」

この状況で古典的なボケをかましおってからに……。

『落ち着きましたか？』

ノアナが優しい声音で問いかけてくる。

「……ああ、なんとかな。みっともない姿を見せちゃったな」

『何をいまさら。マスターのあられもない姿など、飽きるほどに見てきましたよ』

「ああそうかよ」

ノアナの軽口に苦笑を浮かべながら、俺は何とか立ち上がって再び歩き出した。地面が崩れるような寒気は、もう感じなくなっていた。

『――それで、平行世界の可能性ですが。恐らくそのようなことはないでしょう』

『どうして？』

『ここが平行世界であるのならば、平行世界のマスターがいるはずです。ですが、四月一日から今日までの五日間で、我々がもう一人のマスターに会うことはありませんでした』

『なるほど……確かに』

Aの世界の俺がBの世界に来たのなら、Bの世界の俺とAの世界の俺が同時に存在しているはずなのか。家族達は俺のことを覚えていたから、この世界に明月竜彦《あかつきたつひこ》が元々存在していなかった、ということも無いだろう。

もちろんこれだけで断定はできないし、いくらでも反証はあるだろうが……考えすぎても答えは出ないだろう。今はノアナの説を信じるしかない。

『なので、ここはマスターが元いた地球で、マスターの知らなかった裏の部分が表面化してしまったと考えるべきでしょう。そしてその原因は――』

『――俺が吸血鬼になったから、か……』

『はい。稲荷《いなり》茉莉《まつり》は、マスターから霊力を感知したと言っていました。それは、あちらで【マナ】と呼ばれるエネルギーと同一であると考えられます』

【マナ】。俺が召喚された異世界で、魔法やスキルを使うのに必要な万物のエネルギー源だ。竜や人、果ては植物に至るまで、例外なくマナは宿っている。

魔法やスキルだけでなく、マナを練り上げ高めることで超人的な動きも可能になる。人も魔物もこのマナを駆使して生存競争をしていたのが、俺が前いた世界なのだ。

しかし、こっちの世界にもマナと同質の物があるとはな……。

異世界と違って誰もが使っているわけではないので、知っている人は少なそうだが。っていうかさっきまで俺も知らなかったし。

けれど、なるほど。「存在する」とわかった途端、そこら辺の木や草や鳥から僅かではあるが【マナ】を感じられるようになった。思考のバイアスって怖いな。

『人ではなく魔物――稲荷茉莉の言葉を借りるなら妖魔になってしまった故に、マスターは今まで見えなかった側面が見えるようになったのです』

「はぁ……」

ノアナの説明を聞いて、俺は人目も憚《はばか》らずため息をついた。酷く喉が渇いたので、自販機で缶コーヒーを購入し一息に飲み干す。

「──結局、あの世界から戻れても俺はこの『吸血鬼』の体に振り回されちまうワケか」

『マスター……』

空になったコーヒーの缶を握りつぶし、併設されているゴミ箱に苛立《いらだ》ちまじりに投げ入れる。物に八つ当たりしたくなるぐらいに、現状は俺にとってクソったれなものだった。

街を照らしていた夕日は、既に大分その主張を減らしていた。まもなく夜が来る。

黄昏時《たそがれどき》の薄闇の中、国道沿いに立てられた街灯がぽつりぽつりと灯《とも》っていき、文明の明かりを煌々《こうこう》と照らし始める。

道を行きかうのは馬車ではなく、鋼鉄でできた自動車だ。

前を通り過ぎる学生集団が、スマホを片手に盛り上がっている。異世界では、十三歳にもなると仕事に駆り出されるか、冒険者になる者が殆《ほとん》どだった。

足元に視線を落とすと、舗装されたアスファルトが無言でこちらを見返してきた。砂利だらけの異世界の道とは、やはり違う。

この世界は平和だ。群れをなす小鬼も、人を食らう狼《おおかみ》も、空を駆ける竜もいない。平均寿命は異世界の倍近く長く、法が整備されて最低限の安全は確保されている。

豊かで、穏やかで、温かい世界。

二年の歳月を経て、ようやくそこに帰ってこれたと思ったのに。

俺は未《いま》だに──俺だけが、吸血鬼のままだ。異世界の型にはまったままだ。

だから、見たくないものが見えてしまい、近付いてほしくないものを近寄らせてしまう

——引き寄せてしまう。

俺が吸血鬼でなければ、今朝稲荷さんの【化生道具】とやらに引っかかることも、そのことで怪しまれることも、首をはねられることも、それをきっかけにこの世界の裏側の一端を知ることも無かったのに。

変わり果てたこの自分の存在が、忌まわしくて仕方がない。

『……とりあえず、稲荷さんとはもう一度ちゃんと話をしよう。俺が生きていることはどうせ明日の学校でわかるし、「殺したはずなのに生きている存在」なんていう意味わからん奴《やつ》、彼女も気になるだろうし』

『そうですね。今日はもう帰って眠るのがいいでしょう。酷くお疲れでしょうし』

肩を落としながら再び歩き出す俺に、ノアナが心なしか普段より優しくなった声音で言う。今はこいつの存在がありがたい。

『厄介ごとには手を出さないし、口も挟まない。俺は普通に生きていくんだから』

『ええ。私はマスターの考えを尊重します』

俺は無言で歩を進めた。そうしてしばらくすると、最寄りの隣駅の近くまで辿《たど》り着いた。

緑山《みどりやま》駅の隣は、天照《てんしょうじ》地神社駅だ。名前からわかる通り、天照地さんの家がある。

稲荷さんがあんなんだったから、天照地さんも異能力を使える側なのだろうか。嫌だなぁ……優等生が繁華街で遊んでしまっているのを見てしまったような感覚だ。深刻さはあれとは比べ物にならんけど。

益体もないことを考えていたその時。

「キャ――」

「――っ」

俺の発達した聴覚が女性の悲鳴のようなものを捉えた。次いで、遠くでマナが膨れ上がったような感覚。

周囲を行きかう人々には、先ほどの声が聞こえなかったようだ。かなり離れた場所で上がった音で間違いない。

マナが感じられる方向に目を向けると、大きな木々が立ちならんでいるのが目に入った。

大林《おおばやし》自然公園。自然豊かで昼間はレジャーなどで人気だが、今のような暗い時間帯は視認性が悪くなり近寄りがたい場所だ。

そんな場所で、こんな時間帯に、女性の悲鳴。事件性を疑わない方がおかしい。

『……行くのですか？　マナを感じられるということは、「普通ではない事件」で間違いありませんよ？』

公園に向かって一歩踏み出そうとした時に、ノアナが鋭く諫《いさ》めてきた。

そうだ、俺は一体何をしようとしているんだ。さっき、普通に生きていくと決めただろう。厄介ごとには手を出さないと誓ったばかりじゃないか。

異世界で人を助けて、その後どうなった？　感謝だけされて終わったことなんて殆どない。結末がわかっているのに、また同じことを繰り返すのか？

頭の中で、そんな声が響く。他の誰でもない俺自身が、善意の生んだ悲劇を説いてくる。わかっている。今の俺がやろうとしていることは、完全な愚行だ。さながら、飛んで火に入る夏の虫だ。

——けれど、聞こえてきた悲鳴に、聞き覚えがあった。

今朝、電車の中で俺を起こしてくれた、柔らかな声の持ち主——天照地陽華《はるか》さんが襲われていると、気付いてしまったから。

『……彼女には、恩がある。それを返すのは「普通」のことだろ？』

『私は人間の普通がわかりませんが、マスターがそう言うのであれば止めはしません。あなたの意思を尊重する、と言ったばかりですし』

『——よし、行こう』

過去の自分の声を振り払い、アスファルトを蹴って俺は薄闇の中を駆け出した。

大林自然公園に近付くにつれて、感じられるマナは大きく濃くなっていく。この距離でこれほどに伝わってくるということは、相手もかなり強力な存在であるという証左だ。

「っ！」

足を進める俺の全身に、ぬるりとした感覚が走った。

『なんだ、今の？』

『結界ですね。人の潜在意識に介入してこの場所から遠ざける効果を持っています』

『吸血鬼の俺には効果なしってことね……ノアナ、日没まであとどれくらいだ？』

『現在時刻が十七時五十五分ですので、あと十分ほどかと』

『逃げに徹したらなんとか稼げるかな……』

そうこう言っているうちに、俺は自然公園の中に突入した。鬱蒼《うっそう》と茂った木々が不気味な雰囲気を纏《まと》い、俺の侵入を拒んでいるかのようだった。

事件の発生場所はすぐに特定できた。公園の東側で、爆発音のような音が響いたからだ。

木々をかき分け、俺は音のしたほうへ向かう。次第に感じられるマナも高まっていく。

そして――開けた場所に出た。

そこに居たのは、二メートルほどの背丈をした二足歩行の狼。全身が暗褐色の毛皮で覆われていて、人一人を丸呑《まるの》みできそうな大きな口には鋭い牙が並んでいる。

天照地さんはそんな化け物と相対していた。

「おいおいおい、大人しく捕まれってぇ！」

「くっ……！」

人狼《じんろう》が口角を吊《つ》り上げ、天照地さんの顔に焦りが滲《にじ》む。

彼女の周囲には、人の形をした紙のようなものが三枚ほど飛び回っていて、さらには半透明なバリアのようなものが張られていた。

やっぱり、天照地さんも『使える』側の人間だったか……。気が滅入《めい》るが、やることは変わらない。天照地さんの力になるだけだ。

「――あ？……おいおいおい、おい！　なんで別のガキがいやがる!?　誰だテメェ！」

「――っ、明月君!?」

俺の存在に気付いた狼男《おおかみおとこ》が苛立ちを露《あら》わにし、天照地さんが瞠目《どうもく》する。

「お取込み中どうもすみませんね。わけあって介入させてもらうよ」

「まぁいい、メインの前のオードブルにしてやるよ――！」

狼男はこちらに向き直り、その大口を開けて吠《ほ》えた。鋭くとがった無数の牙が見える。

狼男がこちらに狙いを定めたのを悟った天照地さんが、慌てた様子を見せる。

「だめ、逃げて！」

「逃げるよ――君と一緒にね」

俺は地面を蹴って、天照地さんに肉薄する。

「なにっ!?」

「――え？」

常人離れした俺の肉体スピードに二人が呆《ほう》けている間に、俺は天照地さんを覆っているバリアに手を伸ばした。

「あれ……普通に入れたな」

特に何もなく障壁の中に手が入って拍子抜けする。もっと激しい抵抗があるのかと思ったんだが。

「ごめん、ちょっとだけ許して」

「え、え？　きゃ――！」

未だに戸惑っている天照地さんを抱えて――恐れ知らずにも程があるが、お姫様抱っこだ――俺は広場を離脱する。

「なぁっ……！　待ちやがれっ！」

狼男が慌てた様子で喚《わめ》いているのを背中で感じながら、俺は林の中を駆け抜けた。

約二メートルの巨体では雑木林を移動しにくいようで、後ろから「クソがあぁぁぁ……！」と悔しそうな声が聞こえてきた。

「――っと、ここらへんでいいか。ごめんね、天照地さん。手荒な真似《まね》をして」

しばらく走った先にあった岩陰に天照地さんをおろして、俺は彼女に謝った。非常事態とはいえ、乙女の柔肌に無作法に触れてしまったのは良くない。

が、天照地さんは「ううん」と首を振る。

「明月《あかつき》君に悪意がないことは、【三式神《みつしきがみの》方陣《ほうじん》】をすり抜けたことでわかったし……」

『みつしきがみのほうじん』とやらは、天照地さんを守っていた半透明の結界のことだろう。言葉から推測するに、悪意や害意を持った者のみを拒む結界のようだ。便利だな。

「そ……それより」

若干言いにくそうにしながら、天照地さんが俺を見る。

なんだろうと思っていると、天照地さんは頬を朱に染めながら目を伏せて――

「私、重くなかった？」

「えっ――いやいやいや！　全然軽かったよ！　マジで羽みたいだった！」

思わぬ問いに俺は慌てて答えた。実際、吸血鬼の身体能力の俺には彼女が何キログラムだろうと影響は薄いのだが……それを差し引いても、天照地さんは軽かった気がする。

というか、手で触れた太ももの感触とか、密着した胸の柔らかさとか、間近で漂う甘い香りとかのほうに意識を割かれていて、重量なんて気にしていませんでした。

『………随分と余裕ですね、マスター。この非常事態に女性の体を堪能していたとは』

『うううううるせえ！』

心なしかすっごく刺々《とげとげ》しくなったノアナの声を冷や汗とともに遮り、俺は天照地さんに事情を尋ねる。

「そ、それよりも天照地さんはどうしてこんなところに？」

「それはこっちのセリフだよ……」

天照地さんが呆《あき》れ眼《まなこ》を向けてくる。

「俺はまあ、天照地さんの悲鳴が聞こえた気がしたからかな……」

「えっと……この周囲に結界が張ってあったでしょ……？　どうやって入ってきたの？」

「ああ、あれ？　特に問題なかったよ」

「えぇ……？」

天照地さんは「信じられない」といった風に額を押さえた。

「まあ俺のことはいいからさ。天照地さんが襲われていたっていう認識でいい？」

「そう、だね……あの犬飼《いぬかい》って人は、大神《おおかみ》家の手の者なの。私を攫《さら》いに来たんだ」

攫う――誘拐ってことか？　穏やかじゃないな。

「その背景に関しては、ちょっと今は説明している暇がなくて……」

「ああ、まあそこら辺の事情はいいよ。今は逃げるのが先決なんでしょ？」

「うん……でも、茉莉《まつり》ちゃんが犬飼の仲間と戦っていて……」

不安そうにしながら、天照地さんが目を伏せる。自分も被害に遭っているのに、親友の身を案じる心の優しさには素直に感服する。

しかしそうか。稲荷《いなり》さんもここにいるのか。俺を先ほど殺そうとした稲荷さんがねぇ。

…………。

「ウワーソレハ心配ダネ」

「すっごく嫌そうな顔っ!?」

いやぁ、さっき首を切られたばかりなので。

とは言え厄介なことになった。俺としては稲荷さんを置いてさっさと逃げてしまいたいが、それでは天照地さんが納得しないだろう。

スマホの画面を見ると、ちょうど午後六時を示していた。日没まであと五分ほどか……。

「天照地さん、稲荷さんが心配ではあるけど、今はここで隠れて――」

俺が天照地さんに身を潜めた方がいいと提案しようとすると――

「――はい、見つけたぁ！」

邪心に塗《まみ》れた声とともに、マナが膨れ上がるのを感じた。

「――くッ！」

とっさに天照地《てんしょうじ》さんを抱えて跳躍。俺達《たち》が隠れていた大岩が毛むくじゃらの巨腕で粉々に砕かれる。すさまじい怪力だ。やっぱり、今の状態で彼を相手取るのは難しいだろう。

天照地さんを背中にかばいながら、俺は狼男と向かい合う。

「俺相手に身を隠したのは悪手だったな。耳と鼻でどこにいるのか丸わかりだったぜ」

「そうか……犬だもんな」

「狼だ、クソがっ！」

俺の言葉に、心外とばかりに狼男――たしか、犬飼とかいう名前――が怒鳴ってくる。

「――それよりもお前、どっかで会ったことがねえか？」

「いや……？　俺の知り合いリストに狼男なんて載ってないぞ？」

「そうか、まあいい……お前ら、それ以上動くな。動いたら――お友達の命はないぜ？」

狼男が林の奥を指さす。そこには、少女の頭を握ったもう一人の狼男が立っていた。こちらは蒼黒《そうこく》の毛並みだ。赤茶毛の犬飼よりも、暗がりでは見えにくい。

「っ、茉莉ちゃん！」

狼男に捕らえられて気を失っている稲荷さんを見て、背後の天照地さんが悲鳴を上げた。

人質か……。状況は悪くなる一方だな。

「――やめてっ！　茉莉ちゃんにひどいことしないで！」

「やめてほしいならよぉ、天照地のお嬢さん。大人しくこっちに来な」

稲荷さんを捕らえている蒼黒の狼男が、底冷えするような低い声で忠告する。天照地さんが身じろぐ感覚が、背後から伝わってくる。

「天照地さん、もう少しだけ耐えてくれ。あと少しでこの状況を――」

「部外者のガキは黙ってろ！」

「がっ――！」

一瞬で肉薄してきた犬飼に、俺は体を横殴りにされた。岩をも砕く怪力で俺の体が跳ね飛ばされ、そのまま近くにあった大木に背中を打ち付けた。

いってぇ……！　ガードした腕が折れてやがる……！

「俺の【餓狼瞬撃《がろうしゅんげき》】に反応した……？　虎狼《ころう》のアニキ、あのガキは危険ッスよ。少なくともカタギじゃないッス」

「……だな。大神の障害になりそうな存在は排除しておいたほうが良い」

「了解ッス」

蒼黒の狼男――虎狼という名前らしい――に判断を仰いだ犬飼は、舌なめずりをしながらこちらを振り返り、一歩踏み出した。

よし、いいぞ。こっちに狙いを定めてくれたら時間稼ぎがしやすくなる。ダメージで体は動かないが、先程レベルの攻撃をいくら食らっても吸血鬼である俺が死ぬことはない。痛みに呻《うめ》き続ける演技をしながら、俺が内心でほくそ笑んでいると、天照地さんが予想外の行動に出た。なんと彼女は、俺と狼男達の間に立ちふさがったのだ。

「――だめっ！　彼は無関係の人なんです！　あなた達に従いますから……！　茉莉ちゃんと明月君にはこれ以上手を出さないでください！」

「ほう……強情なお姫様もようやく折れたか」

虎狼がニヤリと口を歪《ゆが》ませる。まずい、このままだと奴《やつ》らの思い通りになってしまう。

「天照地さん……！　俺のことは気にしないで、今すぐ逃げるんだ！」

「――明月君、もういいよ。私のために、君が傷つく必要はないんだよ」

「――！」

天照地さんのその顔を見て、俺は息を呑んだ。

攫われかけている一番の被害者――そんな彼女が俺に向ける表情は、慈愛に満ちていた。

「助けようとしてくれて――ありがとう」

足は震え、声も掠《かす》れ、大きな瞳は揺らいでいるのに。自分の身に待ち受ける恐怖の未来を考えて不安で仕方がないのは、傍《はた》から見ても明らかなのに。

なのに、どうして。どうして、そんな顔ができる？　そんな、自分以外が幸せになれればそれでいいと、本気で思っているような顔を――

「よーしいいコだ天照地のお嬢ちゃん。今からこの魔道具でアンタの体を縛るぜ。ちょっときついけど我慢してくれよな」

犬飼が天照地さんに近づいて、一本の縄を取り出し、それに張られている札を剝がした。

神社でよく見る、注連縄《しめなわ》のような太くて長い縄。札を剝がした途端にその縄からぞぞ……と可視化できるほどの濃密で邪悪なマナが溢《あふ》れ出す。

「だめ、だ……天照地さん……！」

あれはヤバい。直感でわかる。彼女があれに縛られたら、助けるのはより困難になる。

這《は》う。遠い。間に合わない。

次第に焦燥感で満たされていく頭の中に、ノアナの静かで研ぎ澄まされた声が響いた。

『——時間です、マスター。太陽は完全に没しました』

「——っ！」

ノアナのその言葉に、俺は目を見開いた。

両手両足の枷《かせ》が外れ、体中に巻き付いていた重い鎖がほどけていく感覚。体の奥底から、煮えたぎる熱いマグマのような力が湧き上がってくる。

折れた骨が繫《つな》がり、痛みが消失し、万全の呼気を吐き出す。

太陽は隠れ、世界に夜がやってくる。

——吸血鬼の時間が、やってくる。

「【夜の屠針《ノスフェラトゥ》】」

立ち上がり右手をかざすと、深紅に染められた無数の針が浮かび上がった。

血染めの針は俺の意に沿い、天照地さんを縛り上げようとする犬飼へと狙いを定める。

ヒュ——と風を切って無数の針が人狼《じんろう》に向かって飛翔した。

「なにぃ!?」

自身に向けられた攻撃に気付いた犬飼は、驚愕《きょうがく》しながらもその場を飛びのいてかわした。

あそこから避けられるのか、巨体の癖に速いな。

『マナで全身の機能を強化していますね。あちらの世界でもよく使われていた技術です』

『改めて思うよ。俺はまだ異世界にいるんじゃないかってな』

「てめぇ……起き上がれなかったはずじゃ……!　それに、【霊技】まで使えんのかよ!

マジで何者だ!?」

距離を取った犬飼が俺を睨《にら》みつける。俺は再び天照地さんの前に立ちながら頬を掻《か》いた。

「いやぁ……ブラフというかなんというか。実際さっきまではダメージで動けなかったよ。

正体に関しては……まあ、想像にお任せするよ」

「はぁ……!?　スカしやがって……!」

俺の物言いが気に食わなかったようで、犬飼は俺に跳びかかってきた。

『マナの高まりを感じます。先ほどと同じ【スキル】……彼の言葉を借りるなら【霊技】

です』

『見たところ、一時的に身体速度を爆上げしてついでに攻撃力も上がる【スキル】か。こ
のテの【スキル】は汎用性が高くていいよな』

脳内でノアナと会話しながら、俺は犬飼の動きを見定め、右手を突き出した。

「――くらえっ、【餓狼瞬撃】!」

「【無辜の盾血《ブルンヒルダ》】」

俺の言葉に応え、目の前に半透明の紅《あか》い障壁が顕現した。

先ほどの【夜の屠針《ノスフェラトウ》】が基本の攻撃技だとしたら、【無辜の盾血《ブルンヒルダ》】は基本の防御技だ。任意の大きさの障壁を展開でき、マナを多く込めたり血を触媒にしたりして硬度を上げることができる。

金属同士をぶつけ合ったような音を上げ、俺の【無辜の盾血《ブルンヒルダ》】が犬飼の重い一撃を防ぐ。

「ちぃっ！」

犬飼は悔し気に呻きながら再び飛びのいた。

これで向こうは下手に動けなくなっただろう。得体のしれない闖入《ちんにゆうしや》者が、それなりの実力を持っていることがわかったのだから。

厄介なのは人質がいることだが……稲荷さんの救出もちゃんと同時並行で行っている。

「——アニキ！　これじゃあ話が違う！　その女を殺してください！」

「いや……無理だな」

犬飼の言葉に、虎狼が否定を返す。

蒼黒の狼男の前には、もう一人の俺が稲荷さんを抱えて立っていた。俺と違って全身が若干赤っぽくて無口なそれは、もちろん俺の【スキル】で生み出した存在だ。

【偽血生体《モロイィ》】。それなりにマナを消費する代わりに使用者と殆《ほとん》ど同じ身体能力を持った分身を生み出すことができる。分身体は【スキル】を使うことも喋《しやべ》ることもできないが、こちらの思考を読んで自動的に動いてくれる便利な存在だ。吸血鬼の身体能力をコピーしているため、単純な肉弾戦で負けることはそうそうないという点でも有用なのだ。

これで実質二対二。人質も取り返したし状況はほぼ互角。

相手もそのことはわかっているようで、苦渋の表情を浮かべている。

「今の一連の動き、無駄がなかった。お前、相当手慣れているな」

「まあ、それなりに死線は越えてきたよ。ぶっちゃけ人質もいないこの状況だったら、狼男二人を相手取るくらい屁《へ》でもない。それでもまだ続けるか？」

天照地さんと、分身体が運んできた稲荷《いなり》さんを背中にかばいながら、俺は虎狼と犬飼《いぬかい》の二人を見据える。

……まあ、ここからどうするかは未確定なんだけれども。俺は首を突っ込んだ部外者でしかなくて、あの二人を撃退すればいいのか、捕縛すればいいのか、はたまた殺せばいいのかも分からない。

俺と狼男二人の間に、しばしの間沈黙が流れる。

「――大神《おおかみ》の人間が、なめられたまま終われるかよ……！」

口火を切ったのは虎狼だった。獰猛《どうもう》な獣の顔をさらに険しくさせ、マナの高まりとともにこちらへのプレッシャーも増大させる。

継戦か……ならまずは小手調べといくか。

小さく息を吸い、俺は丹田に力を込めた。

「ッ――！」

「なん、だ……この【威圧】の重さは……！」

【威圧】。昼間に稲荷さんが俺に使ってきた【スキル】だ。この【スキル】は力量差やマナ量の差で効果が変動する。

自分が相手より格下だったらほとんど意味はないが、自分が上で彼我の実力差に大きな隔たりがあると絶大な効果を発揮するのだ。

稲荷さんの【威圧】が俺に効かなかったのは、俺が彼女より上の力を持っていて、能力に差があったからだ。

そして今この状況では、格上の俺が格下の虎狼達《たち》に極大の重圧をかけていることになる。

「有り得んっ……こんなガキのどこに、これほどの力が……!?」

「ぁ、あああああああ!!」

「どうした、犬飼!?」

突如絶叫を上げた犬飼に、虎狼がぎょっと目を剝《む》く。

「アニキ、こいつです、思い出しました！　四月一日、緑山《みどりやま》公園で俺が見たのは、間違いなくこのガキですっ！」

「な――！　あのバカでかい霊力の持ち主が、今目の前にいるガキだと……！」

なんだなんだ？　なにやら二人で盛り上がっている。

『会話から推測するに、マスターがあちらから帰還した際に緑山公園で遭遇したチンピラ風の男が、あの犬飼だったようです』

『あーなるほど。そんなこともあったな』

思っていたものと違う反応に内心首を傾《かし》げていると、ノアナが解説を挟んできた。

あの時のチンピラが犬飼だったのか。狼《おおかみ》モードだと全く面影がないな。

『あの時のマスターは、怒りに任せてマナを制御せずに発していましたからね。彼にとっては人間の形をした怪物を目の前にしたような気分だったでしょう』

『無意識でそんなことしてたのか、俺は……』

声をかけたら、殺気マシマシの態度を取られていた犬飼に同情してしまう。その殺気を向けたのは俺なんだけれども。

「……チッ！」

などと考えていると、虎狼《ころう》が動きを見せる。

舌打ちと共に懐から小さな玉を取り出して、素早い動きで足元に叩《たた》きつけた。ぼわんっ、と音が鳴ると同時に白煙が広がり視界を埋め尽くす。

なるほど。ここで目くらましか。

彼らは鼻が利くようなので、煙に覆われたこの空間でも容易にこちらの位置を把握できる。攻撃するもよし、天照地《てんしょうじ》さんを攫《さら》うもよし。形勢を変える鋭い一手だ。先程まで感じていた彼らのマナも消えている。こちらから居場所を探るのは容易ではなさそうだな。

俺は再び気を引き締め、周囲を警戒する。特に、天照地さんが攫われないように彼女の気配を感知し続ける。

「犬飼、ここは一旦引くぞ」

「了解ッス！」

――が、どうやら逃げるための一手だったらしい。短いやり取りが聞こえたあと、二人分の足音が遠ざかっていった。

「……ずいぶん消極的だな」

『マスターの不透明な力量を鑑みての逃亡でしょう。コボルトよりは頭が回るようです』

ノアナさん、いくらなんでも魔物畜生と一緒にしてしまうのは可哀《かわい》そうじゃありませんか。彼らは異世界でいう獣人ポジだと思うんですけど。

「……あの二人は、逃げたの？」

妙に辛辣なノアナに若干引いていると、脱力しきった天照地さんの声が耳に届いた。

「そうみたいだね。これで一件落着かな」

俺が振り向いてうなずくと、天照地さんは「よかったぁ～……」とその場にへたり込んでしまった。緊張が解けて腰が抜けたようだ。

「本当にありがとう、明月《あかつき》君。もうだめかと思ったよ……」

「お礼を言われるようなことじゃない。天照地さんは今朝、俺が遅刻するのを防いでくれたからね。その借りを返したかっただけだよ」

「見返りが大きすぎるよ……」

俺の回答に天照地さんは困ったように笑った。

……良かった。この出来事がトラウマになったりはしていないようだ。

「……あの二人についてとか、天照地さんと稲荷さんについてとか聞きたいことは沢山あるんだけど、今日はもう解散しようか」

「うん。私も明月君に色々聞きたいけど、茉莉《まつり》ちゃんを早く家に帰したいから」

天照地さんは俺の分身体が抱える稲荷さんをちらりと見る。友達思いだなあ。

「案内してくれれば稲荷さんは俺の分身体が運ぶよ。念のため俺もついていこうか？」

「ううん、家はすぐそこだから。明月君も怪我《けが》とかあるだろうし、早く家に帰って休んでね？　また明日学校で会いたいから……」

天照地さんは少し照れた様子で頬を染め、上目遣いで俺を見る。

国宝級の可愛《かわい》さだ。美少女の上目遣いが見られただけでも頑張った甲斐《かい》があったな。

それに、「また会いたい」だなんて。良いんですかそんなこと言っちゃって。学園のアイドルからこんなことを言ってもらえるとは……生きてて良かったなあ。

「どうしたの、明月君⁉　どこか痛むの⁉」

「……いや、むしろ心身ともに絶好調になったよ」

「どういうこと⁉」

心臓を押さえて崩れ落ちた俺の前で、天照地さんがしばらくの間慌てふためいていた。

間章　記憶の断片Ⅰ

——異世界に召喚されて、一日目。

「【ステータス】に【インベントリ】ね……つくづく、ゲームみたいな異世界だな」
『マスターの記憶にある「げーむ」と似通う部分は多々あります。順応も早まるかと』
「頭の中にいつの間にか知らん奴《やつ》が居ることにいつまでも慣れそうにないんだけど？」
『早急《さっきゅう》に慣れてください』

異世界に召喚された俺は、なんか頭の中に響く無機質な女声の『脳内アナウンス』と名乗る存在の言葉に、「へいへい」と答えた。

ここは山奥にぽつんとあった廃屋だ。長年使われていなかったようで、そばの窓から差し込む陽光を浴びてほこりが舞うのが見える。

現状を整理しよう。四月一日に買い物から帰っていた俺は、緑山公園を通り過ぎようとしたところで異世界に召喚されてしまって、いつの間にか頭に住み着いた謎の存在からこの世界のチュートリアルを受けている最中である。

「はぁ……なんでこんなことに……漫画やラノベで異世界モノはよく見るけど、自分が行きたいと思ったことはないぞ……」
『マスターは選ばれた存在です。この世界を救うための崇高な役割を与えられたのです』

「どうせ選ばれるんなら、宝くじの一等賞のほうが良かったよ」

俺はため息をつきながらあぐらをかいてステータスを眺める。

「それに、崇高な役割ねぇ……『悪《あ》しき魔王の討伐』だっけか？　普通の高校生の俺にそんなことができるのか？」

『マスターはもう、「コウコウセイ」ではないでしょう？』

「『吸血鬼』、か……。ゲームだと最強クラスの存在だけど、でもどっちかっていうと魔王側の種族だよな、これ」

ぼりぼりと頭をかきながら、俺はステータス画面の【吸血鬼：伯爵位】という文字列を眺める。なんか中途半端だな……ドラキュラ伯爵にちなんでいるのか？

――まあとにもかくにも、一人で悩んでいても仕方がないので情報収集のために人に会うべきだろう。そう思い俺は埃《ほこり》のかかった床から立ち上がる。

「脳内アナウンスさん、この辺りに村か町はあるか？　この世界のことを色々聞いておきたい。あと魔王についても」

『いい案ですね。この山のふもとに小さな町があるので、そこで話を聞くのを勧めます。……しかし、今は昼間なのでやめたほうがいいですよ』

「なんで……って、そうか。俺は吸血鬼だから、太陽の下に出られないのか」

『その通りです、マスター。今のあなたが昼間に外出したら、その全身をたちまちに焼かれ、永遠の痛みを味わうことになるでしょう』

「怖いわっ！」

脳内アナウンスの忠告に俺は思わず悲鳴を上げ、日光の差し込む窓から一目散に離れた。

「……ちょっと待ってくれ。この吸血鬼って種族、思っていたよりデメリットが大きくないか!?　半日活動を制限されるのは不便なんてもんじゃないぞ!?」

北側の一番暗い所に膝を抱えて座り込み、俺はこの異世界転生がハードモードであることをようやく悟る。

『試練を乗り越え、吸血鬼としての格を上げれば日光で焼かれることもなくなりますよ。重度の眠気に襲われるぐらいにとどまるそうです。頑張ってください』

「それでもかなり厄介な体質に変わりはないけどな……！」

『……それでも、動かなければ——魔王を倒さなければあなたは元の世界に帰ることは出来ないのです。覚悟を決めてください、マスター』

「……わかってるよ。とりあえずお前の言う通り夜を待つ」

このままこの小屋で蹲《うずくま》っていても仕方がないことは、俺だってわかっている。

脳内アナウンスは言った。『この世界の魔王を倒したら、日本に帰れる』と。生きて故郷に帰るために、今は腹をくくるしかないのだ。

この脳内アナウンスの言う通りに……。

「……なあ脳内アナウンス」

『はい？』

「お前のこと、これから『ノアナ』って呼ぶことにするわ。長いと呼び辛《づら》いしな。脳内アナウンスを略してノアナ。いいだろ？」

『…………』

「おい……ノアナ？」

我ながら良いネーミングセンスだと思ったのだが、ノアナは無言だった。お気に召さなかったのだろうか。

『……まさか、名前をいただけるとは思っていなかったので……。わかりました、脳内アナウンスはこれよりノアナを名乗ることに致します』

「お、おう。気に入ってもらえたのならなによりだ」

『はい。とても嬉《うれ》しいですよ、マスター』

嬉しいという割にノアナの声色はこれまで通り機械的で無機質で、だけどその裏側に宿るほんの少しだけの喜びの音を、俺はその時聞いた気がした。

第二章† 吸血鬼の学校生活

大林自然公園で天照地さんと稲荷《いなり》さんと別れ、家に帰って夕飯も食べずに眠りこけたら次の日の朝だった。四月六日の金曜日。

眠ったといっても、吸血鬼の脳は夜になると自然と冴《さ》えてしまうので、自分の首を絞めて無理矢理気絶させた形だ。こっちに帰ってきてからはこの方法で睡眠を取っている。

何時間寝たって日中の睡魔がなくなるわけではないので、大して意味はないんだけど。ただの人間の真似事《まねごと》だ。

妹に叩き起こされた俺は納豆卵かけごはんをかき込んで、八時間以上昏倒《こんとう》したのに取れない睡魔にうんざりとしながら、なんとか星川《ほしかわ》学園の教室に辿《たど》り着いた。

教室に入ると、やはり真っ先に飛び込んできたのは天照地さんと稲荷さんの姿だった。二人とも特に変わった様子はなく、ちょっと安心する。

「——あ、おはよう、明月君！」

「……はよー、明月」

入ってきた俺に気付いた天照地さんが笑顔で手を振り、稲荷さんが一言で言い表せない複雑な表情で挨拶を投げてくる。

「おはよう。天照地さん、稲荷さん」

二人の対照的な様子に俺はつい失笑しながら挨拶を返す。流石《さすが》に昨夜のことを教室で話すことはできないので、俺はそのまま二人の横を通り過ぎて自分の席に座った。

そのタイミングでガッと両肩を摑《つか》まれた。

「――ぉおい！　今のなに？　なんでお前あの二人から挨拶もらってんねん？」

「猪俣《いのまた》……朝から元気だな」

こっちは今にも机に突っ伏して寝てしまいそうだというのに。

俺は猪俣に胡乱《うろん》な視線を向けるが、当の本人は気にせずまくし立てる。

「あんな衝撃映像見せられたら元気にもなるって。お前やっぱりあの二人と仲良くなったんやろ。俺のこと紹介してくれん？」

「いや仲良くなんてないって……姫様の戯れだろ」

「俺は挨拶されなかったんよ。俺から挨拶したら天照《てんしょうじ》地さんは返してくれたけど、稲荷さんにはめっちゃ不機嫌な顔されたし」

ぐわんぐわんと猪俣が俺の肩を揺らす。ウザこいつ。友達じゃなけりゃ一発殴ってる。

「――ちょっと、ホームルーム始まるからどいてくんない？」

猪俣の手を振りほどくタイミングを見計らっていると、冷ややかな声が聞こえてきた。

目を向けると、猪俣の言う通りすげえ不機嫌そうな稲荷さんが俺達《たち》を見下ろしていた。

怖え……ギャルっていうかスケバンだよ……。【威圧】使ってるのかと思った……。

「アッ、すすすすっす、すんません……」

稲荷さんの眼力《めぢから》にやられ、猪俣は情けない声をあげて自分の席に戻っていった。

すまん、猪俣。稲荷さんが不機嫌なのって十中八九俺のせいなんだよな……。

「…………」

ちらりと視線を向けると、じろりとさらに冷たい目つきで睨《にら》まれたので慌てて前を向く。

『嫌われていますね』

『心当たりしかないから否定できねえ』

殺したはずの男が生きていて、自分達を助けてくれた。その目的は不明。警戒するのは当然のことだ。とは言え、美少女から敵意の視線を向けられるのは結構キツいわけで……。

『──ねえ』

「ホヒョッ!?」

急にノアナ以外の女性の声が脳内に響いて、変な声が俺の口から漏れた。人間の出していい音じゃない。吸血鬼だけど。

俺のへんごえ変声に周囲から注目が集まり、その視線から逃げるように俺は窓の方に顔を背けた。

『ちょっと、変な声出さないでよ。【念話】ぐらい知ってるでしょ』

その声と同時に、俺は自分の背中に鉛筆サイズの棒が当たっていることに気付いた。そして、この声の主が稲荷さんであることも。恐らく、これも【化生道具】の類なのだろう。

『……えっと、急にどうしたの、稲荷さん？』

『キミ……本当に何者なの？　陽華《はるか》にすらちゃんと説明してないみたいじゃん』

『説明したいけど……話が長くなるから昼休みにしない？　昨日と同じ場所でさ』

『今度は、はぐらかさないで教えてくれるの？』

『誰かさんが首を切ったりしてこなければ、ね』

「んぐっ……」

今度は稲荷さんが声を上げる番だった。俺の時ほどではないが、周囲の視線が集まる。

『……昨日は、ゴメン。やりすぎだった』

『謝れてえらい。三回まわってワンと鳴いたら許してあげよう』

『は？』

『すんませんでした』

ものすごい殺意を向けられて俺はすぐに謝った。首どころか両手両足を切られかねない。

『はぁ……ほんと、明月《あかつき》と喋《しゃべ》ると調子狂う……』

『え、なんかごめん』

『別にここは謝らないでいいけど……まあわかった。それじゃあ昼休みにね。陽華にも言っておく。それと……あのさ、明月』

『ん？』

まだ何かあるのだろうか。お金貸してとか言われるのかな。

『昨日は助けてくれて……ありがとう』

その言葉と共に背中に触れていた棒状の何かは離れ、稲荷さんの声も聞こえなくなる。

けれど、彼女が触れていた背中の一部だけが妙に熱くて、その熱はしばらくの間消えないまま残っていた。


午前の授業を半分寝ながら過ごした俺は、妹が作ってくれた弁当を持って昨日と同じ校舎裏に足を運んだ。時間をずらすために遠回りをしてきたので、俺が着く頃には天照地さんと稲荷さんはすでに待機していた。

「お待たせしました」

「罰金ね」

「シビアすぎる……」

「もう、茉莉《まつり》ちゃん。明月君にひどいこと言ったら駄目だよ。……さ、食べよう?」

稲荷さんが持ってきていた特大レジャーシートを広げて、俺達三人は車座になって座った。二人がお揃《そろ》いの弁当箱を取り出すのを見ながら、俺も続く。っていうかお揃いの弁当箱って……本当に仲が良いんだな。

しかし改めて考えると、凄《すご》い状況だ。なんで俺、美少女二人と肩並べて飯食ってるの?

「昨日の――大神《おおかみ》家のことなんだけどね」

そうでした。意味わからんトンチキ超能力バトルに首をつっこんだからでした。

天照地さんの一言で我に返った俺は、妹が入れてくれた俺の大嫌物であるトマトを頬張りながら天照地さんに視線を向ける。

「端的に言うと、大神早雲《そううん》——大神家の当主が私をお嫁さんにしようとしているの」

「よっしゃ、その当主とやらをぶっ殺そうぜ」

「えええっ!?」

簡単な話だ。身の程知らずには命をもって償ってもらう。我らがアイドル、学園の花を手籠《てご》めにしようとはいけすかねえ輩《やから》だ。情け容赦は無用。

「駄目だよ、そんな殺すだなんて……ねえ、茉莉ちゃん?」

「まあ殺したいのはあーしも同感だけどね」

「茉莉ちゃんっ!?」

「大神家は私達の所属する霊異衆《りょういしゅう》だとかなりの重鎮でね……四宗家《よんそうけ》の一角を担ってるの」

「……ごめん、『りょういしゅう』ってなんすか? 四宗家《よんそうけ》はなんとなく想像つくけど」

「霊異衆《りょういしゅう》ってのはあーしら霊能者の総称、みたいな? ていうか霊能者のコミュニティの名前? 芸能界てきなやつ」

「稲荷さんに尋ねたのは間違いだったかな……」

「は?」

「サーセン」

ギャル怖え……バチバチまつ毛ですごまれたら泣いちゃうよ。

「霊異衆《りょういしゅう》っていうのは、霊能庁——日本の霊能者を管理する組織に登録されている霊能者の総称のことだよ」

「おお、わかりやすい……」

天照地さんが説明を引き継いでくれたおかげで、霊異衆《りょういしゅう》のニュアンスは摑めた。

「天照地さん、四宗家《よんそうけ》ってのは霊異衆《りょういしゅう》の中でも上位の家のことって認識で合ってる？」

「おいなんであーしに聞かないし」

「うん、それで合ってるよ。古い歴史を持つ四つの大きな家のことだね」

「さすが天照地さんだね。本当にわかりやすくて助かるよ」

「ちらちら見てんじゃねーよ」

アスパラベーコン巻きを食べながら、稲荷さんが目を細めた。怖いって。

「えっとそれで……そんな名家がどうして昨夜みたいな強引な手段を取ったんだ？　婚姻を結ぶにももっと穏やかな方法があるだろ」

「最初は向こうも話し合いで陽華を迎え入れようとしてたよ。でも、陽華のお父さん――天照地の当主が猛反対したの」

「当然の話だわな。それで、むりやり天照地さんの身柄を確保しようとしたのか？　色々と無茶苦茶だな……そんなに大神の当主は天照地さんに夢中なのか」

「あの人は……私のことなんて好きじゃないよ」

天照地さんも同じくアスパラベーコン巻きを箸でつまんだまま、眉を顰《ひそ》める。

……え、というか二人の弁当、中身まで完全におんなじじゃん!?　仲良いを通り越してちょっと怖いんだけど。

いや待て。天照地さんが何か取り出したぞ？　あれは、魔法瓶か。味噌汁《みそしる》でも入ってるのかな？

ん？　魔法瓶を傾けて弁当に……なんか薄黄色のとろっとしたものが出てきたぁ――!?

鼻腔《びこう》をくすぐる、独特な香り。発酵した乳成分特有のものだ。とろけている、発酵乳製品……そうかあれは、チーズか。…………Ｃｈｅｅｓｅ!?

チーズを魔法瓶に入れて学校まで持ってきてるの!?　味変のため!?　しかも稲荷さんがなんの反応もしてないから、常習的に!?　なにそのこだわり!?

「大神家が求めているのは、天照地っていう家の名前だけ。私はそれを手に入れるための手段としてしか思われていない」

いやいやいやいや、チーズに気を取られるな。天照地さんは真面目な話をしてるんだから。

俺は神妙な顔を作って問いを重ねる。

「……名前、っていうのは？」

「陽華の家、天照地も霊異衆《りょういしゅう》の中でそれなりに地位のある家だから、関係を密にして存在感を高めたいんだと思う」

「えぇ……そんな中世ヨーロッパみたいな話ある？　いまいちピンとこないな」

「当然、こっちの界隈《かいわい》的にも大神家のやり方は古くて褒められたものじゃない。だから突っぱねているんだけど……」

「昨日みたいな強硬手段を取るようになったってわけね」

疑問や違和感は残るが、大体の事情は把握できた。天照地さんを取り巻く環境は、なかなかにこんがらがっているようだ。

同情の視線を送ると、彼女は困ったように眉根を寄せて苦笑した。

「……ところで二人ともなんか不思議な能力みたいなものを持っているみたいだけど、あれは一体なんなの？　大神家の手下達《たち》なんて、ゲームに出てくる狼男《おおかみおとこ》まんまだったし」

「しらじらしい……大体のことは把握してんでしょ？」

「わけあって、『こっち』の超能力事情は殆《ほとん》ど知らないよ。昨日初めてこの世界の異能を目の当たりにしたぐらいだ」

「はぁ……？」

稲荷《いなり》さんは疑心に満ちた視線を一瞬向けてきたが、すぐに「それについては後で聞くか」と息を吐く。

「あーしや陽華は、【霊力】……体に流れるエネルギーが普通の人間より多くて、その制御も得意。昨日の狼男達もそうだね。あーし達は【霊力】を使いこなすことで【霊技】って呼ばれる強力な技を扱うことができるの。そういう、普通の人とは違う力を持った人間は【霊能者】って呼ばれてる。陽華は何百年も前から続く式神使いの名家天照地の長女で、あーしは代々天照地家の専属護衛をする稲荷家の娘ってワケ」

「だから私達もそれぞれ霊技を使えるんだ。私は茉莉ちゃんの足元にも及ばないけど」

稲荷さんの説明を補足しながら、天照《てんしょうじ》地さんは苦笑を浮かべる。

「そんで昨日陽華を襲ってきたのは、大神の分家である虎狼《ころう》家と犬飼《いぬかい》家の人間で、戦闘のエキスパートだね。二人とも有名で、特に虎狼の方は腕っぷしだけじゃなくて頭も回るって言われてる。大神家に連なる人間が軒並み持っているのが、【人狼変化《じんろうへんげ》】っていう霊技。自分の姿形を狼男に変えて、身体能力を大きく向上させる——単純だけど強力な技だよ」

稲荷さんの言葉に、俺は蒼黒《そうこく》の狼男を思い出す。怜悧《れいり》な視線からは、場慣れしていることと、計画を成し遂げるための用意周到さのようなものが確かに窺《うかが》えた。

「なるほどね……ところで、天照地さんの家の人ってこのことは知ってるの？」

「うん、昨日茉莉ちゃんと一緒に報告したから」

「今は大神の家に猛抗議中。でも、あんまり良い成果は得られてないみたい」

「それはどうして？」

「どっちも永く続く有名な家ではあるけど、積極的に勢力を広げてこなかった天照地家と違って、大神は関東東北にまで勢力を広げているからね。実際の力関係には結構な差があるってコト」

「んー、なるほどね」

関東だけじゃなくて東北にまで影響力があるのは凄《すさ》まじいな。

「ただ……」

難儀な話だと俺が眉を顰めていると、稲荷さんが表情を沈ませた。

「今は何とかなっているけど、大神家全体で陽華のことを狙って来たら、たぶん太刀打ちできないと思う。……あいつらの倫理は崩壊してるから」

稲荷さんは何か思うところがあるらしく、ぎゅっと自らの腕を抱きしめた。

「茉莉ちゃん……」

そんな彼女に天照地さんが寄り添う。

「戦力差は？」

「……五十倍ぐらい」

無理ゲーじゃね？

稲荷さんの言葉に俺は頬をひくつかせ、天照地さんも肩を落とした。

「……こっちが持ってる情報は開示したよ。今度は、明月が話す番っしょ？」

「茉莉ちゃん……どうしてそんなにケンカ腰なの……」

「昨夜は確かに助けてもらったけど……正直、明月が陽華を助けた目的が不透明すぎるから。力の出所もどの勢力に属しているのかも不明で、警戒せざるを得ない。それに……」

——なぜ、首を刎《は》ねたのに生きているのか。

天照地さんの前で明言することはできないのか、稲荷さんはその大きな翡翠《ひすい》色の瞳で俺を射抜いてきた。

……ま、これ以上隠しておくつもりもないし、さっさと話してしまおう。

空になった弁当箱を片付けて、俺はゆっくりと口を開いた。

「実は俺、異世界で吸血鬼になったんだ——」

——数分後。

「異世界で吸血鬼になって、そこで二年強過ごした……!?」

「ネット小説の読みすぎとしか思えないんだけど……」

一通りの説明を終えると、天照地さんと稲荷さんは一様に口を開け、俺を凝視してきた。

「俺としては慣れ親しんだ日本にぶっ飛んだ超能力者が何人もいることのほうが信じられないけどね。……まあ、だから俺はこの世界で浮いた存在なんだよ。どの派閥にも属していないし、大層な目的があるわけでもない。分不相応な力を携えて、思わず厄介ごとに首を突っ込んだ大間抜け。原因不明のエラーみたいなもんだ」

「「…………」」

二人は揃って押し黙る。

信じられない、信じられないがこれまでの様子を見るに信じるしかない、といった様子だ。稲荷さんに至っては、『うそなんとかのナンチャララ』が反応していないことから俺が真実を話していることを確信している筈《はず》だ。

筈なのだが……何故《なぜ》か稲荷さんは警戒の色を一層濃くした瞳で、ぐいっと顔を近付けてきた。完璧なメイクが施されたその美貌と、めっちゃ甘くていい香りにドキッとする。

「……吸血鬼ってことは、昼間の活動が制限されたりするの？」

「まあね。能力は落ちるし、えぐい眠気に襲われる。ぶっちゃけ、今もクソ眠い」

「太陽の光を浴びて、灰になったりはしないんだ」

「見ての通りだ。ニンニクや十字架も効かないようになってるよ。鍛えたからね」

「じゃあ、明月《あかつき》は無敵ってこと？」

「無敵ではないかな。殺す方法はあるにはあるけど、さすがにそれは教えられない」

「まあそりゃそうだよね。あと吸血鬼ってことは……血を吸ったりするの？」

「いや、今の俺には吸血は必要ない。だからそんなに警戒しないでよ」

随分と俺の弱点を聞きたがる稲荷さんの様子が気になりつつも、ちゃんと答える。これで不利になるということもない筈だし。

前傾姿勢のおかげで谷間が露《あら》わになっていて、目の保養になったお礼も込めたりして。

『マスター……あちらでハニートラップを使われないでよかったですね』

『え、なんの話？』

頭の中でノアナがため息をついた。

「茉莉《まつり》ちゃん、そんなに根掘り葉掘り聞いちゃだめだよ……」

この場の良心である天照地さんが窘《たしな》めると、稲荷さんは疲れたように眉間を揉《も》んで、若干前のめりになっていた体を引いた。ああ……さよなら私の双丘《グラマー》……。

「……話をまとめると、明月は全く違った道理で、あーしらとよく似た力を得たってワケだね。にわかには信じがたいけど」

「異世界かぁ、すごいね。ファンタジーＲＰＧの世界みたいだった？」

「不便なだけの、つまらない場所だったよ。吸血鬼への当たりきついし」

瞳を輝かせる天照地さんに、俺は苦笑を返した。あまり思い出したいものじゃない。

「異世界の思い出話はまた今度にして、今後の方針を決めようよ」

「……まさか、これからもこっちに手を貸すつもり？」

「腹を割って話した仲じゃないか。決着がつくまでは付き合うよ」

「そんな、悪いよ……そもそもこれは私の問題なのに……」

「どうせ昨夜のことで俺も目をつけられてる。今更身を引いても無駄だよ」

天照地さんは「そうかもしれないけど……」と納得しきれていない表情で呟《つぶや》く。

「……あーしとしては、陽華《はるか》を守れる人員が増えることに異論はない。でも、当然なんらかの報酬を求めてくるんでしょ？　それによっては少し考えさせてほしい」

「んー……」

稲荷さんが放った『報酬』という言葉に、俺は顎に手を当て考え込む『振り』をする。

正直、『普通』の高校生を目指す俺が、これ以上厄介ごとに首を突っ込むのは矛盾している。さっき挙げた理由だって、天照地さん達に力を貸す理由にするには少し弱い。

それでも俺は、天照地陽華という少女のことを、もう少し知りたいと思ったのだ。

あの時、自らの命が危険に晒《さら》された状態で、彼女は俺と稲荷さんの命を優先しようとした。自らの命を犠牲にして、二つの命を救おうとした。

彼女のその行動は、俺にとって驚愕《きょうがく》であり、不可解でもあった。そんな自分の利にならなないことを、どうして実行できるのか――俺にはわからない。

　クソったれな異世界で擦れてしまった俺には、だからこそ、そんな彼女の姿がまぶしく映って――もう少しだけ、彼女の側《そば》にいたいと思った次第だ。

『素直に彼女に恋愛感情を抱いていると言ったらどうですか、マスター？』

『そんなんじゃない、これは偶像崇拝みたいなものだよ』

　天照地さんはエベレスト山頂付近に咲く超高嶺《たかね》の花。目に映るだけで十分だ。

　……とまあ、そんなポエミーな本音を曝《さら》け出せるわけもなく。俺は必死に何かそれっぽい報酬をひねり出そうと眠い頭をぐるぐると働かせる。

「じゃあ、無事に問題が解決したら、天照地さんとの一日デート権とか――」

　妙案を思いついた俺は笑顔で提案しようとして、細い十本の指に首を摑《つか》まれた。

「ヒョッ？」

「とんでもない戯言《たわごと》を言うのはこの口か……？　吸血鬼ってさぁ、呼吸困難の状態を永遠に続けたらどうなるんだろうねぇ……」

「さーせんうそウソ嘘《うそ》ですごめんなさいあああネイルが、ネイルが食い込んでるぅうう」

「ままま、茉莉ちゃん！　明月君が死んじゃう！」

　我を忘れた稲荷さんを、天照地さんが横から押さえたことでこの場はなんとか収まった。

「ゲェホッ、ゲホッ――まあ、一日デートは冗談だけど……なんか美味《うま》い飯でも奢《おご》ってくれればいいよ」

「そんな……明月君は、それで本当に良いの？」

「うん、まあね」

「どうして……」

「あの程度の連中なら、大した負担にもならない」

確かな自信をもって、俺は二人の美少女を順に見遣《みや》った。

稲荷さんは心持ち顔を青ざめさせて、天照地さんは少し頬を上気させて黙り込む。

「戦闘力には自信があるよ。なんせ異世界では、それだけで生きてきたようなものだから。

二人も昨日の俺の実力を見たでしょ？　あれも力の一端に過ぎないからね」

下手をすれば子供のする自慢話に聞こえるようなことを、平然と、当然のように話す。

二年間の経験を、あの濃密で凄惨な日々を生き抜いてきた自負と信念を、二人に開示する。

「……とはいえ、吸血鬼なんて得体のしれないバケモンには頼りたくないって言うなら、
俺は全然身を引くよ」

俺は人間ではない。怪物だ。つまりは人に仇《あだ》なす存在だ。どれだけ都合のいい言葉を並べられても、そう簡単に信用はできないだろう。

「……」

天照地さんは思考を巡らせるように黙り込む。稲荷さんは何か言いたげだが、あくまで無言を貫いている。天照地さんに判断を委ねたようだ。

「正直、明月君が吸血鬼かどうかは関係がないけど……ほぼ初対面の私を助けに来てくれ

たぐらいには、優しい人みたいだから」

「えっ、あ、そ、そう？」

天照地さんにとっては、俺が何者であろうとどうでもいいらしい。……なんかちょっと、嬉《うれ》しいな。

内心で浮かれていると、考えがまとまったのか天照地さんが真剣な眼差《まなざ》しを向けてきた。

「明月君——どうか力を貸してください」

「——任せてくれ」

俺は天照地さんの向日葵《ひまわり》のような双眸《そうぼう》をまっすぐに見つめ返しながら、一度だけ頷《うなず》いた。

「さて……」

同日の夜。

太陽がすっかり地平の下に隠れて暗闇がやってきた街の片隅。そこに忘れ去られたように残る小さな廃屋で、俺は自身の右親指の皮膚を噛《か》み千切った。かすかな疼痛《とうつう》とともに、指先から真っ赤な鮮血が溢《あふ》れ出る。

「こっちでも異世界の能力が使えるってことは、あの【スキル】も使える筈だよな」

『試す価値はあります。戦力が増えるのは良いことです』

「……だな」

昼の話だと、現状の彼我の戦力差は絶望的らしい。それなら俺から人員を貸し出そうという魂胆だ。一騎当千の強力な『怪物』をな。

ぽたり、ぽたり、と足元に一定量の血が落ちたのを確認し、俺は一つの呪文を唱える。

「――【召喚《コール》】」

瞬間、俺の血がひとりでに広がり、たちまちの内に地面に紅色の魔法陣を形成した。魔法陣は淡く輝きながらマナを放出する。

俺が使った【スキル】は【召喚《コール》】。契約したモンスター――異世界ではこれを『使い魔』と呼ぶ――を呼び出すスキルだ。

発動は、問題なし……あとは、この【スキル】が世界の壁を越えられるか、そして『アイツ』が応えてくれるかどうかだ。

半ば祈るような気持ちで輝きを増す魔法陣を凝視していると、魔法陣の光が突如はじけて辺りを紅《あか》く染め上げた。

閃光《せんこう》に貫かれた瞳をゆっくりと開けると、しゃらん、と衣が擦れる音。

白と黒が入り混じった特徴的な髪と、神秘的な蒼《あお》い瞳。小柄な体は、縹《はなだ》色の浴衣に包まれている。端整ながらも幼い顔立ちと背の低さから小学生のようにしか見えない目の前の少女が――俺の使い魔だ。

彼女はその双眸を揺らめかせて、淡く微笑《ほほえ》む。

「――呼び声に応じ参上致しました。ああ竜彦《たつひこ》様……お会いしとうございました……！」

異世界で出会った大切な仲間。何度も俺のことを助けてくれたかけがえのないパートナー。異世界で別れてから一週間ほどしか経《た》っていないのに、俺は懐かしい気持ちになりながら、両腕を広げて彼女の名前を呼んだ。

「……ああ、久しぶり。──瑠奈《るな》」

「っ……はいっ……！　ぐすっ……うぁああああああん!!」

瑠奈は涙腺を一気に決壊させ俺の開いた胸元に飛び込んできた。その小さな体を、ぎゅっと抱きしめる。

「もう、もう二度と、会えないとばかり……！　夢のようです、またこうして竜彦様の胸に飛び込めるなんて……！」

「俺も……うれしいよ」

『魔王』を殺す直前。日本に帰ったら【召喚《コール》】のスキルは二度と使えないと思っていた俺は、瑠奈に永遠の別れを告げた。その時も彼女はこんな風に泣きじゃくっていたっけ。

喜びの涙を流す瑠奈を抱きしめ、頭を優しくなでながら、俺はしばらくの間大切な彼女のぬくもりを感じ続けた。

感動の再会を果たした俺達《たち》は、革のめくれたぼろいソファーに腰かけた。瑠奈が随分と体をすり寄せてくるが、まあ今回ばかりは気にしないでおこう。

「──ではここは……話に聞いていた竜彦様の故郷なのですか？」

「ああ、そうなるな」

瑠奈は物珍しそうに辺りを見回す。

「チキュウの人々は穴が開いた家に住む文化があるのですねっ！」

「いやごめん、ここは廃墟《はいきょ》なだけ。本当はこんな感じの家に住んでいるんだよ」

とんでもない勘違いをしかけている瑠奈に、俺はスマホの画像検索で出てきた日本の家の写真を見せる。古風な平屋や、モダンな一戸建て、都心のタワーマンションなどなど。

「なんなんですか、この魔道具は!?」

スマホ自体にも興味を示しながら、瑠奈は食い入るようにインターネットの海に漂う大量の画像を眺め始める。

色々と教えてやりたいが、今は他の話を優先したい。

「瑠奈、こっちの世界でも力のほうは使えそうか？」

「えっと……はい」

瑠奈はスマホを俺に返してから両の掌《てのひら》を開いて、その指先から真っ白な糸を伸ばした。

瑠奈が出した糸はまるで自ら意思を持っているかのようにうねうねと揺れる。

瑠奈は『アラクネ』という名の半人半蜘蛛《はんじんはんぐも》の魔物だ。今は完全に人間の姿になっているが、本来は体の下半分が蜘蛛の形となっている。

彼女が生み出す糸は粘着性・伸縮性・耐久性に優れていて、さらにはその糸を使って盗聴まででき、様々な場面で役に立ってくれるのだ。【スキル】の名前は【アリアドネ】。

「大丈夫です、此方《こなた》の力は健在なようです」

「そうか、よかった」

「これで竜彦様に歯向かう輩《やから》を殲滅《せんめつ》できます！」

「そこまでしなくてもいい」

「え～」と頭を押し付けてくる瑠奈。この娘、こんなに甘えん坊だったっけ。

『マスターと再会できてはしゃいでいるのですよ。乙女心がわかっていませんね』

『どうせ俺は彼女いない歴イコール年齢人間だよ』

ノアナの憎まれ口に辟易《へきえき》としつつ、俺は瑠奈の体を引きはがした。「あぅ」とわざとらしい声が聞こえる。

「【アリアドネ】が使えるなら、異世界の時のように『繋《つな》げて』おくか」

「はい！」

俺の提案に瑠奈が待ってましたとばかりに一本の糸を指先から出した。目を凝らさないと見えないような、ワイヤー線のような糸。瑠奈はそれの先端を俺の額にくっつけ、糸が出ている指を自分の額に押し当てた。

青白い淡い輝きが一瞬だけ奔《はし》って、糸は消え去った。

「これで離れた場所でもお互いの居場所がわかるし、念話をすることができるな。それで、瑠奈。敵は殲滅しないでいいけど、お前には一つ頼みたいことがある」

「竜彦様の命令であれば、此方は馬車馬のように働き手足が千切れようとも任務を遂行致しましょう」

「うん、もう少し軽い気持ちで臨んでくれていいぞ……というかなんでそんなに張り切ってるんだ？」

「だって、此方だけを呼んでくださったじゃないですか！　他のメス共ではなく、此方だけを！　これはもう、此方こそが竜彦様の唯一絶対の使い魔であるという証拠！」

「その理論は無理があると思うんだけど……」

俺が苦笑とともに首を振ると、瑠奈は唇を尖《とが》らせた。

まあ、瑠奈は一番付き合いが長い使い魔なので、それだけ信用できる。単純に戦闘力が高いし、スキルがとにかく便利なのも大きい。

他の使い魔を呼ばなかったのは……訳わからん状況の中でキャラの濃いアイツらを一度に呼び出すのは、ちょっと俺の精神的負担がね、大きいかなって思ってね。そりゃ全員呼べばもう無敵なのは間違いないのだが、瑠奈一人でもすでに結構アレだし。

「……竜彦様？　なぜそんな遠い眼《め》をされているのですか？」

「ナンデモナイヨー――で、頼みたいのは、これだ」

俺はそう言って天照《てんしょうじ》地さんの写真が表示されたスマホ画面を瑠奈に見せる。

友人と仲睦《なかむつ》まじげに話す天照地さんの姿だ。自然体で、カメラにも気付いていない様子。

猪俣《いのまた》に「天照地さんの写真をくれ」と頼んだらこれが送られてきた。

「これは盗さ……隠しど……そう、貴重なスナップショットなんやぞ！」とは猪俣の言葉。

彼に前科がつく日がくるのはそう遠くないかもしれない。

「なるほど、この女を抹殺するのですね……！」

「違う、逆だ。瑠奈にはこの天照地陽華《はるか》さんを護衛してほしい」

「むむっ……」

なにやらジトっとした目つきで、天照地さんの写真を舐《な》めまわすように見る瑠奈。

その様子に困惑していると、瑠奈が突如ガバっと顔を上げた。忙《せわ》しないな。

「竜彦様は、この女のことが好きなのですか!?」

「なんでそうなるんだよ!? 事情があって、厄介ごとに巻き込まれただけだ」

全く……ノアナにも言ったが、俺が天照地さんに惚《ほ》れるわけがないだろう。分不相応にも程がある。

『……分不相応とは、どういうことでしょう？　この国に貴族制度はありません。誰にでも平等に恋情を抱く権利があるのではないですか？』

『スクールカーストっていう、向こうの貴族制度並みに重要な階級制度が高校にはあるんだよ。容姿端麗文武両道超お嬢様の天照地さんはその階級のトップ、容姿淡泊全部凡庸一般家庭出身で底辺階級の俺じゃあ釣り合わない』

『……？　理解できません。非論理的です』

『はいはい』

全然納得のいってない様子のノアナは放置して、俺が簡単に今の状況を瑠奈に説明すると、瑠奈は「なるほど」と一つ頷《うなず》く。

「またお得意の人助けですか、竜彦様。此方には主《あるじ》である竜彦様の行動を止める権利はございませんが……正直、愚かであると言いたいです」

瑠璃色の瞳が、責めるように俺を見据える。

「……そんなこと言わないでくれよ、豆腐メンタルなんだから」

「過去の経験から学ばれていないのですか？　竜彦様が手を差し伸べた者共は最後にどうなりましたか？　竜彦様に何をしてきましたか？　そのたびに、貴方《あなた》は傷ついてきたのではありませんか？」

真剣な視線から逃げるように、俺は屋根の穴から差し込む月光に目を泳がせた。

「……耳が痛いな。でも、もう決めたから」

「…………」

「瑠奈には迷惑をかけて悪いとは思ってるよ」

「迷惑などとは思っていません。此方は、竜彦様が傷ついてしまうのが嫌なだけです……人間共に好き勝手に言われて摩耗していく姿を、誰よりも近くで見てきましたから」

「……今回はそうならないように、上手《うま》くやるよ」

瑠奈の頭を撫《な》でて、俺は彼女に微笑みかける。口を開いては閉じてを何度か繰り返し、瑠奈は小さくため息をつきながら「わかりました」と頷いた。

「それじゃあ、瑠奈は夜の間、天照地さんの身の回りを見張っていてくれ。何かあったら、念話で俺に伝えるように」

「承知致しました」

「ああ、あともう一つ。天照地さんの近くに金髪の女の子がいるんだけど、彼女には糸を一本つけておいてくれ」

「何か思うところがあるのですか？」

「まあ、ちょっとな」

稲荷《いなり》さんの顔を思い出しながら俺は頷く。

「わかりました、機を見てマーキングしておきます」

「ありがとう、助かる」

「はい！……あの、一つだけいいですか？」

俺のお礼に相好を崩した瑠奈は、続いて両の指を絡め合わせた。

もじもじと指を弄ぶ瑠奈。俺が「どうした？」と首を傾《かし》げていると、頬を赤らめた蜘蛛の少女は意を決したように拳を握った。

「に、日中は、竜彦《たつひこ》様と一緒にいたいですっ！」

「いや、それは無理だよ」

「えっ」

俺の答えに固まる瑠奈。

「平日は学校があるし、休日は家にいて家族がいるし……瑠奈みたいな可愛《かわい》い子と一緒にいたら変に目立つし」

「か、かわ……いえ、それでしたら此方に考えがあります！」

そう言って、瑠奈《るな》は光を放ってその姿を変貌させた。

『これなら、注目されることもありません！』

少女が立っていた場所に、白と黒の斑模様《まだらもよう》をした蜘蛛が現れた。体長三センチほどのそれが一番前の足を上げると、得意気な瑠奈の声が頭に聞こえてくる。

蜘蛛の姿に変身して、俺の鞄《かばん》の中にでも潜んでおくってことか。

『まあ、それなら別に……』

『ありがとうございますっ！』

蜘蛛が嬉《うれ》しそうに体を揺らし、糸を吐き出して器用に俺の肩に乗っかってきた。

『全く……マスターは相変わらず瑠奈に甘いですね』

『あっ、ノアナ！　何故《なぜ》お前までここにいる!?』

『当たり前でしょう。私とマスターは一心同体なのですから』

『お前のような不埒者《ふらちもの》が、竜彦様の頭の中に巣くうのが一番腹立たしい……！』

ムキーッと四本の前足を振り回す瑠奈とは対照的に、全く意に介さないノアナ。どうにも仲の悪い彼女らの口喧嘩《くちげんか》を聞くのも久々だ。

余談だが、普段は俺にしか声が聞こえないノアナは、念話を使える相手とは同様に会話ができる。なので昼間稲荷さんが話しかけてきた時に、彼女は黙っていた。

「俺の頭の中で喧嘩しないでくれよ……」

姦《かしま》しい声にうんざりしつつも、異世界でよくあったやり取りを聞いて無性に懐かしさを覚える俺がいるのも、また事実だった。

　瑠奈を召喚した夜から土日を挟んで四月九日。俺は何故か稲荷さんに呼び出されて、天照地さんも加えてまた三人で昼食を摂《と》ることになった。

「明月《あかつき》君はチーズが入ったハンバーグと、チーズが載ったハンバーグならどっちが好き?」

　魔法瓶に入れられたとけたチーズを弁当箱のハンバーグにぶっかけながら、天照地さんが楽しそうに尋ねてくる。そんなの考えたことなかったです……。

「中に入ってるタイプかな……まあ、どっちも好きだけど」

「わかる! 私もどっちも好きなんだ〜。まあ一番いいのはチーズがかかっててチーズが中に入ってるタイプだけどね!」

　胃もたれしそう。っていうかそんなメニュー見たことないんだけど。

「ふんふふーん」

　鼻歌混じりに天照地さんがハンバーグ——もはやチーズの塊にしか見えない——を箸で割ると、中から別のチーズが溢《あふ》れてきた。あったわ。チーズオンチーズインハンバーグ。

「……前から思ってたけど、天照地さんってチーズ好きだよね」

「あはは、バレちゃった?」

「バレないと思っていたのか……!?」

マイチーズまで持参しておいて!?

「陽華のチーズ好きは筋金入りだよ。カマンベールとかだけじゃなくて、アオカビの奴《やつ》とかも食べるから」

「それはすごいな」

ゴルゴンゾーラは昔父親が食べていたものを分けてもらったことがあるが、大人の味すぎて泣きそうになった覚えがある。

「まあ茉莉《まつり》ちゃんはおいといて……明月君、チーズは良いよ。チーズは食の画竜《が りよう》点睛《てんせい》だよ。チーズがかかることで、全ての料理は『完成』されるんだよ」

「チーズの説明に故事成語を持ってこられても……」

まあ、天照地さんの意外な一面を見られたのは良いこと……かな。今度、インベントリに入れっぱなしになってるヤギ乳のチーズでも贈ろうかな。

「チーズって一口に言ってもたくさん種類があるよね。それは製造方法とか環境とかで色々変わるんだけど、不味《まず》いものなんて一つもないの。スーパーでよく売られているのはカマンベールやゴーダだけど、私はもっと種類を増やしてほしいと思ってるんだ。貯蔵庫から持ち出したチーズを目の前で職人さんが切り分けてくれるコーナーも欲しいよね。今気になっているのは牛乳ベースじゃないチーズかな。日本にはあまり流通していないから見つけ辛《づら》いけど、取り扱ってる専門店もあっていつかそこに行ってみたいんだよね」

「ゆるして……ゆるして……」

「はい陽華。それぐらいにしとき。あーしが明月と話す時間がなくなるから」

「あっ……ごめんね、茉莉ちゃん」

グッジョブだ稲荷さん。マジ助かる。いやほんとどんな顔をしたらいいかわかんなかったから……天照地さんもオタクみたいに早口になることがあるんだな……。

「そ、それで、俺に話って……？」

「明月に一つ聞きたいことがあってさ」

「ん？　彼女はいないよ」

「興味ない……陽華の家に妖魔を差し向けたのは、明月？」

「ああ、そうそう。あれは俺の使い魔なんだよ、人間の姿をしてるけど。結構強くて便利な能力を持ってるから協力してもらおうと思って」

俺の説明を聞いて、稲荷さんはまた難しい顔をして頷いた。

「その心遣いは嬉しいし、ありがたいけど……今度から事前に連絡をしてほしい、かな。妖魔用の結界が反応して、天照地家は大騒ぎだったよ」

『この女、なかなかのやり手でしたよ』

制服の胸ポケットに入っている瑠奈が上から目線のコメントを述べる。

『あのさ……見張り中に稲荷さんと交戦したって報告が来てないんだけど』

『身分を明かし、事情を説明したら刃を収めてくれたので、問題ないと判断しました。それに糸もつけておきましたし』

『あっそう……』

今度から毎朝の定期報告を義務付けよう。

というか、心配ないと言っていた割に稲荷さんもきっちり警戒していたんだな。真面目というか、心配性というか。

「茉莉ちゃん……また夜まで見張りをしてたの？」

と、若干怒気を孕《はら》んだ声が響いた。

声の主は天照《てんしょうじ》地さんだ。隣に座る稲荷さんのことをじっと見ている。

「茉莉ちゃんの負担になるからやめてって、私言ったよね？」

「うっ……でもやっぱり、心配じゃん。大神《おおかみ》家の連中が何してくるかわかったもんじゃないし……陽華の身に何かあったら、ツラいし……」

俺と喋《しゃべ》ってる時とは打って変わって、気まずそうに肩を縮こまらせる稲荷さん。

彼女の言い訳に、天照地さんは首を振って、はっきりと告げる。

「私だって、茉莉ちゃんの体に何かあったら嫌だよ。だから、無茶はしないで」

「陽華……」

その言葉に、稲荷さんの瞳がうるみ、二人がゆっくりと肩を寄せ合う。この場面を写真に収めれば、後世で宗教画として崇《あが》められそうな尊い光景だ。

「明月君、見張りの件はそのままお願いしていいかな？　使い魔の子には悪いけど……」

眼前の百合《ゆり》展開に見蕩《みと》れていると、天照地さんが申し訳なさそうに俺を見てくる。

俺に負担はないし瑠奈は昼間に——主に俺が授業を受けている間——睡眠をとるからなんの問題もない。そこまでかしこまられると、逆にこっちが申し訳なくなってしまう。

「気にしないで、天照地さん。協力するって言った以上、これぐらいは当然のことだよ」

「……うん、ありがとう」

「稲荷さんも、夜はゆっくり休んでくれよ」

「……わかった」

「今晩は一緒の布団に入って見張っておくから！」

「うんうん……えっ？」

「ちょっと……子供扱いすんなし」

「えっ、えっ？」

天照地さんの同衾《どうきん》発言に俺が戸惑っていると、稲荷さんが「ああ、言ってなかったたっけ」と頭をかく。

「あーし、陽華《はるか》ん家に住まわせてもらってんの。両親を六年前に亡くしちゃったから」

「あっ……ごめん、そうとは知らずに」

「いや別に……仲のいい子《ち》には普通に教えてるし」

稲荷さんはあっけらかんとしていた。天照地さんも「うん、うん」と頷いている。

なるほど、同じ家から通っているから弁当の内容も同じだったのか。

「私と茉莉ちゃんは、もう姉妹みたいなものだからね」

「そだね。手のかかる妹を持つと苦労するよ」

「も〜！」

仲良く言い合いを再開する二人。再びうらぶれた校舎裏が百合の園と化す。

「あの……一個だけいい？」

その百合の園に土足で踏み入ることに慄《おのの》きつつ、俺は二人に声をかけた。

美少女二人が頷《うなず》くのを見て安心しながら、俺はおもむろにスマホを取り出す。

「今回みたいな連絡ミスがあるといけないから、二人とはラインを交換しておきたいな〜って思って……いいでしょうか？」

至って自然に、さも当然のように繰り出した提案。それに天照地さんは「うん、いいよ！」と快諾して連絡先を交換してくれた。

「……大物なのか、小物なのかわかんないな、明月って」

苦笑する稲荷さんともラインのＩＤを交換する。

おお……この二人の連絡先を手に入れられるとは……！

『狡《こす》いですね、マスター』

アプリ内の「ともだち」という項目に新たに加わった名前を眺めて俺が感激に打ち震えていると、脳内で機械から発せられたような冷ややかな声が響いた。うっさいな。

「あ、それじゃあ後でチーズについて送るね。前にレポートを作って——」

「勘弁してください」

俺は初めて、天照地さんを怖いと感じた。

——異世界に召喚されて、三百二十六日目。

目の前に、女の人がいる。戦うための力も、莫大《ばくだい》な財産も、圧倒的な権力も持っていない、ただの町娘だ。

大通りに面した定食屋の娘で、朗らかな笑顔で俺に語りかけてきてくれる人だった。

そんな彼女が今、血を流して俺の前で倒れている。荒い呼吸を繰り返して、血が流れる首元を押さえ、まるで化け物を見るかのように震える瞳で俺のことを見上げていた。

彼女は震えながら、一センチでも俺から離れようと這《は》いずり叫ぶ。

「誰か……！　誰か助けて！　吸血鬼が出た……！」

呆然《ぼうぜん》としながら、俺は間抜けな声を漏らす。

「あ……え……？　[redacted]さん……？　なん、で……？」

口元を押さえると、彼女が流しているものと同じ色の液体がべっとりと手についた。

「っ……！」

息を呑《の》み、絶句する。そして全てを思い出す。

ああ、彼女を襲ったのは俺だ。吸血衝動を抑えきれずに、我を忘れて彼女の首に食らいついて血を吸ったのは——

――吸血鬼の、明月竜彦《たつひこ》だ。

「一足遅かったか……全く、今日ほど自分の勘を否定したかった日はないよ」

聞き覚えのある声がして振り返ると、そこには何度も一緒に迷宮に潜った女冒険者が立っていた。燃える炎のような赤い髪を夜風に靡《なび》かせる彼女もまた、怪物を前にして忌避の表情を浮かべている。

笑顔が素敵な人だと思っていた。年長者の余裕をいつも崩さず、俺の面倒を見てくれた恩人だった。けれど、迷宮で浮かべる好戦的な笑みも、胸元をちらつかせて俺をからかってくる妖艶な笑みも、大好きな酒を飲んだ時のご機嫌な笑みも、今はもう見られない。

情けなく震えながら、それでも俺は最後の希望に縋《すが》るように声を漏らす。

「ちが、う……俺の意思で襲いたかったんじゃない……こんなの、俺は……」

「今更口ごたえしても無駄だよ、タツヒコ。……アンタはアタシ達《たち》の敵だ」

ガン、と赤髪の冒険者は地面に戦斧《せんぷ》の石突を打ち付け、緋色《ひいろ》の双眸《そうぼう》を細めた。

よく見ると、月光に照らされる彼女の後ろには、数多《あまた》の冒険者が武器を構えて立っていた。数の多さから、恐らく町に滞在する実力者は全て揃《そろ》っているのだろう。

俺を討伐する、ただそれだけのために。

「アタシ達を騙《だま》して、上手《うま》く町に溶け込んだねえ、吸血鬼！　年貢の納め時だよ！」

夜の闇に包まれた異世界の町の中で。

かつて酒場で共に笑い合った冒険者が、得物を構えて俺に襲いかかってきた――

「ッッッ!!」

ガタタッと音を上げ、俺は夢の世界から帰還した。

こびりついた悪夢の残滓《ざんし》に顔を顰《しか》めながら、俺は深く息を吐く。

今の夢は、異世界でのトラウマの一つだ。とある町に突如現れた吸血鬼の話。……あの後どうなったかなんて、思い出したくもない。

「あ〜か〜つ〜きぃ〜」

眉間を揉《も》んできつく瞳を閉じていると、間延びした、それでいて滅茶苦茶《めちゃくちゃ》怒っているとわかる声が頭上から聞こえてきた。

恐る恐る顔を上げると、ジャージを着た妙齢の女性が頬をヒクつかせて立っていた。

「あっ……甲斐田《かいだ》先生……」

俺の目の前に立っていたのは、担任にして物理担当の女性教師、甲斐田湊《みなと》先生だった。

俺はさぁっと血の気が引く音を聞きながら、自らのやらかしを悟る。

四月の二週目。自己紹介や委員決めなどの新学年特有の行事が終わり、星川《ほしかわ》学園では本格的に授業が始まりだす。私立の名門校なのでその授業スピードはかなりのものだ。

二年の始まりにしてすでに文科省の定めた三年間のカリキュラムを半分終わらせている、と言えば伝わりやすいだろうか。

当然、テスト範囲は軽い気持ちで設定を盛りまくった小説の風呂敷よりも広くなり、その難易度は広げすぎた風呂敷を綺麗《きれい》に畳んで完結させるのと同等の難しさとなる。

そんな高度な授業で教科書を見ない、ノートを取らないなどあり得ない。予習復習をしなければ進級すらも危うくなる鬼畜難易度の授業で、よもや居眠りをするなどあってはならない。大学までの一貫校とは言え、成績が足りない者は容赦なくふるい落としにくる——それが星川学園という場所なのだ。

だが、二年三組の教室で、堂々とそれを敢行する者がいた。

傲岸不遜、空前絶後、大胆不敵な居眠り犯。その男こそが——！

「担任の授業で眠りこけるとは、いい度胸だねえ」

「すみません……」

俺だった。

昼食後の五時間目。最も眠くなるこの時間帯に、よりにもよって最も眠くなる科目である物理の授業で、俺は睡魔の誘惑に負けてがっっっつり居眠りをしてしまった。

無理だ……ホームルームとかならまだ起きていられるけど、理科と数学と英語と国語と社会の授業は無理だ……起きていられる気がしない。てか実際に起きていられてないし。

「すみません……ちゃんと聞きます……」

「うん、次の授業からはちゃんと聞いてくれな。今日はもう終わりだから」

甲斐田先生の言葉通り、終礼を告げるチャイムが鳴り響いた。

授業は一コマ五十五分。最後の記憶が授業開始五分後とかだったから、五十分も眠りこけていた計算だ。しかも起きる時は騒音付き。そりゃ先生も苦言を呈したくなる。

「今日は暖かいし、新生活で疲れもたまっているだろうけど……それは他のみんなも同じなんだから、もうちょい頑張ってくれ」

「ほんと……すみません……」

超ド級の正論に、俺は項垂《うなだ》れるしかなかった。


「このままじゃまずいなぁ」

『ええ。白昼堂々と居眠りする珍獣を一目見ようと、野次馬が集まってしまいます』

その夜。十二時を回り家族が全員寝入った静かな家の中で、俺はベッドに寝ころんだまま呟《つぶや》いた。ノアナの茶々に突っ込む気にもならない。

昼間の眠気が嘘《うそ》のように、思考が非常にクリアだ。クソったれ。最初からわかっていたことだけれど、この吸血鬼の体質は本当に現代社会に合っていない。

ぶっちゃけ、今日は午前が委員決めだったからまだマシだが、全時間が授業にあてられる明日からは全科目眠りこける未来しか思い浮かばない。

『【偽血生体《モロイイ》】を使ってはいかがですか？』

脳内でノアナが提案してきた方法に、俺もまた脳内で否定を返す。

『明るい場所じゃあ、すぐにばれる。あと喋れないから当てられた時に困るよ』

『では教室中に催眠をかけて、マスターが起きていると思い込ませては？』

『うーん……催眠、催眠かあ……』

ノアナの提案に、俺は内心で呻《うめ》いた。

吸血鬼の代表的な能力である【催眠・魅了】系統のスキルは俺にも備わっている。その気になれば、はっきりと意識を保たせたまま使役できる人間――これを【眷属《けんぞく》】と呼ぶ――を生み出せたりもする。

とは言え、異世界でこのスキルを使う機会は終《つい》になかったけどな。あの世界の人間はほぼ必ず【退魔のロザリオ】とかいうアイテムを持っていて、吸血鬼が魅了をかけようとするとそのロザリオが眩《まばゆ》く発光して無効化するのだ。

スキルを防ぐだけでなく、周囲の人に吸血鬼がいると知らせることができるという、嫌になるぐらいに便利な対策アイテムだった。なんでそんなもんがあるんだよ。

【退魔のロザリオ】で集まった人達に袋叩《ふくろだた》きにされた思い出が蘇《よみがえ》る。あの世界、吸血鬼に対して本当に当たりが強かったな……。

俺は大きく頭を振って、蘇ったトラウマを振り払った。

『……昼間じゃ【催眠】のスキルは使えない。却下だ』

『ではもういっそ夜間の学校に移りましょう』

『地獄の受験勉強を乗り越えてきたからなぁ～。なんとか星川学園で頑張りたいよ』

とは言え早急に対策を打たなければ、あっという間に落第、あわや退学になりかねない。

「……」

ふと、今更勉強したって……という悲観的な考えが浮かぶ。吸血鬼だとバレたらどうせ人間社会にはいられないのだから、学校で学ぶ意味などないんじゃないかと。

……いや、さすがにマイナス思考すぎるか。焼け石に水の延命措置とは言え、もうしばらくは誤魔化しながら生きていきたいのは事実だし。

『話は聞かせてもらいましたっ！　竜彦様、此方《こなた》にいい考えがあります！』

『うーん……言ってみ？』

どうしたもんかと頭を捻《ひね》っていると、天照《てんしょうじ》地家で見張り仕事中の瑠奈《るな》から念話が届いた。

自信満々な瑠奈の声に若干嫌な予感がしつつも、俺は先を促す。

『此方の糸を使って解決すればいいのです！　目立たない、透明な糸を出せます！』

『――なるほどっ！　瑠奈の糸を使ってセロハンテープの要領で瞼《まぶた》を開けっ放しにするのか！　これなら、寝ていても起きているように見える！』

『そうです！　凡百の人間共には視認できない糸なので、竜彦様のその美しい眼《め》が開いたままに見えるのです！』

『でかした、瑠奈！　明日からそれでいこう！』

『はいっ！』

思ったよりもまっとうな方法に思わず手放しで褒めると、念話でもわかるぐらいに嬉《うれ》しそうな瑠奈の声が返ってきた。

『力業すぎませんか？　というか、色々と穴がある気が……』

呆《あき》れたようなノアナの声が聞こえるが、道が開けた俺に死角はない。

これで居眠りしてもばれずに済むんだからなぁ……！


待ちに待った翌日の四月十日。

結果から言うと一時間目でばれた。理由は、居眠り時特有のヘッドバンギング。数学教師で生徒指導担当でもある強面《こわもて》の碇屋《いかりや》先生は、両目をかっ開いたまま頭を前後にゆする俺の姿にかなり動揺した顔で、教科書角アタックをお見舞いしてきた。

二時間目の歴史の授業では対策を立てた。同じく瑠奈の透明の糸を天井から頭に繋《つな》げ、若干ひっぱるようにした。これのおかげで頭が動く幅は劇的に減り、綺麗な姿勢と開いた両目で今度こそ完全な偽装ができた。

と思ったら、視線を黒板の方に向けるのを忘れていて、正面の花瓶に釘付《くぎづ》け。そんな俺を不審に思った歴史教師の藤堂《とうどう》先生に声をかけられて、返事の一つもできずに無事に居眠りが露呈。今年で定年のおじいちゃん先生は、俺に病院へ行くように勧めてきた。

「どしたん明月《あかつき》。昨日から様子が変やぞ？　一年の頃はもうちょい真面目だったやん？」

「もう無理だぁ……俺は社会のはみ出し者だぁ……」

二時間目終了後の中休み。朝から尋常ではない俺の様子を心配して猪俣《いのまた》が寄ってきた。

「わかった、昨夜《ゆうべ》自家発電張り切りすぎたんやろ。良い作品に巡り合えたんか？」

「俺の社会的地位を更に下げるような発言すんな！　ちゃんと寝てはいるんだよ……」

首を絞めて無理矢理に、だけど。

「でも、どうしても眠くなっちゃうんだよなぁ」

「それ、アルコールペプシって奴《やつ》ちゃうん？」

「ナルコレプシーな……その間違え方流行《はや》ってんの？」

妹と猪俣が同じ間違え方をしているのがなんか嫌だな……家に帰ったらもう一度正式名称を教えておこう。

「そうそれ、ナルコレプシー。あれってウイルス由来なんやろ？　藤堂先生も言ってたけど、本当に一度病院で診てもらったほうがいいんちゃう？」

「んー……まあそうだな。でも病院はなぁ……」

「あれあれ、明月君もしかして病院が苦手な感じですか？　高校生にもなって？」

「は？　余裕だが。小児科だろうと内科だろうと脳外科だろうと行ってやるが？」

どこに行っても「原因不明」って言われるだろうけどな！　だって病気じゃなくて体質のせいだし。っていうか今病院にかかったら、吸血鬼であることがバレちゃったりするんだろうか。新年度の健康診断では騒ぎは起きなかったけど……。

「冗談はさておき、三・四時間目は保健室で休んどけよ。先生には言っておくからさ。原因が寝不足でないなら、なおさら風邪とか病気とかの可能性を考慮すべきやろ」

悶々《もんもん》と考えていると、若干真剣な顔をした猪俣がそんな提案をしてくる。

「ノートとプリントは取っといてやるから、とっとと休め。親友に先立たれて残りの高校生活をソロで過ごすのはイヤやからな」

「猪俣……」

「介助料五千円、な」

「最後で台無しだ、アホ」

俺は猪俣の肩を小突いて、教室の外へと向かった。

……こんど、マックのポテトくらいは奢《おご》ってやるか。


——異世界に召喚されて、四百七十九日目。

ざあざあと音をたてながら、雨が降り注ぐ。頭上の曇天はまるで俺の心を映しているかのようで、そんな演出はいらないのに、と心の中で呟いた。

小さな川のそばに建つ教会兼孤児院。その近くにある無人の雑木林。

以前までは孤児院の子供達《たち》と一緒に虫を捕りに来たりしていた憩いの場所。その奥地で、俺は雨粒を受けながら呆然《ぼうぜん》と立ち尽くしていた。

先ほどまでの戦いの余波で地面がえぐれ、周囲の木々は折れ、見るも無残な形に砕けている。俺の体も同様に傷だらけだ。けれど、最も深刻なのは——

「どうして、ですか。どうして、俺を襲ったんですか」

問いかける先は、目の前で横たわる瀕死《ひんし》のシスター。

少し前。俺は行き倒れているところを彼女に救われ、しばらく教会で寝食を共にした。彼女と過ごす日々はとても温かくて、幸せで、こんな日々がいつまでも続けばいいのにと、本気で思っていた。

だから三日前に自分が吸血鬼だと彼女に明かして、それでも彼女の態度が変わらなかったから、ようやく安寧の場所を見つけられたと思っていた。

なのに。

「どうして、あなたを殺さなきゃいけないんですか……！」

その美貌は泥と血に塗《まみ》れている。宝石のように輝いていた瞳からは光が失われ、頭巾が外れた黄金の髪は、雨に濡《ぬ》れてべっとりと彼女の顔に張り付いている。

彼女の体には大きな穴が開いていて、そこから血が溢《あふ》れ雨水とともに地面を流れていく。もう、助からない。助ける気も起きない。自分を殺しに来た存在を許すなんて平和な思考は、この異世界で過ごす中でどこかに忘れてきた。

瀕死の修道女に苦悶《くもん》の表情を向け、彼女をこんな状態にした張本人である俺は再度問う。

「俺が、吸血鬼だからですか……？」

うつろな目をしていた修道女は、その瞼をゆっくりと閉じる。

「タツヒコさんが、普通の、凶暴で、醜悪な吸血鬼だったら、よかったのに」

「え……」

「あなたは、怖い。三日前に、あなたが吸血鬼だと私に教えてくれてから、何度も殺そうとしたんです。それが、この世界の人の、私の、使命で、生きる道だから」

彼女の表情をなんと形容すればいいのか、俺にはわからない。後悔。諦念。解放感。それらがないまぜになったような——見ていて悲しみを覚える、そんな顔だ。

「なのに、できなかった。あなたが吸血鬼だと判明したその日に、殺そうとしたのに。殺せなかった。それどころか、あなたがこどもたちと遊ぶ光景を見て、小さな幸せを感じてしまう私がいた。こんな日々が、ずっと続けばいいのにと……思ってしまう私が」

彼女の独白は、俺の思っていたこととよく似ていて。

けれど、そこには決定的な違いが、埋まらない大きな溝があるように感じた。

「魔物と人間が、共存できるはずないのに、あなたを見ていると、それができると思わされてしまう。洗脳されてしまう。魅了されてしまう」

訥々《とつとつ》と、一人の修道女であり吸血鬼の狩人《かりゅうど》でもある彼女は語る。

「あなたの笑顔を、私は自分でも気付かないうちに、心の深いところに置いてしまっていた。捕食者を前にして、恐怖ではなく幸福を感じる……そんなねじ曲がった理《ことわり》を、なんの違和感もなく……私は受け入れかけていた」

シスターの瞳が開く。泥で汚れた金の髪を肌に張り付け、輝きを失った青い瞳が冷たく俺を見つめる。

「タツヒコさん。それができるあなたは、世界で最も恐ろしい——化け物です」

彼女の掠《かす》れた声は、雨音にかき消されることもなく、まっすぐに俺の耳を貫いた。

「っ――」

在りし日の記憶から帰還して、俺は目を覚ました。金縛りにあったかのように固まって、浅い呼吸を繰り返す。

今度は彼女の夢かよ……！　鋼鉄の蓋で閉じているんだから二度と記憶の箱から出てこないでほしいものなんだけど。こんなんじゃゆっくり昼寝もできない。

気を落ち着かせるため小さく息を吐いて、俺は目をこすった。

眼前には自室の天井が広がっている。三・四時間目を保健室で過ごしても結局、全く眠気が取れなかったから早退したんだった。家に帰った途端、ベッドで爆睡したんだよな……。

スマホの時計を見ると、午後六時になったばかりだった。

「おおおおお兄ちゃん！　家の前にすっごい美人さんが来てるんだけど！　お兄ちゃんと同じクラスの人だって！」

寝すぎたなーと思っていると、紗奈《さな》が慌てた様子で俺の部屋に飛び込んできた。

美人な女の子が俺を訪ねて来るわけないだろ、と紗奈に現実を説きたくなったが、妹の顔つきが割とマジだったので俺は首を傾《かし》げながらも自室を出た。

いや、でも星川《ほしかわ》学園の生徒で俺の家に来る女子なんているはずないよな……？

そう思いながら玄関を開けると――

「こ、こんばんは、明月君……」

「て、天照地さん……!?」

そこには白いブラウスに薄桃色のロングスカートを合わせた天照地さんが立っていた。足元は白と黒のスニーカーで、肩から小さなバッグを提げている。

困惑して固まる俺。天照地さんも緊張しているのかぎこちない笑みを浮かべている。

「ど、どうしてこんなところに……？っていうか、俺の家知ってたの？」

「あっ、それは茉莉《まつり》ちゃんが教えてくれたの」

稲荷《いなり》さんにも家の住所は教えてないんですけど……。

裏でこっそり調べていたんだろうなと遠い目をしていると、天照地さんがいそいそと小さな鞄《かばん》からこれまた小さな巾着袋を取り出した。

「これ……よかったら使ってみて」

「ありがとう。えっと、これは……？」

「天照地家に代々伝わる丸薬なんだ。これを飲むと一晩寝なくても平気になるんだよ。明月君だったら、昼間に眠くならなくなるのかもって思って」

「へぇー……？」

そんなものをなんで俺に……？

天照地さんの意図が摑《つか》めないでいると、彼女は少し不安げに両指を絡め合わせる。

「昼間、学校で辛《つら》そうだったから持ってきたんだけど……途中で保健室に行っちゃったし……あの、もしかして、迷惑だった？」

「――あぁ！　あ、ありがとう！　いやまさか、気にかけてもらっているとは思わなくて
……明日から試してみるよ、本当にありがとう！」

俺が慌ててお礼を言うと、天照《てんしょう》地《じ》さんは安心したようにほっと息を吐いて笑う。

「良かった……私の問題に巻き込んじゃったから、力になりたいなって思って……」

なんだこの聖女は……本当に俺と同じ人間か？　あ、いや俺は吸血鬼だったわ。

天照地さんの優しさに打ち震えていると、がさりと後ろから音がする。

「あっ……」

振り返ると、紗奈が茂みから顔を覗《のぞ》かせていた。俺と目が合った彼女は、あちゃー、と気まずそうにひきつった笑みを浮かべた。

「ばっ……盗み見なんてすんなよ、紗奈！」

「だって女の人がお兄ちゃんを訪ねてくるなんて初めてじゃん、気になるじゃん！」

「そういう恥ずかしい情報は開示しないでくれるか!?」

「あはは……それを渡したかっただけだから、もう帰るね？　夕食時にごめんなさい」

苦笑を浮かべて帰ろうとする天照地さんの隣に、俺は慌てて並ぶ。

「いやいや、さすがに駅まで送るって」

「そうだお兄ちゃん、いけっ、落とせ！」

「おいちょっと黙っとけ妹ォ!?」

早くここから離脱しよう！

「——妹がごめん……なんか変に興奮してて」

「仲がいいんだね。私は兄とあんな風に喋《しゃべ》らないから、うらやましい」

「仲がいいというか……あいつが俺を下に見ているというか……」

「あはは、明月《あかつき》君の外での姿を知らないなら、しょうがないんじゃない？」

少し間を開けて、俺と天照地さんは夜の住宅街を歩く。人気《ひとけ》はなく、なんとなく二人っきりのように感じてしまって、妙に緊張してくるな……。

『此方《こなた》が陰から見守っていますよ』

『……ああ……そういえば見張りを頼んでたな……』

『どうしてそんなに落ち込むのですかっ!?』

夜間の見張りを頼んでいた瑠奈《るな》が、外出する天照地さんについてくるのはよく考えたら当然のことだ。今も物陰から俺達を見張っているのだろう。

なんだろう……この、初デートに親が同伴してきたようなやるせなさは。

脳内に響いてきた瑠奈の声に俺が思わずため息をつくと、天照地さんが戸惑いを見せる。

「明月君……やっぱり、まだ疲れが残ってるの？」

「ああいや、今のは別件のため息。吸血鬼だから、むしろ夜は元気いっぱいだよ」

「へぇぇえ……」

こんな些細《ささい》な情報でも新鮮なのか、天照地さんは感心したように声を上げた。その様子が妙に子供っぽくて、俺も自然と笑顔になる。

雑談を交えながら歩くと、緑山《みどりやま》公園に差し掛かった。

そういえば、四月一日にここで犬飼《いぬかい》に会ったんだよな、と思い出す。

「天照地さん、一つ聞いていい？」

「うん、どうしたの？」

「春休み中……四月一日にここら辺に来てた？」

「あー……うん、この近くのレストランに家族で夕飯を食べに来たけど……どうして？」

その日に襲われそうになっていたからだよ、とはさすがに言えないな。

「そうなんだ。いや、その日に天照地さんらしき人を見た覚えがあるからさ」

「えー、そうだったの？　声をかけてくれたらよかったのに」

「いや、その時は俺達《たち》まだ知り合いじゃなかったから……」

「あ、そっか。そういえばそうだったね」

俺が苦笑すると、天照地さんも「あはは」と無邪気な笑みを見せた。

不思議な人だ、と彼女を見ていると思う。騒がしいわけでも、特段面白いわけでもないのに、天照地さんと話していると些細なことで笑えて、胸の中が温かくなる。これも彼女の人柄がなせる技なのだろうか。

「その日はね、私の十六歳の誕生日だったんだ」

「へー、四月一日なんだ。日本で一番遅い誕生日だね」

「もう、気にしてるんだから言わないでよ！」

「ごめんごめん」

……なんだか、こういう時間っていいな。異世界では味わえなかった穏やかな空気だ。

夜の公園で、ちょっと親しい女の子となんでもない日常を語り合う――こういうのを、青春と呼ぶのだろうか。

『マスター、鼻の下が伸びてますよ』

『竜彦《たつひこ》様、誑《たぶら》かされてはいけませんっ』

脳内のこいつらがいなければなぁ～～～……！

俄然《がぜん》喧《やかま》しくなったノアナと瑠奈を無視して、天照地さんと並んで緑山公園の中を進む。

周囲には犬の散歩をする人や仲睦《なかむつ》まじげに歩くカップル、ちょっとくたびれた様子でベンチに座るサラリーマンなどがいた。

すれ違う人々は程度に差はあれど、天照地さんの可愛《かわい》さに感嘆の吐息を漏らしていた。

ふふん、天照地さんは美しいだろう。

『何故《なぜ》マスターが自慢気にしているのですか』

そんなこんなで公園の出口に差し掛かり、もうすぐ駅に着くな、この時間も終わっちゃうな、と思っていたところに、その声は聞こえてきた。

「――そこの二人、ちょっと時間をいただけるかな」

横を向くと、男が三人立っていた。杖《つえ》をついた袴姿《はかますがた》の老人と、彼を挟む二人の若い男性達だ。

「お前らはっ……」

その正体に気付き、俺は天照地さんをかばうように前に出る。

三人のうちの一人——短く刈り上げた赤茶色の髪をした柄シャツの男は、犬飼だ。四月一日にこの緑山公園で出会った顔を思い出す。

つまり、奴《やつ》らは大神《おおかみ》の手の者ということ。

警戒態勢を取る俺の背中から、天照地さんの緊張する気配が伝わってくる。

犬飼の反対側にいる、蒼黒《そうこく》の髪と銀縁の眼鏡が特徴のインテリヤクザっぽい長身の男が、虎狼《ころう》だろうと予測する。

じゃあ、その二人に挟まれた老人は……？

背は百七十五センチの俺より少し低いぐらいの、カエル顔の翁《おきな》。足が悪いのか杖をついていて、頭は禿《は》げ上がり顔の皴《しわ》は深いが腰は曲がっておらず、何よりその漆黒の瞳には老いを感じさせない鋭い光が宿っている。

「大神、早雲《そううん》さん……」

天照地さんが呟《つぶや》く。大神早雲……ってことは、こいつが一連の首謀者ってことか。お爺《じい》ちゃんじゃねえか。年の差婚ってレベルじゃねーぞ。

「久しぶりだな、天照地の娘。息災か？」

大神は、高級そうな杖を握りうっすらと笑みを浮かべる。たったそれだけの行為に、俺は妙な凄《すご》みを感じた。

「……どういった、御用ですか」

「いや、先日はうちの若い者が失礼をしたようでな。手荒な真似《まね》をして、すまなかった」

白々しくのたまう大神。俺は瞳を細めてマナを練り始める。

「やめておけ、明月竜彦」

と、俺の様子に気付いた虎狼が低い声で制してくる。

何故俺の名前を知っているんだと訝《いぶか》しむ俺に、虎狼は眼鏡の位置を直しながら告げる。

「ここに来るまで多くの一般人を見ただろう。今この空間には人避《ひとよ》けの結界が張られていない。騒ぎを起こすことは互いにとって不利益を生み、霊能庁に目を付けられるぞ」

「…………そうなの？」

「う、うん……」

初耳の情報だったので天照地さんに確認を取ると、こくこくと頷《うなず》き返してきた。

「なんってそんなことも知らねえんだよ、ガキ」

犬飼が半ば呆《あき》れ顔《がお》で俺を睨《にら》んできた。しょうがねえだろこちとら異世界帰りなんだから。

「……まあ、戦う気がないって言葉は信じてやる……じゃあ、なんでこのタイミングで俺達の前に現れたんだ？」

「いやなに、突如現れた部外者に挨拶をしてやろうと思ったまでよ」

大神が薄く笑いながら俺の問いに答える。その表情は、こちらを挑発しているかの様だ。

「挨拶、ねえ……降伏宣言の間違いじゃないのか？　天照地さんにはもう二度と手は出さないって、今ここで誓えよ」

「馬鹿を言うな、若造。その女は儂《わし》が必ず手に入れる」

大神が瞳を眇《すが》めると、天照地さんの怯《おび》えが背中から伝わる。

「ロリコンかよ……歳《とし》の差開きすぎだろ……」

「恋慕ではない。儂はその女の器が欲しいだけだ」

「器……？」

天照地の家柄のこと……ではなさそうな単語に、俺は眉根を寄せる。

だが、そんな俺を他所《よそ》に、大神達はさっさと背中を向けた。

「何も知らない吸血鬼よ。しばらくの……短い平穏を楽しむといい」

大神はそう言い残し、虎狼と犬飼とともに去っていった。

取り残された俺と天照地さんの間に、奇妙な沈黙が流れる。先ほどまでの和やかな雰囲気が嘘《うそ》のようだ。

「なんだったんだろうね、あいつら……」

「わからない……でもあの人は、時々私のことを器って呼んでくる」

「稲荷さんが言っていた家柄とは、また違った目的があるのか……？」

「……」

頭を悩ませる俺の後ろで、天照地さんは黙り込んでしまった。

あのジジイ、とんでもなく余計なことをしてくれたな……！

「……まあ今は考えていても仕方がないし、とりあえず帰ろうか」

「……うん、そうだね」

ぎこちなく笑みを浮かべる天照地さんに、俺はそれ以上何も言えなくなってしまって。

駅までの残りの道を、俺達は無言で歩いていった。

余談だが、その翌日。天照地家の丸薬を使った俺は、見事に寝ないで全ての授業を終えることができた。

第三章† ドキドキお宅訪問

『どうしてこうなった』

『こればかりは私にもわかりません』

内心で小さく呟く俺。返ってくるノアナの声もどこか上の空だ。

彼女の言葉を聞き流しながら、俺は呆然《ぼうぜん》と目の前の光景を見上げる。

自然豊かな小高い山。その山頂に向かう様に、石造りの階段が延びている。階段の入り口には、灰色の鳥居が建てられていて、側《そば》の石碑には『天照地神社《てんしようじ》』と厳かな書体の文字が彫られている。

「ようこそ明月君。私と茉莉《まつり》ちゃんの家へ！」

先を行っていた天照地さんが振り向き、俺に笑いかけた。

——そう。ここは天照地さん（と稲荷《いなり》さん）の実家である天照地神社だ。どうして俺が彼女達の家に招かれたのかというと、話は今日の昼頃にまで遡る。

「——明月。今からこの体力テストとかいう公開処刑方法を考えた組織をぶっ潰しに行かんか？」

「たぶん文部科学省相手とかになるぞ。国家権力に逆らうのはやめておけ」

「くそ、国民の権利を何だと思ってんだ……」

前で呪詛《じゅそ》を延々と吐き出す猪俣《いのまた》から一歩距離を置いて、俺はグラウンドを見回した。周囲には体操着に着替えた同じ学年の生徒達《たち》が多くいる。遠くで笛の音が響き、大記録でも出たのか歓声が上がった。

我ら星川《ほしかわ》学園二年生は新学期恒例の体力テストに臨んでいる最中だ。

百メートル走やらハンドボール投げやら千五百メートル走やら上体起こしやら……俺達はこれから、非常にバラエティに富んだ種目をこなさなければいけない。

運動部所属の連中は自身の腕試しができる機会に少なからず高揚しているようだが、俺達文科系にとって体力テストは猪俣の言った通り公開処刑に近い。

衆人環視の中、叩《たた》き出される百メートル二十秒という逆ギネス記録。何故か地面を転がるハンドボール投げ。最下位になって「がんばれー」などと生暖かい声援が送られる千五百メートル走。永遠に起き上がることのできない上体起こし。

全校生徒に恥を晒《さら》すことになるのが、体力テストというものなのだ。猪俣が呪いたくなるのも頷ける。俺は俺で天照地家の薬を飲み忘れたせいで今日は滅茶苦茶《めちゃくちゃ》眠い。午後の授業耐えられないよ……。

「まあ、うだうだ言ってないで早く終わらせようぜ。そしたら早めに休めるんだから」

「せやな……」

「で、なんでいきなり百メートル走なんだよ？　人いっぱいいるじゃん。あっちの握力測定からやればよかったのに」

「バカ野郎、あそこを見ろ！」

くわっと猪俣が真剣な顔つきで校舎とグラウンドを繋《つな》ぐ階段を指さす。そこには、一足早く測定を終えた女子生徒達の姿があった。中には天照地さんと稲荷さんもいる。

「古来より、男の魅力は足の速さにあった。足の速い男はモテる。これは世の真理や」

「あー、つまり？」

「つまり、女子達にアピールする絶好のチャンスってことやん……！」

「お前さっき自分で公開処刑とか言っていなかったか!?」

アピールなんてできるわけないだろ、ビリになって悪目立ちするだけだ。

が、猪俣はもう覚悟を決めたようだった。

「明月《あかつき》……俺は勇者になるぜ」

どこからその自信が来るのかはわからないが、そう語る猪俣の背中は少し大きく見えた。

だから、俺は頷く。

「全力で、悔いのないように走れ。骨は拾ってやる」

「ありがとう、我が親友よ――」

俺は目をそらさずに、スタートラインに並ぶ勇者の背中を見送った――！

「ぁああああああ～～～……」

二十秒後。見事に大記録を叩き出した蛮勇者・猪俣の悲鳴が、ゴール先から響いてきた。

哀れ猪俣……合掌していると俺の番が回ってくる。

おおまかに分けられた五人がスタートラインに一直線に並んで、クラウチングスタートの体勢を取る……五人？　あれ？　本当は六人一組で走るんだけど……俺の隣のレーンが空いたままだ。

「おい、あいつ……」「緑川《みどりかわ》だ……」「陸上部エースの……」

と、周囲の男子生徒がざわついた。同時に、ぬっと俺の隣に現れる長身の男。確か、同じクラスだった気がする。

「ふん、走力たったの五か……ゴミめ……」

身長も手足も長い緑川とかいう男子は、俺を一瞥《いちべつ》するとそれだけ言って前を向いた。

え、なんで喧嘩《けんか》売られたんだ、俺？　ていうかなに、走力って？

『なんですかこの不届き者は！　簀《す》巻《ま》きにしてやりましょう！』

『それでは甘い。まずは水責めです』

『お前ら、物騒なことをデカい声で話すなよっ』

「──よーい、スタート」

『『あっ』』「やっべ」

ノアナと瑠《る》奈《な》に注意をしていると、いつの間にかスタートを告げる笛の音が響いていた。

「くっそ……!?」

ただでさえへなちょこ身体能力なのに、出遅れるとかマジであり得ないぞ……！

俺は歯を食いしばって足を踏み出す。

ドンッ、と、地面を蹴りつける音が響いた。

「あれ？」

加速する。加速する。翼が生えたかのように風を切って前へ進む。一人、二人、三人、四人と抜き、先頭を走る緑川に並んで――あっという間に追い抜いた。

「なぁっ……!?」

追い抜く際に、驚愕《きょうがく》する緑川の声が響いた。

そうしてあっという間に、俺は百メートル先のゴールラインを越えた。

「き、九秒八……！」

記録係の戦慄した声が、どこか遠くで響く。

やっっっちまった……！

今の俺は、一年時のへなちょこ運動能力じゃない。日中で制限されているとはいえ、吸血鬼の強化された肉体になっているのを忘れていた……！

「すげー!!」「ボルトじゃん、オリンピックじゃん！」「あいつスタート遅れてたよな!?」

沸き立つギャラリー、冷え切るメンタル。

「師匠と……呼ばせてください……！」

感涙とともに握手を求めてくる緑川。

「う、裏切り者ぉおおおおお――！」

滂沱《ぼうだ》の涙を流して走り去っていく猪俣。

遠くでは、「あちゃー」と顔を覆う稲荷さんと、純粋に瞳を輝かせる天照地さん。

『素晴らしい、さすがはマスターです』

『矮小《わいしょう》で虚弱な人間共に、竜彦《たつひこ》様の偉大さを知らしめましたね！』

脳内で能天気に誉《ほ》めたてるノアナと瑠奈。

「は、はは……」

青ざめた顔で、俺は引きつった笑みを浮かべた。

「なぁにやってんだか……霊力で強化された肉体をそのまま使ったらああなるに決まってるでしょ」

「油断してたんだって……」

「すごかったね、明月君」

「ズルみたいなもんだから……」

俺は肩を縮こまらせて、天照地さんに苦笑を返した。

例のごとく薄暗い校舎裏でのランチタイム中なのだが、話題の大部分は先の体力テストについてだ。ちなみに天照地さんは今日も溶けたチーズを持参している。

「あーしら霊異衆《りょういしゅう》の人間は『霊力』っていうチートを扱える分、表での振る舞いに気を付けないといけないんだよ」

「わかってる、わかってるって。あれはほんと、眠気で思考力が落ちていたから……」

ギャルな風貌に似合わず細々《こまごま》とした注意をしてくる稲荷さんに、しどろもどろになる俺。

あのあと一躍注目を浴びた俺は、他の種目でクソ雑魚運動性能を見せつけることで百メートル走の記録を誤魔化すことに成功した。

運動ができる謎の陰キャへの注目が、やっぱり運動できないただの陰キャへの失望に変貌するのを目の当たりにした時は心臓が止まるかと思ったが、俺は元気です。

が、稲荷さんが何やら言いたいことがあるらしく、今日も三人で昼食を摂《と》っている次第だ。美少女二人と食事できるなら、激ヤバ記録を何回出しても良いんじゃねと思えてくる。

「……ああでも、一つ訂正。俺はあの時マナ——霊力を使ったわけじゃないよ」

「……は？　んなワケなくね。じゃあどうやってあんな人間離れした動きをしたん？」

「単純に、吸血鬼の身体能力が高いってだけだよ。あれが俺の普通の性能っていう話」

「そういえば……確かに霊力を感じなかったかも……」

天照地さんが顎に手を当て思案する。稲荷さんは「そんなのアリ？」と顔を歪《ゆが》めた。

「ニワカには信じらんないんだけど……吸血鬼は昼間、力が制限されてるんでしょ？」

「制限されていて、あんな感じってこと。夜ならもっと速いよ」

「化け物じゃん……」

稲荷さんの当たり前の感想が、やけに鋭く俺の鼓膜を刺した。

化け物……まあそう認識されても仕方ないか。そもそも首を刎《は》ねても生き返る時点で言い訳できないレベルの化け物なんだし。

　一丁前に傷ついている自分がいることに気付いて、俺は唇を歪めた。

「うーん……やっぱ明月の力がどれくらいのものか、ちゃんと確認しておきたいカモ。その代わり、こっちからはこの国の霊能力を教えるからさ」

と、稲荷さんが窺《うかが》うようにこちらを見てくる。

「確認か……そういえば茉莉ちゃんは明月君が戦ってるところを見たことがないもんね」

「言われてみれば確かに」

辻斬《つじぎ》りされた時は無抵抗だったし、虎狼《ころう》と犬飼《いぬかい》と戦った時に稲荷さんは気を失っていた。

言葉だけじゃ伝わらないということもあるだろう。

「全然調べてもらうのは構わないし、霊能力事情を教えてもらえるのはありがたいけど、どうする？　吸血鬼の力が使えるのは日が落ちてからだから、帰りが大分遅くなるよ」

「あーしは構わないよ。夜遊びしてそうでしょ」

「いやまあうんはい」

「否定しろし」

「理不尽!?」

「――あっ、いいこと考えたよ！」

天照地さんが元気よく手を上げ、俺と稲荷さんを交互に見遣《みや》る。

「私の家――天照地の家で検証しよう！」

「「――はい？」」

珍しく、俺と稲荷《いなり》さんの声が重なった。

『……夢でも見てる気分だ。ひょっとして午後の授業中か？』

『現実ですよマスター。しっかりしてください』

現実か……そういえば午後の授業は普通に居眠りして怒られてたわ。

『やべえよご両親になんて挨拶すればいいかなんも考えてないよ。本日はお日柄もよく……の後ってどうすればいい!?』

『そもそも今日は曇りです』

冷静なツッコミがつきささるぜ……。

だって同級生の女子の家に呼ばれるなんて初めてだもん。しかも相手は学園一の美少女。これで緊張するなって言うほうが無理だろ。

ガッチガチになりながら、俺は天照《てんしょうじ》地神社の階段を上る。階段途中にある真っ赤な鳥居をくぐると、どこか懐かしい気持ちを抱いた。

ここに来るのはいつぶりだろうか。高校合格祈願の時だっけな……一年半くらい前か。

そもそも、一つ隣の駅にある大きな神社だというのに、あまり来た覚えがない。

『そうなのですか？　てっきりマスターは来慣れていると思っていました』

『おー。天照地神社は全国的に知名度のある神社だから、初詣や祭事にはかなりの観光客がやってくる。だから地元民はあまり近寄らないんだよな。マジで混雑するし』

ノアナに地元豆知識を披露している内に、階段を上りきって境内に入る。途端に視界が開け、手水舎《ちょうずや》や拝殿、おみくじや絵馬などを販売する建物が並ぶ光景が見えた。変わんないな。あそこでおみくじ買ったら末吉で、なんとも言えない気分になったっけ。

「自宅は本殿の更に奥にあるんだよっ」

あまり知り合いを招いたことがないのか、どこか浮き立った様子の天照地さん。クッソ可愛《かわい》い。その横の稲荷さんはやや仏頂面だが。

そんな金髪ギャルは前進する天照地さんの腕を摑《つか》んだ。

「ちょい待ち陽華《はるか》。家に入る前に妖魔《ようま》除けの結界を解かないと」

「え、どうして？」

「どうしてって……はぁ、忘れた？　明月は吸血鬼——妖魔なんだよ」

きょとんと天照地さんが首を傾《かし》げると、稲荷さんは小さくため息をついて俺を指さした。

「妖魔が結界に触れたら警報が出て家の人達《たち》がびっくりしちゃうでしょ」

「そっか。こうしていると普通の人にしか見えないから忘れてたよ」

稲荷さんの説明を受けて、天照地さんは苦笑を浮かべる。稲荷さんの言う通り、本殿を中心にして青みがかった透明の薄いガラスのようなドームがあるのが見える。あれが妖魔除けの結界だろう。

確か瑠奈が迂闊《うかつ》に触れて、天照地家の人達を慌てさせたんだっけ。

『結界に触れるとどうなるんだ、瑠奈？　体が消し飛んだりする？』

『それなりに強力な力が込められているのは確かです。並の魔物……妖魔でしたか。まあそれらなら絶命は免れないでしょう。竜彦様や此方《こなた》レベルであれば一瞬で結界を破壊できますが。それと、結界に妖魔が触れると人間に伝わってしまうようです』

『へー。便利だな』

自慢混じりの瑠奈の分析を聞き、俺は感心した。

異世界には結界なんてお洒落《しゃれ》なものはなく、魔物の来訪は見張りの衛兵が発見し、その攻撃はお手製の壁で防ぐしかなかった。探知兼迎撃のギミックが仕込まれているのは非常に有用だ。こんなのが異世界にあったら、俺は街に入ることすらできなかっただろう。

「じゃあちょっと待っててね。今解除しちゃうから」

そう言って天照地さんは結界に向けて両腕を掲げる。すると、俺達の目の前の壁に人一人分の穴が空いた。

「うん、通って大丈夫だよ！」

得意げな天照地さんの言葉に後押しされ、俺は結界をくぐる。果たして、何も起きずに俺は結界の中に入ることができた。

「閉じちゃうねー」

最後にくぐってきた天照地さんが今度は空いた穴を閉じていく。

「ある程度形も変えられるのか。本当に便利だな」

「陽華くらい結界術が得意じゃないと難しいよ。あーしはできない」

「へー」

当然の話だが、人によって得意なスキルと不得意なスキルがあるようだ。現代の霊能力事情はなかなかに奥が深そうだ。そもそも、こういう話を今日は聞きに来たんだよな。

『有益な一日になりそうですね、マスター』

『……だな』

ノアナの言葉に頷《うなず》きながら、俺は再び美少女二人の後を追いかけ始めた。

……マジで挨拶どうしよう。


時代を感じる引き戸の先には、ゾウでも迎え入れるのか？　と尋ねたくなるようなだだっ広《ぴろ》い玄関があった。

木製のシューズボックスらしきものの上にはよくわからないが芸術的価値が高そうな木像が飾られ、頭上には普通の蛍光灯がある。

ただ、板張りの廊下はかなり長く続いており、十メートル先で左右に分かれている。あと単純に廊下が広い。人が四人くらいは通れそうだ。

「「ただいまー」」

天照地さんと稲荷さんが揃《そろ》って帰宅を知らせる。おぉ……なんかいいな今の。二人の日常を垣間見《かいまみ》た気分だ。帰宅フェチという新たな性癖に目覚めそうだ。

「お嬢様、茉莉《まつり》様、お帰りなさいませ」

とたた、と足音を響かせて奥から登場したのは、袴《はかま》に無地のエプロンを合わせた四十代ぐらいの女性だ。素朴な顔立ちで、黒髪をシニョンに纏《まと》めている。昭和のお袋、という表現が似合いそうな人だ。こ、この人が天照地さんのお母上か……!?

「初めましてッ！　娘さんのクラスメートの明月《あかつき》竜彦と申します！　このたびは天照地さんと稲荷さんにお招きいただき光栄でございます！」

「は……？」

「あはは、明月君違うよ。この人は女中の室井《むろい》さん。私が小さい頃からお世話になっているベテランだよ」

「……え、そうなの？」

思わず女中――室井さんの顔をまじまじと眺めてしまう。失礼な行為だが、なんか向こうも俺を凝視してくるのでおあいこだ。

「……お嬢様が、異性の友人を……？」

ぼそり。室井さんは小さく呟《つぶや》き、俯《うつむ》いた。よく見ると肩が小刻みに震えている。

「あちゃー。まあこうなる気はしてたけど」

隣の稲荷さんが呑気《のんき》に呟いた。嫌な予感がする。

もしや、怒らせてしまったか……？　そりゃ当然か。娘も同然の美少女がいきなりこんな得体の知れない男を連れてきたら、いい気分ではないだろう。

などと考えていると、室井さんは懐から何かを取り出した。俺の体に緊張が走る。武器か、あるいは催涙スプレーか何かか!?

カランカラン——硬直する俺の耳に、金属の音が届く。あれは、ベル……？

「皆さん、出てきてください！　お嬢様が男性のご学友を連れてきましたよー！」

何をしているんだこの人は？

呆然《ぼうぜん》としていると、廊下の奥からドドドド……と無数の足音が響いてきた。現れたのは室井さんと同じ格好の女中の群れ。我先にと玄関口に駆けつけてくる。

「陽華お嬢様が!?」「男の方を!?」「浮いた話が一つどころか全くのゼロだったお嬢様が!?」「親族に電報を！」「電話のほうが早いわよ」「今夜は赤飯よー！」

わらわらと女中さん達が集っては好き勝手言ってくる。迫力が凄《すご》い。異世界で襲ってきたワイバーンの群れに匹敵する。

「っ……っっ……」

戸惑いながら横を見ると、天照地さんが真っ赤になりながら頬を膨らませていた。なんなら若干涙目だ。すげえ、天照地さんでも怒るんだ……。

「お嬢様とのなれそめは？」「どういった女性がお好みですか？」「まあまあ、端整なお顔立ちで。お嬢様とお似合いじゃなくて？」「今夜は赤飯山盛りよ！」

「——もうっ!!　いいから客間に案内してっっっ!!」

玄関口に、天照地さんの雷が落ちた。

「――粗茶ですが」

「アッハイ」

室井さんから出された湯飲みを、縮こまりながら受け取る。湯気が昇る器からは、緑茶のかぐわしい香りが漂ってきた。

通されたのは十二畳の広い和室だ。光沢のある木製の座卓を、俺達三人が囲んで座っている状態。何故《なぜ》か上座に座らされてしまった……。

「それにしても困ります、お嬢様。旦那様と奥様が出張で居ない日にこのような重要な案件を持ち帰ってくるなんて……」

座卓の真ん中になんか高級そうな包装のお菓子を置いて配膳を終えた室井さんは眉根を寄せ、俺の右横に座る天照地さんに釘《くぎ》を刺した。

……っていうか今日ご両親いないのか。だからなんだって話ではあるし挨拶の文言考えなくていい分、気が楽なんだけど、それはそれとしてなんかそわそわしちゃうな……。

「クラスメートを呼ぶだけなのに大袈裟《おおげさ》だよ……」

「……はあ、まあいいでしょう。……明月様」

「はひゃい！」

「そう緊張なさらず。本日は当主もおらず大変失礼をはたらいてしまい、申し訳ありません。明月様がよろしければ、どうか今後ともお嬢様と茉莉様と仲良くしてくださいませ」

「はあ、ええ、まあ……二人がよければ……？」

口ごもりながら頷くと、室井さんはにっこりと微笑《ほほえ》んで立ち上がった。

「それはようございました。それでは私はこれで失礼して、後は若い人達にお任せしますね。どうぞごゆっくり」

それ、お見合いで仲介人のおばあちゃんがよく言うやつでは……。

「──もう、変にはしゃいで……こっちが恥ずかしいよ」

「いやあ、こうなることは予想できたっしょ。せめて連絡入れたらよかったね」

唇をとがらせる天照地さんに、稲荷さんがお菓子を頬張りながら呆《あき》れ笑《わら》いを返す。

「大袈裟だよ……明月君とはそういう関係じゃないのに」

「……っすね」

「気にしないでね、明月君。女中さん達の言葉なんて無視していいから！　私達はただのクラスメートだもんね！」

「っすねー」

うーんこの何気ない言葉が男心殺戮《さつりく》兵器だとは、当の本人は夢にも思ってないだろうな。

ま、まあ別に？　俺も天照地さんのこと全然好きじゃねーし？　ただの同級生だし？　傷ついてなんかねえけど？

『見苦しすぎて涙が出ますよ……』

お前に涙腺ねえだろ。

「……そういえば、ご両親は出張中って言ってたけど……」

「ああ、うん。ちょっと西の方に行ったらしいよ。大神《おおかみ》家対策で他の四宗家《よんそうけ》に協力してもらうつもりみたい」

「親御さんも大変だな……」

それもこれも全部あのロリコンジジイが悪い。

「うん……私のせいで、仕事にも穴を開けさせちゃってるし」

だが、一番の被害者たる天照《てんしょうじ》地さんは自分が原因だと思っているようだ。

「いやいや、悪いのは全部大神家でしょ。意味不明なこと言って、常識では考えられない方法を取ってきているんだから。天照地さんが気に病む必要はないよ。お父さんもお母さんも、天照地さんが大事だから行動しているんだろうし」

「うん……そうだね。そうだったらいいな」

天照地さんはぎこちなく微笑んだ。気休めではあるが、言わないよりはマシだろう。

「ま、明月の言う通りっしょ。そこまで思い詰めてないで、とりまお菓子食べん？　これ陽華の好きなやつじゃん」

俺達《たち》の会話を見守っていた稲荷《いなり》さんが卓上のお菓子を取り上げ、フリフリと揺らした。

「あっ、うん！　明月君も食べて食べて！　これすっごく美味《おい》しいから！」

「じゃあ、お言葉に甘えて」

美女二人に続いてお菓子を取る。金色の包装を剝がすと、中からは至って普通のクッキーが出てきた。……いや違う。この芳醇《ほうじゅん》なまでに香り立つ濃厚な発酵食品の匂いは――！

「東京の三ツ星パティシエの特製チーズクッキー。すっごいチーズの香りが濃厚で美味しいんだよ～。ん～！　緑茶にはやっぱりこれだね！」

やっぱりこれなのか？

「やっぱりこれではないでしょ」

やっぱりこれではないよね。

稲荷さんと俺の内心の指摘に「布教が足りないね……」と嘆きながら、天照地さんはお茶を啜《すす》る。言ってることは頓珍漢なのに、所作の一つ一つが美しいからかなんか説得力が出ているな……。

「ま、陽華《はるか》の言うことは聞き流していいから。でもフツーにうまいよこのクッキー」

「おお、うん」

促され、チーズクッキーを一口齧《かじ》ってみる。

「ん……どんな味か不安だったけど、美味しいな。チーズの優しい甘みが口の中でほろりと溶けていく」

「でしょでしょ！　そこにあったかい緑茶をクイっと！」

「勧め方が居酒屋のおっさんなんよ」

天照地さんと稲荷さんの漫才を尻目に、緑茶を呷《あお》る。うーん……さすがにこの組み合わせは上級者向けな気がする……普通に紅茶やコーヒーのほうが合うんじゃないかな……。

「どうかな!?」

宝石のように瞳を輝かせる天照地さん。せっかく元気になったのに、ここで彼女の好みを否定するようなことは言いたくない……！

「あ、味のカオス理論って感じかな……」

「無理すんなって明月」

稲荷さんにあっさりと小細工を見抜かれた俺は、肩を落とした天照地さんを慰めるのにしばらくの時間を費やすことになった。


「――うおおおお!!　くらえ俺のカースフレイム！」

「甘いよ明月君！　回避！」

「えぇ!?　その距離でも躱《かわ》せるんですか!?」

「カースフレイムは発生が遅いからね！　そして後隙《あとすき》をつけば――！」

「あっ、ちょっ、まっ、あひゅん」

天照地さんが操作する青髪の女剣士に剣で斬りつけられまくり、俺の操作キャラである仮面をつけた少年が場外に吹っ飛ばされた。

ゲームセット。天照地さんの勝利だ。これで三十連勝である。

俺達は現在、客間でファミリーゲームに興じている。大人気のゲームキャラ達がバトルする有名な某格闘ゲームだ。

「やったあ！」

「いや天照地さん強すぎ……カタギの腕前じゃないでしょ」

「たまにオンラインに潜ったりしてるよ～」

「意外な趣味にもほどがある……」

ゲーマーという新たな特性を露《あら》わにした天照地さんに苦笑を返し、俺はコントローラーを稲荷さんに渡す。

「がんばれ稲荷さん。なんとかしてあのチャンピオンに土をつけるんだ」

「うん。陽華にばっかいいカッコさせてらんないよ……！」

俺からコントローラーを受け取った稲荷さんは好戦的な笑みを浮かべ――！

「……いや違うよね」

――スンッとした表情でコントローラーをテーブルに置いた。

「今日の目的は、明月の能力を調べることだったっしょ」

「……そうだったわ」

てっきり今日はみんなで楽しくゲームをする日だと……。

言い訳をするならば、検証を始めるにはまだ時間が早すぎたので、それまで暇をつぶす必要があったのだ。決して漫然とゲームで遊んでいたわけではない。楽しかったけど。

「マジで忘れてたんかい……陽華もゲームの電源切って！　もう十分遊んだっしょ？」

「はーい……じゃあ、私が総合優勝ってことでいいかな？」

「勝ち逃げはずるくない？　あと数戦もしたら俺の天下なんだけど」

「うーん、明月《あかつき》君は結構大技に頼りがちだから、もう少しコンボ決められるようにならないと厳しいと思うよ。小ジャンプもあまり上手《うま》くないし、バリアに頼りすぎだよね。すぐ割られちゃってバーストされる。掴《つか》み技《わざ》使ってるの見たことないし、見た目が派手な技に頼りすぎかな。あと安易なカウンターも、読まれちゃえば大きな隙になっちゃうし……」

「すげえ具体的なダメ出し来た!?　ちょ、ちょっと実践で教えてくれませんか？　最近猪《いの》俣《また》に負け越しててさ……」

「うん、いいよ――」

「――ほら！　さっさと修練場いくよ！」

ついに稲荷さんに首根っこを掴まれて、俺達は客間から引きずり出された。一番勝率悪いからってムキになるなよ……。

天照地家にはなんと地下室があるらしい。しかもなんとその地下室は市民体育館くらいの広さで、なんとスキル――【霊技】の行使にも耐えられる設計らしい。

俺はエレベーター――初見時はこれにも驚いた――から降りて、目の前に広がる光景に思わず声を上げる。

「すげぇー。山の中にこんな空間があるなんてな」

「ここは、普段は天照地家とそれに仕える人間が使っている修練場だよ。今日は幸い誰も居ないみたいだから、さっさと検証を始めちゃお」

「イエスマム」

稲荷さんに従って俺は修練場の真ん中に向かう。周囲の壁には白いテープのようなものが連なり、岩の天井も同様だ。修練場というより、生贄《いけにえ》の祭壇のようにも思えてきた。

「じゃあ――まず服脱いで」

「セクハラですか？　今のご時世ねえ、男から女へだけじゃなくて、女から男へのセクハラも成立するんですよ。コンプライアンス研修受けてください」

「ちげーし無駄にこまけーし。筋肉量を確認すんの」

「いや確認するほどじゃ……」

「手っ取り早くあーしが切ってあげようか」

「喜んで脱がせていただきます」

白い刀を構えた稲荷さんに頭を下げ、俺はいそいそと上着を脱ぎ払った。

出てくるのは、なんの変哲もない普通の体。まあ多少は腹筋がついてはいるが、筋肉量は一般男性と変わらないはずだ。

「……ど、どうよ」

「……うん、まあ、いいんじゃない、カナー？」

「わ、わぁ……」

「ねえなんでそっちが顔赤くしてんの!? この時間なに!? 俺をどうしたいんだよ!」

言い出しっぺの稲荷さんも後ろの天照地さんも赤面していて、こっちをまともに見ちゃいない。

『瑠奈《るな》、余すところなく見届けなさい。そしてその光景を後で私とも共有しなさい。ああもう、どうしてこの場には姿見が無いのですか。天照地家は準備不足を反省すべきです』

『竜彦《たつひこ》様、少し胸筋を盛り上げる感じのポーズを……ハァハァ……あいえでも、自然体な竜彦様こそ至高……うぇへへへへ』

『お前らはもう少し恥じらえよ』

脳内の変態どもめ。瑠奈がチョコチョコ肌の上を歩くから若干くすぐったいし。

「……オホン。うんまあ、ふつーな感じの体? いいんじゃね?」

「なんだその薄っぺらい評価は」

「てかムカつくぐらいに肌白くね? 日焼けケアとかしてんの?」

「いや別に……肌の色は割と生まれつきかな」

「クソが」

「理不尽オブザイヤーだよこれ」

線が細いのと肌が白いせいで、小学生の時はやれ白もやしだのチョークだのガイコツだのニョロニョロだのと笑われまくったんだぞこっちは。

「でも確かに、ボディービルダーとかアスリートみたいな体はしてないんだね。なんというか……普通？」

ちらちらと俺の腹周りを見て、そんな評価をしてくる天照地さん。可愛《かわい》い。

「俺の平凡さが伝わってよかったよ」

手早く服を着て、俺は深く息を吐いた。なんだったんだ今の時間は。美少女二人に上裸姿を眺められるってのは、人によっては金を払ってでも過ごしたい時間かもしれんが……。

「だからこそ、やっぱり違和感があるよね。ちょっと思いっきりジャンプしてみ？」

「俺は基本、電子マネーしか使わん」

「カツアゲじゃねーよ」

稲荷さんは良いツッコミをしてくれるなあ。

とりあえず膝を大きく曲げ、上を見据える。天井までは五十メートルほどだろうか。相当な高さではあるが……夜になって吸血鬼の力を存分に使える俺なら――

「――ふっ！」

ため込んだエネルギーを放出し、床を蹴り叩《たた》く。直後浮遊感が体を包み込み、俺の目の前には岩の天井が肉薄していた。

「うおっと、危ない危ない」

ダン！　と天井に手をついて勢いを相殺し、重力に身を任せて落ちる。かっこつけて何回か宙返りをして、俺は元居た場所に着地した。

「ちょっと力込めすぎたな……どう？　霊力は感じられた？」

フルフル、天照《てんしょうじ》地さんと稲荷《いなり》さんが揃《そろ》って首を振る。

「ほんっとにイミわかんないんだけど……垂直跳びで何十メートル跳んだの……？」

「多分、五十メートルくらいじゃないかな……凄《すご》いね、明月君」

「まあ、吸血鬼だしね」

「なんていうか、生きてる世界が違うよね……まあいいや、ウォーミングアップはこれくらいにして、模擬戦に入ろうか」

「体あっためたの俺だけじゃね？」

稲荷さんが俺の正面に立つ。彼我の距離は二十メートルといったところか。得物を当てるには踏み込まねばならず、かといって魔法を使うには素早さを求められる距離だ。

「陽華の情報によると、明月はなんか赤いトゲ？　みたいなの飛ばすらしいじゃん。遠距離タイプって認識でいーい？」

「そうだね、その認識で問題ないと思うよ。近接用のスキルもあるにはあるけど」

「万能型か、なるほどね……陽華、合図ちょうだい」

「う、うん！　よーい、スタート！」

どこか気の抜ける天照地さんの掛け声とともに――稲荷さんが駆け出した。速い。彼女の動きもまた、常人離れしている。

瞬《まばた》きの内に距離が詰められ白い刃が閃《ひらめ》いた。

「っ――」

首筋を狙って放たれた一閃《いっせん》を、頭を下げることで躱す。が、かすめた刃が左耳を持っていってしまった。

「明月君!!」

天照地さんが悲鳴のような声を上げた。人とは違う力を持っているとはいえ、ただの女子高生。こういうスプラッターな光景には慣れていないのだろう。

などと考えている間に、稲荷さんが追撃を放ってくる。縦横無尽に振るわれる【白刃薄《はくじんはく》刀《と》】をバックステップで躱していく。

『ノアナ、分析』

『彼女の体を巡るマナが活性化し、それにより肉体の反射速度や強度が向上しています』

『犬飼《いぬかい》と同じことをやってんのか。……で、やっぱり【マナ】と【霊力】は一緒っていう認識で間違いないか?』

『ええ。世界の至るところに存在し、生物がそれぞれ固有の量を保持する。基礎的な使い方は体内のそれを活性化させての身体能力の上昇。さらに応用的な操作によって様々な用途に発展させることができる——在り方と使い方だけでもこれだけ似通っています。ここまで同じである理由は、マナと霊力の素《もと》になる物質が両方の世界に存在しているからです』

『ほへえ。それはなんで?』

『こればかりは天地創造の瞬間に立ち会わないとわからないでしょうね』

『なるほどね――っと』

ビュオン、と目の前を刃が掠《かす》めた。鼻の皮膚が切れた感覚がする。

「なんかさっきから上の空じゃない？」

「ごめんごめん。ちょっと考え事」

「その余裕な態度――崩したげる！」

めっちゃ熱くなってるな……これ一応模擬戦なんだけど。このままだとこの世界の霊技とかについても聞けないし……ここはちょっと冷静になってもらった方が良いか。

床を蹴って大きく後退する。約十メートルのバックジャンプ。呆気《あっけ》に取られる稲荷さんの顔を視界に捉えながら、俺は右手をかざした。

「【夜の屠針《ノスフェラトウ》】」

空中に浮かび上がる無数の紅《あか》い針達《たち》。それらが稲荷さんの下へ飛翔する。

「くっ……！」

稲荷さんは顔を強張《こわば》らせながらも、血の針を的確に刀で捌《さば》いていく。やるな。迎撃の動きに無駄がない。――が、攻勢は止まった。

その空隙をついて俺は彼女に肉薄する。しかし、稲荷さんも読んでいたのか既に【白刃《はくじん》薄刀《はくと》】を中段に構えていた。

「――シッ！」

気合一閃。俺の腹をめがけて真っ白な刀が振りぬかれる。その刃の動きと勢いを見極め

——指先で止めた。

「なぁ!?」

稲荷さんが瞠目《どうもく》する。逃れようと力を籠《こ》めるが、俺もまた力を入れて彼女の武器を放さない。そうして空いている左手に再度【夜の屠針《ノスフェラトゥ》】を構えた。

ゲームセット。俺の勝ちだ。

「くっ……このぉ……！」

勝ちなんだが……稲荷さんはどうしてか未《いま》だに拘束を脱しようとじたばたしている。

「ちょっと落ち着いてよ、稲荷さん。君の戦闘力が高いのはわかったから」

「うぎぎ……」

うぎぎて。

稲荷さんは呻《うめ》きながら刀を押したり引いたりするが、俺の拘束から抜けられるわけもなく。やがて彼女はため息をつくとともに大きく肩を落とした。

「はあ……確かに熱くなりすぎちゃってた。ごめん。あーしの負けだね」

「いいよいいよ。俺もさっきゲームで熱くなっちゃったしお相子ってことで」

『角砂糖のガムシロップがけのように甘いマスター』

なんか余計なこと言う奴《やつ》がいるな。

「明月君、大丈夫!?」

と、慌てた様子の天照地さんが駆け寄ってきた。

「え？　うん、全然大丈夫だよ。大きな怪我《けが》もないし」

「でもっ、耳……！」

「ああ、それか」

天照地さんが何を心配しているのかようやくわかった。

「切り落とされたけど、また生やせるから。ちょっと待ってね」

起伏の少なくなった左側頭部を手で覆って、一秒。

「ほ〜ら、新しいお耳さんだよ」

「……っ？……っっ!?　あ、うん……」

新しい耳が生えたのを目の当たりにした天照地さんは目を丸くしたまま口を鯉《こい》のようにパクパクさせ、やがて悟りを開いたかのような表情で小さく頷《うなず》いた。

「ねえ待って。今の回復も全く霊力を感じなかったんだけど」

今度は稲荷さんがずいっと近付いてくる。

「まあ……普通の人間だってしばらくしたら傷が治るでしょ。回復っていうか再生だね」

「次元が違うって話をしてるんだけど……！　部位の蘇生《そせい》なんて、相当な実力者が結構な霊力をつぎ込んだ回復術をかけないと治らないんだからね!?」

「あーまあそうか。それは確かに異世界でもそうだったな……」

魔物に不意打ちで大けがを負わされ、その傷が瞬く間に治っていく光景を見た他の冒険者達の戦慄した瞳を思い出す。

「まあこれはあくまで自分の体を再生させるってだけで、他の人の回復には使えないんだ。特段使い道のない機能だよ」

「謙遜だとしたら笑えないんだけど」

「本心だよ」

謙遜なんかじゃない。この機能で得られるのは自分の命だけで、他者は救えない。大規模な戦場で、深手を負って死んでいく兵士や冒険者を何人も観《み》てきた。見送ってきた。看《み》取《と》ることしかできなかった。あれは全部、俺が負うべき傷であり、痛みだった。

人間のフリなんてせず、吸血鬼として戦っていれば――

「……明月《あかつき》君？」

「っ、ああごめん。ボーッとしてた」

「ひょっとして鼻の傷が痛むんじゃない？　私が治すね！」

「んえ？」

呆気に取られていると、鼻先に何か温かいものが触れたのを感じた。間近には天照地さんの顔が迫っている。

「てってててててんしょうじすぁん!?」

「こら、動かないで……【回復術の壱――小康】」

ぽわぁ……と黄色い光が視界に浮かび上がる。光は俺の鼻先に収束していき、どこか布団の中にいるような温《ぬく》もりと安心感に包まれた。鼻だけ。

「――はい、これで大丈夫！」

やがて光が収まって、その代わりに天照地さんが眩《まばゆ》い笑顔を向けてくる。鼻をさすってみると、ほったらかしにしていた一文字の傷は綺麗《きれい》に塞がっていた。

「おおすごい……ありがとう、天照地さん」

「あはは、明月君や茉莉《まつり》ちゃんと比べたら私の腕なんて全然まだまだだけどね」

照れているのか、頬を掻《か》きながらはにかむ天照地さん。なんという美少女。

「今のは天照地さん独自の術なの？」

「ううん、違うよ。【小康】は【一般霊技】に属する霊技だね。霊能庁が術の仕組みを公開していて、素質さえあれば誰でも覚えられる術だよ。明月君が知ってるものだと、茉莉ちゃんが身体能力を上げた術とか、家の周りに張られている結界も【一般霊技】だね」

「【一般霊技】……なるほどね」

技術・活用法が開示された技というのは異世界にもあった。威力はマチマチだが、汎用性があり使用する機会が多い。正式名称はなかったが、あっちの冒険者達は【コモンスキル】とか呼んでいたっけ。

「『一般』ってことは、そうじゃないものもあるわけだ？」

「そうだね。【血統霊技】と【固有霊技】ってのがあるよ。あーしの【化生道具】は稲荷家に伝わる【血統霊技】」

稲荷さんが代わって解説を入れてくる。

【血統霊技】――字面的に特定の家系に連なっていないと扱えない霊技か。そういうのは異世界にはなかったな。

「この前天照地さんが使っていたバリアみたいなのも【血統霊技】なのかな？」

「あはは、言い忘れてたけど【三式神方陣《みつしきがみのほうじん》】も【一般霊技】だよ。私はまだ天照地家の【血統霊技】を一つも使えないんだ……」

「霊力はチョー持ってるのにねえ」

「へえ……」

意外だ。稲荷さんの言う通り、天照地さんが持つ霊力《マナ》の量はかなり多い。てっきりその量に物を言わせて色々な術を使いこなせるのだと思っていた。

「どうしてか基本の結界術と回復術しか扱えなくて……なんていうか、自分の霊力なのに全く自分のモノにできてる気がしないんだよね」

天照地さんは自嘲気味に視線を下げて指をいじくる。俺と稲荷さんと比べて全然と言っていたが、あれは謙遜でもなんでもなかったわけか。あまり触れてほしくなさそうだし、さっさと次の霊技について訊《き》くか。

「それで最後の……【固有霊技】っていうのは？」

「一番レアな奴だね。その霊能者しか使うことができない、特殊な霊技」

「おお、かっこいい」

ユニークスキルとか、主人公専用の技とか、嫌いな奴いないからね。

こういうオリジナル技は、かっこいいだけでなくちゃんと能力も強いことがミソだ。異世界で戦った強敵も、みな自分だけの技を持っていて苦労させられた。

「こればっかりはその人の才能次第ってカンジ。あーしも見たことなかったし……っていうか、明月が使ってる霊技ってそれこそ【固有霊技】なんじゃないの？」

「え？」

稲荷《いなり》さんが意外なことを尋ねてくる。

「何驚いてんの……考えてみ？　明月と同じ霊技を使ってる人、他に見たことある？」

「いや……言われてみれば、ないかも」

人間はもちろん、俺以外の吸血鬼が俺と同じ技を使うのは見たことがない。異世界で出会った吸血鬼は大体知能が低くて、フィジカルでゴリ押ししてくる奴ばっかりだったしな。

「ああでも、多分催眠スキルは吸血鬼共通の能力だと思うよ。俺も使えるし、野良吸血鬼が使ってるのを見たことがある」

「野良吸血鬼ってなに？ってか催眠って……やっぱり明月って、あーし等《ら》にえっちなことするつもりなんでしょ」

何故《なぜ》か稲荷さんが顔を赤くして天照《てんしょうじ》地さんの前に立ちはだかり、自身の体を守るように抱きしめた。

「やっぱりってなんですか。前々から疑ってたの？」

「だって吸血鬼ってえっちなイメージあるし、催眠術なんてえっちな本でしか見たことないし……明月っていかにもそういうことやりそうな雰囲気あるし」

「しねえよ！　俺は純愛派なの！　催眠で無理矢理なんて信条に反する」

「何熱くなってんの、キモ」

ははははコヤツめ。えっちな本よろしく『WAKARASE《わからせ》』が必要なようだな？

「茉莉ちゃん、さすがに今のは明月君に失礼だよ。ごめんね、明月君」

天照地さんがやや怒った表情で稲荷さんを窘《たしな》める。

「ああうん、怒ってないから。ちょっと稲荷さんの爪を綺麗に切らせてくれればいいよ」

「はぁ!?　ちょ、やめてよ！　ごめん、あーしが悪かった」

稲荷さんは慌てた様子で自分の手を背中に回して隠した。想像以上の焦りっぷりだ。ネイルを台無しにされるのって、そんなに嫌なものなんだな。

まあ、今ので溜飲《りゆういん》が下がったので良しとしよう。

「話が逸《そ》れたケド……霊技に関してはそんな感じ。参考になった？」

「うん。かなりわかりやすくて助かったよ。やっぱり実践を交えると理解度が高まるね」

マナと霊力は同じもの。霊技には三種類あって人によって使える技が絞られる。俺の持つスキルの多くはどうやら【固有霊技】に分類されるらしい。

「得る物があったなら、今日集まったのも無駄じゃなかったかな」

「最初は面食らったけど、誘いに乗ってよかったよ。ありがとう」

「別に……あーしも明月のこと知れてよかったし。まあ……知らないほうがよかったかもしれないけど」

「？　情報交換は大事でしょ」

「知ったからこそ、見えちゃうものってあるじゃん。例えば、明月の霊技についてとか」

どこか諦観したような表情で、稲荷さんは首を振った。

「明月がどれくらい霊技を使えるのか知らないけど、もしそのどれもが明月にしか使えない【固有霊技】だとしたら――」

俺の顔を見据えながら、彼女は大きく息を吸い込み――疲れたように呟《つぶや》いた。

「――わかりやすいほどの、チートだよね」

稲荷さんとの模擬戦を終えて。

天照地さんに勧められ俺は天照地家のお風呂を使わせてもらった。汗をさっぱり流せて、それはとても良かったのだが……。

「まいったな……完全に迷った。天照地家広すぎだろ……」

帰りに迷ってしまった。客間に二人を待たせているのに、一向に辿《たど》り着けない。スマホもむこうに置きっぱで連絡が取れないので、詰みだ。家の中で迷子になるってどゆこと？

『ノアナ、こういう時こそお前の出番だろ。ナビを頼む』

『まさか屋内で迷うとは思わず、この家の地図をインストールできていません。マスターの空間認識能力を甘く見ていました』

『コイツ……今度横浜《よこはま》のダンジョンに連れて行ってやるからな……』

日本のサグラダ・ファミリアとも呼ばれる横浜駅。未だに改装・増築は続けられ、完成の目途は立っていない。その内部はいくつもの通路が入り乱れ、目的の出口に辿り着くのにも一苦労。新宿《しんじゅく》、梅田《うめだ》に並ぶ日本三大ダンジョンの一角に行けばこの女も、『屋内で迷う』が決してあり得ない話ではないと理解できるだろう。

『瑠奈《るな》は何回か潜入したことがあるだろ？　道とかわかんないか？』

『此方《こなた》は外で敵の侵入を監視していたため内部には入っておらず……お役に立てず、申し訳ありません。かくなる上は腹を切ります』

『切らんでいい』

ノアナの無責任さと瑠奈の責任深さを足して二で割れないものか。

「……お？」

あてもなく歩いていると、開けた空間に出た。

今は無人だが、人が百人ほどは入れそうな広さ。こまめに手入れされているのか塵《ちり》一つ見当たらない。木製の床は光沢を放ち、色とりどりの装飾品が壁に飾られている。

しかし目を引くのは部屋の中央。夜の闇に包まれた部屋の中で、そこだけに明かりが灯《とも》っている。天井のライトに照らされるのは、閉じられた観音扉と、一枚の丸い鏡だ。

「あれって神棚か？　じゃあここは天照地神社の本殿ってこと？　参ったな……無断で入って良い場所じゃなさそうだ」

『そう言いながら部屋の中に進むのですね』

「気になるし……」

ノアナのツッコミに痛いものを覚えつつ、俺は部屋の中央——鏡の前に立った。

綺麗な鏡だ。輪郭にブレのない真円。表面は傷一つなく、前に立った俺の姿をくっきりと映し出している。

きっと由緒あるものなのだろう。下手に触らないようにするため、俺は二歩ほど下がった。そうすると、俺の全身が鏡面に丸々映るようになる。

そういえば……異世界召喚された最初の頃は、窓ガラスに俺の姿が映らなくて化け物扱いされたっけな。つくづく不便な体だよ。今はマシになったけど。

昔のことを思い出しながら、自分の体を見つめる。どこにでもいる、平凡な男の姿だ。

黒い髪と、赤黒い瞳。背は平均のちょい上で、服を着ている今は酷《ひど》くやせ細って見える。

姿形は、異世界に行く前と何も変わらない。けれど、明月竜彦《たつひこ》という存在は、目に見えない部分で大きく変わってしまった。

人ではなく、吸血鬼に。普通ではなく、異常に。

——わかりやすいほどの、チートだよね
チート——ズル、イカサマ、不正。

確かに俺の存在はチートだ。単純に強く、それでいて他者を洗脳する力だって持っている。そしてなにより、病、傷、事故、事件、寿命――死の殆《ほとん》どを克服しているのだから、人々の目には羨ましく映るだろう。

そして同時に、俺の在り方は恐ろしい怪物のようにも映る筈《はず》だ。

――理《ことわり》から外れたお前に、生きる道は無い。ここで殺してやろう、タツヒコ

脳内に蘇《よみがえ》る、誰かの声。名前も顔も思い出せないのに、怒りと恨み、それに憎しみが込められたその声と瞳だけは、今でもはっきりと頭の中に焼き付いている。

「……」

ため息をついて、俺は首を振った。

駄目だな。稲荷さんの熱にあてられたか？　今日はやけに異世界のことを思い出す。夢にまで見て、起きていても思い出に浸るとか……ひょっとして俺はあの世界に帰りたいと思ってるのか？

――なわけねえだろ、クソったれ。

俺は命を懸けた『勝負』に勝った。あの世界から逃げ出すための戦いだった。そして勝ったからこそ、生きてここにいる。

あんな世界に戻りたいわけが――ない。

「――あ、明月君《あかつき》！　よかった、ここに居たんだ」

「っ――」

突然耳に飛び込んできた声に、俺の意識が現実に引き戻される。

声のしたほうを見ると、安心したように微笑《ほほえ》む天照地さんが近付いてきていた。今は吸血鬼になっていてよかったと思えた。彼女の笑顔が、闇に邪魔されずに見えるから。

「――わわっ!?」

「おっと。大丈夫？」

滑ったのか、天照地さんが危うく転びそうになった。慌てて腕を伸ばして体を支える。

ちいさっ……ってか華奢《きやしや》……！　それになんだこの、幸福感に満ちた柔い感触は……!?

あとさっきまでとは違ってめっちゃいい匂いがする。髪もしっとりしているし、頬は若干上気している気が……まさか、天照地さんもお風呂上がりなのか!?

「あ、あの、明月君……胸、なんだけど……」

「――申し訳ありませんでした」

咄嗟《とつさ》に彼女の胸を揉《も》んでいたことに気付き、俺は土下座した。

神前でなにをやっているんだ、お前は。

「き、気にしないでいいよっ。転びそうになった私を支えようとしてくれたんだし……」

「かくなる上は腹を切ります」

「切っちゃだめだよっ!?」

天照地さんの口から悲鳴が上がった。

「……そ、それにしても、帰ってくるのが遅いから探しに来ちゃったよっ」

「あ、ああごめん。恥ずかしい話なんだけど、道に迷っちゃって……」

「うん、そうだろうなって思ってたよ。ごめんね、ちゃんと案内をつけるべきだったね」

この家がアホみたいに広い自覚はあるのか。まあそりゃあるか。バカみたいに広いし。

「実を言うと、茉莉《まつり》ちゃんがウチに引っ越してきた頃もしょっちゅう迷子になってたんだ。この家、広すぎるよね」

「おっしゃる通り……今の思い出話は聞いてよかったの？」

「茉莉ちゃんには内緒だよ」

口元に人差し指を当て、ウインクをきめる天照地さん。あまりにも可愛《かわい》い。

「でもびっくりしたよ。本殿のほうまで来てるなんて」

「あっ、いや……別に何か盗もうと思ってたわけじゃなくて、本当に偶然ここに辿り着いちゃったというか……」

「もー、わかってるよ。明月君がそんなことしないってこと」

「さ、さいですか……」

不可抗力とはいえ胸を揉んだ男なんですけど……。

うぬぼれじゃなければ、天照地さんって俺に対しての好感度がやけに高いよな。ちゃんと話すようになって二週間ほどしか経《た》ってないのに、どうしてなんだろうか。

最初に良い顔をしてこちらを油断させておいて、後で騙《だま》し討《う》ち——なんてのは異世界で散々味わったし、ちょっと警戒してしまう。

「明月君、どうしたの？ 何か私の顔についてる？……それとも、どうして私がこんなに明月君のことを信頼しているか、気になってる？」

「いや、そんなことは……はい、ちょっと不思議に思ってます」

内心を見透かされた気がした。誤魔化すこともできず、俺は素直に頷《うなず》く。

俺の弱々しい首肯を笑いながら、天照地《てんしょうじ》さんは目の前の鏡に視線を向けた。

「なんとなくだけど、明月君は私と似ている気がしたから、かな」

「似てる……？ 俺と、天照地さんが？」

そんな筈がない。誰にでも優しく、自分より他人を優先する気高い思想を持つ彼女と、誰よりも汚く生き、自分の命を一番大切なものとして扱ってきた俺は——全く違う生物だ。

「……この鏡を見て、どう思った？」

「えっ……？」

脈絡のない問いに、言葉が詰まる。鏡を見た感想って……綺麗《きれい》だと思ったし、良いものだと思っただけだけど。

ああでも、この鏡を見ていたら異世界のことを思い出しちゃったし、なんとなく内面を露《あら》わにされたような気がして——

「——ちょっと、不気味かな」

「……やっぱり、似ているよ」

天照地さんは、はっきりと俺の目を見て微笑んだ。

「小さい頃に初めてこの鏡を見た時、私は自分の内面を見透かされた気がして、とても怖かった。だから、最近まであまり近寄らないようにしていたんだ」

「そうなんだ……まあ確かに、子供の頃だとなおさら不気味に思いそうだね」

「ふふ、うん。神社の行事とか、それが理由でよくサボろうとしてたし……『アマテラス様に失礼だろ』って両親にいっぱい怒られた」

「意外だな。天照地さんも我儘《わがまま》を言うんだ」

「私だって普通の女の子だよっ……でも、だからバチが当たったのかな」

「……バチって？」

急に不穏な単語が出てきたな。

俺が首を傾《かし》げると、天照地さんは視線を神棚に移して、重たそうに口を開く。

「怖い夢を、見るようになったんだ」

わずかに、天照地さんの体が震えたような気がした。

「お父さん、お母さん、お兄ちゃん——家族や親戚と、茉莉ちゃんみたいな仲良くなった人達《たち》が、私を見上げながら怖がる夢」

「最近は、そこに明月君も加わっちゃったんだよ？」と天照地さんは儚《はかな》く笑い、続ける。

「夢の中で私は、何かをすごい憎んでいて、色んなものを壊して、たくさんの人を傷つけて、怒っているはずなのに空で笑っているの」

「……」

目の前の少女が語る夢の内容に、かつて異世界で俺が引き起こした惨状を思い出し、知らぬ間に表情が強張《こわば》り両手を固く握りしめていた。

幸いにも天照地さんはそんな俺の様子に気付かないまま、語り続ける。

「最近、その夢をよく見るようになっちゃって……あの、四月五日から」

その日は、天照地さんが大林自然公園で虎狼《ころう》達に襲われた日だということを思い出す。

「……私ね。ずっと昔から――それこそその夢を見る前から、自分の中に自分とは別の何かがいる気がしてるの」

「自分とは別の何か……？」

「実際に見たことも喋《しゃべ》ったこともないけど、私の中にいる何かは、凄《すご》く怖い存在だと思う」

「何かを強く憎んでいて、街や人を襲うような存在ってこと？」

天照地さんの話した夢の内容をなぞると、こくりと小さくうなずいた。

自分じゃない何か、ねぇ……俺の頭の中にも似たような奴《やつ》がいるからあり得る話ではあるか。

「多分、術を上手《うま》く使えないのもそれが原因なんだよね。みんなは私の霊力だって言うけど、私にとっては別の人の霊力が混じっている感覚なんだ。だから、上手く操れないの」

「難儀だな……」

宝の持ち腐れと表するのは流石《さすが》に酷か。きっと天照地さん本人も薄々そう感じてはいるだろうけど。思案する俺の横で、天照地さんは己の体を抱きしめる。

「私……いつか私の中の何かを外に出しちゃうんじゃないかって、それでみんな私のことを嫌いになるんじゃないかって、夢を見るたびに不安になるの……」

「……それは、辛《つら》いね」

本心から言葉が出た。

その夢を見るたびに、彼女は夜中に飛び起きてしまうのだろう。しばらく不安に震え、眠れない夜を過ごすのだろう。幼い頃から、ずっと。苦しいに決まってる。

「ごめんね。急にこんなこと聞かされたら、困るよね……」

天照地さんが申し訳なさそうに顔を伏せる。

きっと彼女がこうやって他人を慮《おもんぱか》るのは、「夢で見た光景」にならないようにするためなんだろうな、と思った。もちろん生来の優しさはあるだろうけど、大林自然公園で身代わりになった時のような度を越した献身は、今の話が原因だろう。

いわば究極の偽善だ。自分のために他人を尊重し、助けている。いつか自分の中の何かが目覚めた時、嫌われないようにするため。

彼女と似たようなことをここととは別の世界でやっていた人間がいる。誰あろう俺だ。吸血鬼であっても憎まれないように、出会った人々の困りごとを解決していた。

しかし人々は俺が吸血鬼であることがわかると——目の色を変えて糾弾してきた。騙したな、裏切ったな、殺してやる……怨嗟《えんさ》の声は今も脳裏にこびりついて離れない。

……まあ俺のことはいい。それより今の会話で、ずっと気になっていた天照地さんの人間性の一端を摑《つか》めた気がする。確かに、俺と彼女は似たもの同士なのかもしれない。

「困ってなんかないよ。大事な話をしてくれてむしろありがとうって感じ」

「あはは、またそんなこと言って」

語るのも辛かったのか、天照地さんの笑顔はどこかぎこちない。

「明月君は——……明月君は、変わってしまうことが不安じゃなかった？」

縋《すが》るような、問い。俺の言葉を心の薬にできないか、そんなことを期待した瞳が闇の中で揺らいでいた。

自分が全く違うナニカになってしまうのではないか——夢だとはいえ、切り捨てられない未来への不安。その負の感情を晴らす方法を、変わってしまった俺に尋ねている。

吸血鬼になって戸惑っていたかつての自分に通じるものがあるし、なんとか答えてあげたいけど……。

「……まず先に言っておくと、俺は天照地さんの状況とは違ったよ」

俺は小さく息を吐いて、首を振った。

「俺は、いつの間にか吸血鬼になっていた。予感も前兆もなく、異世界に行ったらもう変わってしまっていた」

気が付いたら頭の中に住み着いた奴に『マスターは吸血鬼になりました』って言われた時は、衝撃よりも困惑が勝《まさ》ってたな。それぐらい突然だった。

「だから、君の不安を和らげる方法を俺は知らない。ごめんね」

「っ……ううん、変なことを聞いたのは、私だもん」

天照地さんは瞳を伏せ、祈るように手を握りしめた。

「──でも。それでも、俺から言えることは、強い意志があるなら大丈夫ってことかな」

「えっ……」

「俺は吸血鬼になったけど、それでもこの世界に帰りたいっていう願いがあったから、なんとか頑張れた。だから、天照地さんも自分の願望を自覚できたのなら、きっと全く違う何かになっても生きていけると思うよ」

「私の、願い……」

ここから先は、天照地さん次第だ。俺に言えることは何もない。

「こんなことしか言えなくて、ごめん」

「ううんっ！　なんとなく、わかった気がするよ」

「え、もう？」

こういうのって時間をかけて見定めていくものじゃないの？

「私はやっぱり、身近な人に笑っていてほしい。両親や、お兄ちゃんや、茉莉ちゃん、室《むろ》井《い》さんを始めとした女中のみんな……それに、明月《あかつき》君。私がもし夢の私になっちゃったとしても、親しい人達は絶対に傷つけない！」

「……強いな、天照地さんは……まあ、得体のしれないナニカにならないことが一番大事だけどね」

「うっ……わかってるよ！」

俺の言葉に、天照地さんは照れた様子で頷いた。

その後は客間に戻り、帰りが遅いと稲荷《いなり》さんにどやされ、まさかの夕飯をいただいた。夕飯は赤飯で、天照地さんが静かに怒っていた。

「それじゃあ、また学校で」

「うん、気を付けてね！」

「今日はお疲れ」

敷地の外まで見送りに来てくれた天照地さんと稲荷さんに別れの言葉を告げて、俺は駅に向かって歩き出す。

それにしても怒濤《どとう》の一日だったな……体力テストに始まり、天照地神社訪問、稲荷さんとの模擬戦に、天照地さんの悩み相談。

忙《せわ》しなかったが、充実していたのも確かだ。まさか俺がこんな時間を過ごすようになるなんてなぁ……。

「そうだ。今日出してもらったお菓子、紗奈《さな》にも食べさせてやろう」

天照地さんの拘《こだわ》りが強く出たチョイスとはいえ、味は確かだった。きっと家族も喜ぶだろう。そう思いながら俺はパッケージに書いてあった店名をスマホに入力し――

「たっっっっか……!?」

目に飛び込んできたゼロの数に、道のど真ん中で慄《おのの》くのであった。


――竜彦《たつひこ》がお菓子の値段に目を丸くしている時から少し遡って。

「っはぁ～疲れたぁ～……」

ザバーン、と軽快な水音を立てた茉莉《まつり》が、湯船の中で大きく体を伸ばす。やや赤みを帯びた白い肌が、水滴を滴らせ艶《あで》やかに輝いた。

「茉莉ちゃん、もう少し静かに入ってよ……」

茉莉が飛び込んだおかげでお湯を被《かぶ》った陽華《はるか》は、抗議の視線を向けた。長い脚から湯船に入っていき、静かに肩までつかってほうっとため息を零《こぼ》す。

ここは天照地家の浴室。天照地家は男女で風呂が分かれているため、模擬戦を終えて竜彦が風呂に入っている間に自分達も汗をながそうという魂胆だ。

陽華に苦言を呈され、茉莉は大げさに手を合わせて謝る。

「マジごめ。でも本当に緊張したんだから。明月と対戦するの」

「あの怖いもの知らずの茉莉ちゃんが？」

「あーしをなんだと思ってんの……っていうか陽華は平気なワケ？　明月としゃべんの」

「え、うん。いい人だもん、明月君」

茉莉の問いに陽華は目を丸くしながら答えた。吸血鬼の少年――明月竜彦に対して恐怖や緊張を覚えたことなど一度もないと言わんばかりの表情だ。

「えぇ～あーしだけなのかな……」

「茉莉ちゃんって最初から明月君のこと警戒してるよね」

「そりゃあ、妖魔だし……」

どこか責めるような陽華の視線から逃れるため、茉莉は湯船に顔を潜らせる。

陽華は実感していないだろうが、竜彦がこちらに近づくたびに【魔《ま》該示爪化粧《がいぎのつめげしょう》】が茉莉に警鐘を鳴らすのだ。否《いや》が応《おう》でも明月竜彦＝妖魔という図になってしまう。

加えて、姿を見せないが竜彦の使い魔も、常に彼の近くに潜んでいる。今日のこの催しで、二体の妖魔を天照《てんしょう》地家《じ》の敷地に入れるというのは心臓に悪かった。

竜彦に敵意がないことはわかっている。不意打ちを狙う素振りも見せないし、こちらの質問には正直に答える。正直に答えすぎて【鷽《うそみ》見顕《あらわしのみみかざり》　耳飾】を使わなくてもいいんじゃないかと思ってしまうほどだ。

温厚で、一計を案じている様子もなく、お人好《ひとよ》しな妖魔――これが、茉莉から竜彦への忌憚《きたん》のない評価だ。

「……」

しかし、何よりも問題なのは――その茉莉をしても、竜彦をただの人間と思ってしまう時があることだ。

　同じ教室にいる時、会話をする時、昼食を摂《と》っている時、彼の一挙手一投足は至って普通だった。ただのクラスメート、一般的な男子高校生――そう認識してしまうほどに。

　茉莉にとっては、それが何よりも恐ろしかった。霊技は妖魔と主張していながら、自分の頭はそれに否を唱えている。こんなことは初めてだった。

　知れば知るほど、得体が知れなくなっていく。明月竜彦の底が見えそうで見えない
――

「……やっぱ、知らないうちに催眠でもかけられてるのかな」

「催眠って……さっきも言ってたけど、明月君がそんなことするはずがないでしょ。さっきも否定されてたし」

「口ではどうとでも言えるじゃん」

「茉莉ちゃんは嘘《うそ》がわかるでしょ」

「あーしの霊技も催眠によって誤作動を起こされているかもしれないし……」

　そう考えると、この世の全てが疑わしく思えてきた。今自分がいる場所は、本当に現実なのだろうか――そんな恐ろしい予感を茉莉は覚えた。

「疑《うたぐ》り深いなあ……」

　流石の陽華もこれには呆《あき》れ笑《わら》いを浮かべた。

「陽華は能天気すぎ。吸血鬼の伝承とか調べてみ？　人を操るなんて日常茶飯事だから」

「それは初めて聞いたけど……でも、やっぱり明月君はやってないと思うよ」

「いやいやそれは甘いって。明月はあーしらとは違って、化け物だよ――」

「茉莉ちゃん」

本心を口にした茉莉の背が、隣の少女の声で震えた。

「明月君のことを化け物だなんて――もう言わないで」

陽華の向日葵《ひまわり》のような瞳が、茉莉の瞳を射貫く。静かな圧が、浴室に充満した。

「……逆に、なんで陽華は明月のことをそんな簡単に信じられんの？　まだ会ってちょっとしか経《た》ってないのに」

生唾を呑《の》み込みながら、茉莉は陽華に問う。

事実、陽華は少し竜彦に入れ込みすぎな点がある。恋慕――とはまた違った、恐らく特殊な事情が陽華にはあるはずだ。

「……茉莉ちゃんが明月君のことを化け物とか、チートとか言った時、すっごく辛そうな顔をしていたからだよ」

その答えは予期せぬものだった。

「辛そうな、顔……？」

あの飄々《ひょうひょう》とした吸血鬼がそんな表情を浮かべていたという記憶はない。いつもヘラヘラ笑っているか、眠そうにしているか、大げさに慌てているイメージだ。

「してたよ。たくさんしてた。理由ははっきりとはわからないけど……きっと明月君は吸血鬼の自分のことを、誰よりも許せていないんじゃないかな」

続く言葉もまた、茉莉にとっては寝耳に水だった。

「許せてないって……どういうこと？　自己嫌悪ってヤツ？」

「多分、そんな感じ。明月君って、たまに自分のことを凄《すご》く下に置いて話すんだよね」

「ふーん……？　でもそれって、オタクや陰キャがよく自分のことを卑下するのと同じなんじゃないの？」

「うーん、そういう部分もあるかもしれないけど……明月君って、とても強いでしょ」

陽華の言葉に茉莉は無言で頷《うなず》く。今更確かめることですらない。竜彦の実力は、茉莉が知る中でも最上位に位置している。単純な戦闘力だけでなく、霊力の量、戦闘知識。二年にわたる異世界生活でそれらが磨かれたのだろう。

「だったら、その力を使って好き勝手に動けると思うんだ」

「……」

「そもそも、洗脳なんていう回りくどいやり方もしないんじゃないかな」

茉莉は目から鱗《うろこ》が落ちた気分だった。確かに、竜彦——加えて彼の使い魔——がいれば、並の霊能者が束になっても敵《かな》わない。

そんな雑魚ばかりの環境で、遠回りなどする必要はないのだ。邪魔なものは全て蹴散らしてしまえばいいのだから。

陽華は湯船から火照った腕を上げて伸ばす。その先には夜空に浮かぶ半月があった。

「でも、明月君は何もしない。目立たないように、身を潜めている。実力の一端を見せることはあっても、それをひけらかして周りに言うことを聞かせようとはしない。それはきっと明月君の優しさと、自己嫌悪がそうさせてるんじゃないかなって」

「……」

のぼせそうになった茉莉は、浴槽の縁《ふち》に上がる。視線を陽華に向けると、彼女の深い谷間が見えた。更に体がのぼせそうだ。

「種族とか能力とかが変わっても、明月君は人間でいたいんだと思うよ」

「ほえ～……」

陽華の言葉はどこか哲学的で、茉莉には少し難しかった。

「それにしても、よく見てるね」

「あはは、うん。なんでかな。なんだか、他人事《ひとごと》に思えなくて」

陽華は照れ笑いを浮かべ、湯船に体をより深く沈めた。

「色々あんのかな、明月にも」

陽華の言葉の数々は、茉莉に様々な気付きを与えてくれた。今回の情報を踏まえて竜彦の行動を振り返ると、また新しい一面が見える気がする。表向きは飄々としていて、けれど内心では自己嫌悪に苛《さいな》まれている元人間の吸血鬼――そうプロファイリングした途端に、どこか退廃的で浮世離れした存在のように思えてきた。

そして、明月竜彦がそうなったのは、異世界で二年強を過ごしたことが理由だろう。

「……どんな風に過ごしてたんだろうね、異世界で」

「気になるよね……」

二人は無言でしばらくの間、ここことは違う世界に思いをはせた。

たっぷり湯船につかって、陽華と茉莉は浴室を出た。

銭湯や温泉旅館のそれと同じような構造の脱衣所で、二人並んで着替えていく。

「明月君《あかつき》、待ってるかな」

「どうかな。案外迷ってたりして」

「あー……茉莉ちゃんもよく迷ってたもんね」

「思い出させんなし……」

からかいの視線を向けると、茉莉は不服そうな表情を浮かべた。その顔つきもどこかおかしくて、陽華は思わず吹き出しそうになった。

広い故仕方がないとはいえ、天照地家に引き取られたばかりの頃の茉莉は、よく家の中で迷子になっていた。大体いつも陽華が一番最初に見つけて、そのたびに泣きつかれた。

その茉莉の妹も、遊びに来るたびに迷子になって――

「そういえば茉莉ちゃん。最近、蜜莉《みつり》ちゃんとは会えてる？」

――カタン。衣服を入れる籠が落ちる音がした。

「……茉莉ちゃん？」

「っ……あ、うん、ちょっと最近は会えてないかな。三月が最後……」

落とした籠を拾い上げながら、茉莉は答える。俯《うつむ》いていて、彼女の表情は見えない。

「……ごめんね。私の事情のせいなら、気にしないでいいから会いに行ってあげてね」

「だいじょぶだいじょぶ！　なんか蜜莉も忙しいみたいでさ？　ゴールデンウィークには会う約束してるから！」

「それなら、良いけど……」

恐らく茉莉《まつり》は嘘をついている。それはきっと、自分にプレッシャーをかけないためなのだろう、と陽華《はるか》は感じた。

あんなに姉妹仲良しで二週間に一度は会っていたというのに、急にここまで期間が空くのは不自然だ。大神《おおかみ》家が陽華を狙っていることが原因に違いない。

だが、それを指摘しても茉莉ははぐらかすだろう。陽華のことを守るために。

(上手《うま》く茉莉ちゃんを説得できればいいけど……)

陽華は頭を悩ませたが、茹《ゆ》で上がった頭では妙案は出てこなかった。

――そして、自分が大きな勘違いをしていることも、最後まで気付けなかった。

間章十 記憶の断片II

――異世界に召喚されて、六百九十二日目。

「――ぁああああああああああああああああああああッッッ!!」

天を貫く痛哭《つうこく》が響く。

その日、とある大陸のとある国の隅に存在する、とある街が消し飛んだ。

街の中心。巨大な生き物の真新しい足跡がいくつも残るその場所は、凄惨を極めていた。

崩壊した民家の下から伸びる手足。かつては待ち合わせの場所として使われていたであろう、崩壊した噴水広場。地面についた血痕、罅割《ひびわ》れ、大穴。立ちのぼる炎、空中を舞う火の粉と灰。そして――万を超える死体。

とある魔物を中心に並べられた夥《おびただ》しい数の死骸は、街に立ち入った化け物を討伐するために立ち上がった人々の末路だった。折れた武器やはがれた鎧《よろい》が、彼らと化け物の力の差を何よりも明らかに証明していた。

その中心に立つ魔物は――吸血鬼の明月竜彦《たつひこ》。

一日前にこの街に入った彼は、翌日の昼に泊まっていた宿で突然の襲撃を受けた。

武装した人々の中には、吸血鬼を専門に狩る『吸血鬼狩り』と呼ばれる者が複数名いた。

彼らは街に滞在する冒険者や衛兵達《たち》に、吸血鬼の弱点である【太陽光で熱した純銀の杭《くい》】を譲り、彼らを率いて竜彦を狙ったのだ。

そもそも、この街の人々は数日前から竜彦を殺す準備をしてきた。行商人を街道に張らせて、竜彦が興味を持ちそうな虚偽の街の評判を流し、彼を誘《おび》き寄せたのだ。

襲撃で自分が嵌《は》められたことを悟った竜彦は命の恐怖を感じ――咄嗟《とっさ》に彼が持つ最強の【スキル】を使った。使ってしまった。それは、数日前に竜彦が【吸血鬼：公爵位】になることで得た、絶大な威力を誇る数少ない昼間でも使える【スキル】だった。

その圧倒的な力をふるった結果が――存在意義を喪《うしな》った街の惨状だ。

「こんなのっ、こんな……！　どうして、どうして俺がこんな目に遭わなきゃいけないんだ！　俺は人間だ！　ただの高校生だ！　吸血鬼になっても、心は人間なんだよッッ！　どうして誰も、わかってくれないんだ……！　強くなりたくなんかないっ！　人を殺せる力なんて欲しくない！　もう誰も殺したくない！　嫌われたくないっ！　力なんていらないッ！　魔王なんてどうでもいい……！　俺は……俺は、普通の生活を送りたい……！　俺を――日本に帰してくれよおおおおおおおおッッッ!!」

嘆き、怒り、叶《かな》うことのない願いを魔物は叫ぶ。

『それは、不可能です。マスター』

そんな彼を諭す、機械のような声。

『あなたは魔王を倒さねばなりません。それがあなたに与えられた唯一絶対の【使命】なのです。この街の住人は自らの目的で動いたまでです。強い者が勝つという自然の摂理に殉じただけです。マスターが気に病む必要はありません。さあ急いでください。これほどの騒ぎであればすぐに大陸中に広がります。身を隠さないとより多くの人間に狙わ――』

「ぁああああああああああああああッッッ――!!」

脳内で冷静で冷酷な判断を下すノアナの声に耐えかねて、竜彦は自らの頭を拳で吹き飛ばした。首から上がなくなり、即席の小さな噴水がぴゅうと赤い液体を噴き上げる。

だが――彼の頭はすぐに再生し、元通りになった。

「はぁっ、はぁっ、おぇ……！」

焼け焦げた遺体の臭いに鼻腔《びこう》を侵害され、竜彦はその場に吐瀉物《としやぶつ》を撒《ま》き散らした。

「これ、全部……俺が、殺したのか……？」

目の前には竜彦と同じぐらいの年齢の少年。冒険者だろう。光を失った瞳と目が合ってしまい、竜彦の喉がひゅっと音をたてる。

「あぁ……うあぁ……」

見渡す限りの凄愴《せいそう》な現実に、言葉にならない悲鳴を漏らす。

倒壊、墜死、炎上、焼死、崩壊、圧死。

骸《むくろ》、骸、骸。

自らの手で生み出した地獄から目を逸《そ》らすため、蹲《うずくま》って頭を地面に擦《こす》り付ける。

「ぁああああ……うあああああああああっ……」

誰よりも強い吸血鬼は、誰よりも弱々しく泣いた。

第四章†溶けて解けて、蕩けてく

天照《てんしょうじ》地さんが薬を届けてくれた日から約三週間が経過した、四月二十七日、金曜日。

丸薬のおかげで昼間の眠気が解消された俺は、それからはまじめに授業を受けている。

二十四時間、一切眠くならずに活動できる……改めて考えるととんでもない薬なのだが、詳細は不明。天照地さんに成分を聞いたところ「ひ、秘伝だから……」とぎこちない笑顔で受け流されてしまった。どう考えても何かヤバいものが入っていそうだけど、必要以上の詮索はしないことにした。世の中には知らないほうがいいことが沢山ある。

大神家の連中は、緑山《みどりやま》公園での遭遇以降手出しをしてこない。今は彼らが言っていた「短い平穏」に当たるのだろう。

とは言え、いつ彼らが襲ってくるのかはわからないし、その時はしっかりと対処できるようにしておかなければいけない。緩みすぎないように、俺は今一度手に力を込めた。

「――はい、完成。まったく……髪ぐらい自分で結べるようになりなよ」

「ありがと～茉莉ちゃん」

俺が気を引き締めるその後ろから、稲荷《いなり》さんと天照地さんの仲睦《なかむつ》まじい会話が聞こえてくる。四時間目の体育が終わった後に、稲荷さんが自分の席で天照地さんの髪を結んであげていたようだ。

肩越しに様子を窺《うかが》うと、色取り取りのラメが所狭しと敷き詰められた——十中八九稲荷さんのもの——コンパクトミラーを眺めながら嬉《うれ》しそうに笑う天照地さんの姿。烏《からす》の濡《ぬ》れ羽《ば》色の長髪を、今はハーフアップで結わえている。はっきり言って似合ってる。優勝。

「毎朝あーしに頼ってるから、できないままなんでしょ」

「うぅ……茉莉ちゃん厳しい……」

話すようになってわかったが、稲荷さんは思ったよりしっかりしていて母親っぽいし、逆に天照地さんは割と子供っぽいところがある。一緒に住んでるということもあり、血の繋《つな》がっていない姉と妹のようにも思えた。

見た目とのギャップが男達を惹《ひ》きつける要因なんだろうな、とくだらないことを考えながら俺は視線を鞄《かばん》の中に移した。

現在は昼休み。腹を空《す》かせた若人達が食料を貪る時間だ。俺も例にもれず紗奈《さな》お手製の弁当を食べよう——と、思ったのだが。

「あれ……」

俺の鞄の中にはいつも入っている弁当が見当たらない。そのことに疑問を抱いていると、脳内から声が響いてきた。

『マスター、今日は紗奈が朝練でお弁当を作れない日ですよ』

『やっべ、忘れてた。購買行かなきゃ』

俺が財布を持って立ち上がると、それを見た猪俣《いのまた》が声をかけてくる。

「明月《あかつき》、購買行くん？」

「おー、弁当なかったわ」

「んじゃついでにからあげ棒買ってきてくれ」

そういって五百円玉を渡してくる猪俣。妙だな。からあげ棒って一本百二十円だった筈《はず》。

これだと金額が大きすぎる。これはつまり……。

「釣りはいらない、ってことか」

「アホか、小銭がないんや。駄賃は十円や」

初めてのおつかいじゃないんだぞ……。

俺は不承不承頷《うなず》きながら、教室を後にした。


「――で、なんですかこれは」

「んー？　ちょっと聞きたいことがあってさ」

俺は今、もはや定番となった校舎裏で稲荷さんに絡まれていた。互いに壁にもたれかかって、正面を向いている状態。

食堂から教室に戻ろうとする途中で、彼女に捕まったのだ。なんなんまじで……今回はなんも心当たりがないぞ……。てかからあげ棒を猪俣に届けてあげたいんだけど……。

戦々恐々としていると、稲荷さんが口を開く。

「最近、陽華の様子がおかしいんよね」

「思い詰めてるみたいな表情が増えてきて……明月、陽華に変なことしてないよね？」

「純愛派なんでしません。稲荷さんの中で俺ってどんな人物像なの……」

「まあ今のは冗談だけど、さ。なんとなく、明月なら知ってるんじゃねって思ったの」

「……根拠は？」

「んー……女の勘ってやつ？」

「…………」

「あ、その顔ムカつくっ」

蠱惑的《こわくてき》な表情で指を顎に添える稲荷さんを見て曖昧な笑みを浮かべていると、からあげ棒をひったくられた。まあ……猪俣のだし、別にいいか。

稲荷さんがやきとりの要領で串からからあげを一つ咥《くわ》えて咀嚼《そしやく》する。油で光沢をおびる小ぶりな唇が妙に艶《なま》めかしい。

「おーかた、大神が接触してきたことが関係していると思うんだけど……」

「ああそういえば……『器』って言葉に反応しているみたいだったな」

「器……？」

首を傾《かし》げる稲荷さん。予想していたが、彼女も言葉の意味を測りかねているようだ。

「大神は天照地との繋がりを求めてると思ってたんだけど……他にも何か狙いがあるの？」

「そうみたい。そもそも、天照地さん自体を狙っているように感じたよ」

「……」

稲荷さんは考え込むように視線を下げる。

「……わかった。教えてくれてありがとう」

「いえいえ。共に天照地さんを守る人間同士、情報は共有しないとね」

「キミは期間限定採用だけどねっ。陽華《はるか》にはあーしがついてるんだから」

むんっ、と腕を曲げて力こぶを作るようなポーズを決める稲荷さん。

「正式に雇用してほしいなあ……完全週休二日で、手取り三十万」

「採用するわけないでしょ。陽華に男を近付けるのだってホントは嫌なんだから」

「うわぁ、独占欲強いなあ」

強固なセキュリティを前に、俺は肩を竦《すく》めてみせる。

「……まあ、確かに俺が二人の間に入るのはおこがましいとは思うけど。稲荷さんと天照地さんって本当の姉妹みたいじゃん。意外と稲荷さんのほうがお姉ちゃんっぽいなって、さっき教室で見てて思ったよ」

俺が何気なく言うと、隣から息をのむ気配がした。

「お姉ちゃん……そんな風に、見えた？」

「ん？　うん、滅茶苦茶《めちゃくちゃ》仲がいいなって」

「そっか……」

俺の言葉を聞いた稲荷さんは、大事なことを思い出したかのような、それでいて後悔に苛《さいな》まれるかのような、複雑な表情を浮かべた。

「そう……あーしは、お姉ちゃんなんだよね」

「稲荷さん……？」

様々な思惑が込められたようなつぶやきを零《こぼ》し、稲荷さんは俯《うつむ》いた。

長い前髪で表情は窺えず、俺が戸惑っていると、彼女は金の髪を靡《なび》かせながらぱっと顔を上げて気を取り直すようにからっと笑った。

「なんでもないっ。そろそろ教室に戻ろっか」

「……だね」

こちらを見据える翡翠《ひすい》色の瞳にそれ以上何も言えなくなり、俺は食べ終えたパンの袋をくしゃりと握りしめた。


「おい明月どこ行ってたん!?ってか俺のからあげ棒は!?」

「あー……忘れてた」

教室に帰ったら、待ちぼうけを食らった猪俣がとんでもない形相で俺に詰め寄ってきた。

「いやすまん、通りすがりの美少女にさらわれてしまって……五百円は返すから……」

「はぁああ!?　何言ってんのお前！」

猪俣が俺の下手くそな言い訳を聞いてさらに眉間のしわを深める。

すると、俺の肩越しに稲荷さんがにぱっと快活な笑みを猪俣に向けた。

「ごめーん、猪俣！　美味《おい》しそうだったからあーしが貰《もら》っちゃったの」

「あぇっ、お、ほひ」

俺の友達、ちょっとキモいな。

「ほんと、ゴメン！　今度なんか奢《おご》るからさ」

「ああいえ、稲荷さんを喜ばせられたのなら、からあげ棒一本ぐらい安いもんやわ！」

「ありがと～ごちそうさま～」

稲荷さんは先ほどまでの真剣な雰囲気とはまるで別人のように愛想のいい笑みを浮かべながら、一足先に自分の席へ戻っていった。

「――おい、明月」

「……なに？」

肩を組んできてニヤニヤと薄笑いを浮かべる猪俣に寒気を覚えてしまう……。

「稲荷さんが食べたからあげ棒の串って、持ってへんの？」

「捨てたに決まってんだろっ!?」

俺の友達、かなりキモいな！

その日の晩。夕飯を終えて早めに風呂を済ませ暇を持て余した俺は、ベッドに寝転がって既に読んだことのある漫画をもう一度最初から読み返していた。勉強？　なにそれ。

『──竜彦《たつひこ》様』

少し緊迫した瑠奈《るな》の声が念話で頭に響いてきたのは、三十巻目に手を伸ばそうとした時だった。

『どうした？』

『天照地陽華が自宅を抜け出して、散歩に出ました』

「えぇ……」

思わぬ報告に、ついつい声を漏らしてしまった。

現在時刻は午前一時。女子高生が一人で出歩くのにふさわしい時間とは言い難い。

天照地さんは夜遊びをするタイプじゃないと思ったけど……今は狙われている身でもあるし、尚更《なおさら》彼女の考えがわからない。

不可解な行動に頭を悩ませ、昼間稲荷さんが言っていたことを思い出す。

──最近、陽華の様子がおかしいんよね
稲荷さんが感じ取った違和感が、今回の夜歩きに繋がっているのか……？

「まあなんにせよ、ここで放っておくって選択肢はないな」

俺は上着を羽織って、二階の窓から音もなく外に出た。

緑山駅と天照地神社駅の間に位置する自宅を出て、緑山駅とは反対の方向に進むと、大きめの川に差し掛かる。川に沿ってサイクリングロードが通っているので、日中はランニングやウォーキング、サイクリングに来る近隣住民で賑《にぎ》わうスポットだ。

だが、丑三《うしみ》つ時《どき》に近付く今の時間は俺以外に人影はない。ひんやりした夜風が草いきれの匂いを運んでくるのみだ。

俺は瑠奈の報告通り、サイクリングロードを下流に向かって歩き出す。

静寂な夜の中で、アスファルトを蹴る音と、遠くに延びる高速道路を快走する自動車のエンジン音だけがあった。

途中にあった、寂しくたたずむ自販機でホットココアを二缶購入する。春になったとはいえ、夜の空気は肌寒い。

『……この国は、本当に平和ですね。夜は明るく、魔物も野盗も出てこないのですから』

『まあとはいっても、高校生は出歩いちゃ駄目なんだけどな』

魔物も野盗も出てこないけど、警察官が出てくる可能性はある。そこら辺は注意だな。

しばらく進んでいると、小さな広場に辿《たど》り着いた。ぽつんと東屋《あずまや》が建つだけのシンプルな空間だ。

その東屋に一つの人影を確認する。

『竜彦様、いな――』

『ああ、わかってるよ』

「あること」を忠告しようとする瑠奈に頭の中で返事をして、俺はその人影に近付いた。

家族で使うことを想定した大きな木製のテーブルと、それを囲むように組まれた『コ』

の字形の椅子。天井から下げられた白色電球が、ぼんやりと光を灯《とも》している。

天照《てんしょう》地《じ》さんは、その隅っこに一人で座っていた。川を眺めていて、どうやら俺には気付いていないようだ。広いテーブルに、小さな体が一つ。どこか遠くを眺める彼女の姿は、道を見失ってしまった旅人のように見えた。

「……こんばんは、お嬢さん。夜道に一人でいたら危険ですよ」

わざとおどけた様子で声をかけると、天照地さんはバッとこちらを振り向いた。

「ど、どうして……」

目を丸くする彼女は、「ああそうか、見張りの子がいたんだっけ」とすぐに自分の中で答えを出して頷いてみせる。

「全く、外に出るなら声をかけてくれよ……全然付き合うのに」

「あはは……考えもしなかったや……」

困り顔を歪《ゆが》めて笑顔を作る天照地さん。俺はそのまま彼女の対面に座り、持ってきたココアを差し出した。

「はい、奢り」

「えっ、悪いよそんな……」

「天照地さんがくれた薬にはめっちゃ助けられてるから、そのお礼」

「……ありがとう。薬が効いてよかったよ」

天照地さんは小さくお礼を述べて俺からココア缶を受け取った。やはり少し体が冷えていたようで、ほっと息を吐いて両手で缶の温《ぬく》もりを確かめている。

今の天照地さんは、パジャマで身を包んでいるだけだ。よく見ると足元もサンダルだし。夜の寒さを見誤ったな。

俺は空間収納スキルの【インベントリ】を発動して、その中からわかば色のカーディガンを取り出した。

「これ、異世界で手に入れた服で、男性用サイズなんだけど、軽い割に防寒機能が優れているから使って」

「い、いいの……？」

「いいよ。このままだと風邪ひいちゃうし」

「ありがとう……」

よっぽど寒さが応えていたのか、ココアを受け取ったことで抵抗が少なくなったのか、今度は割と素直に受け取ってくれた。

袖を通して、天照地さんがはにかんでくる。

「えへへ……ほんとだ、あったかい……でも、ぶかぶかだね」

「っっっ……」

「明月《あかつき》君⁉　どうしたの⁉」

照れた顔で余り気味の袖を揺らす――いわゆる萌《も》え袖《そで》状態の――天照地さんの可憐《かれん》さに胸がハイジャンプする。それを必死に抑えつけると、対面から慌てた声が響いてきた。

「ごめんごめん、ちょっと持病の『可愛《かわい》いものを見ると死んじゃう病』が……」

「あはは……もう、大袈裟《おおげさ》なんだから」

いや割とマジでシャレにならん可愛さだったけどね。他の野郎には見せたくないな。いや、なんなら女子にも見せたくない。

「……それで、こんな夜更けにどうしたの？」

気を取り直してココアを一口飲み、俺は天照地さんに尋ねる。

「大神達《おおかみたち》がいつやってくるのかわからなくて、不安になったとか？」

実際、緑山《みどりやま》公園で奴《やつ》らが接触してきたのは、こちらの警戒心を高めて疲弊させるためだったのだろう。俺はともかく、狙われている天照地さんの心労は大きい筈《はず》だ。

「ううん、違うの」

だが、天照地さんは小さく首を振る。

「眠れないの。怖い夢を見ちゃって……」

「夢って言うと……例の、自分が全く違う何かになっちゃう夢か」

「うん……それで、いてもたってもいられずに、外に出てきちゃった。ごめんね……」

肩を縮こまらせる天照地さんに向けて、俺はゆっくり首を振った。

「……まあ、一人で出歩くのは危ないからやめてほしいかな。眠れないなら、通話にでも誘ってよ」

「え、でもそれじゃあ迷惑が……」

「別に、迷惑じゃないよ。どうせ俺も夜は眠れないから、何時間でも付き合えるし」

「そうなの？　てっきり、寝るのは自由だと思ってた」

少し目を見開く天照地さんに、俺は肩をすくめてみせる。

「いや。完全な昼夜逆転を強制されちゃうんだよね」

「大変なんだね……」

天照地さんはこくりとココアを口に含んで、苦笑を浮かべる。

「吸血鬼って、物語の世界だとすっごく強くて怖いのに、明月君を見てるとむしろ苦労することが多そうだね」

「ほんとにその通りだよ。最初は太陽に焼かれそうになるし、水に触れると体がふやけるし、ニンニク食べたらめちゃくちゃ気持ち悪くなるし……」

「うわぁ……」

「まあでも、なんだかんだ不死の体には助けられたから、釣り合いは取れてんのかな」

不死身じゃなかったら、たぶん四日目ぐらいでゲームオーバーだった。

「不死身って、改めて考えると凄《すご》いね……」

「心臓を【太陽光で熱した純銀の杭《くい》】で貫かれると、死んじゃうんだけどね」

「そうなのっ!?」

「心臓ってのは、血液循環の要だからね。血を操る吸血鬼にとっては大事な意味を持つんだよ。それこそ、人間のそれ以上に」

「そうなんだ……ていうか大丈夫なの⁉　そんな大事なこと教えちゃって！」

「ははは、天照地さんは俺のこと襲ってこないって信じてるから」

泡を食う天照地さんの様子がおかしくて、俺は思わず噴き出した。

「襲わないけど……もうっ、慌てさせないでよ」

可愛く睨《にら》んでくる天照地さんの視線から逃れるために、俺は音を立てて流れる川に目を遣った。揺れる水面に月が曖昧な輪郭で浮かんでいる。

「まあとにかく――異世界の頃から、この体には振り回されてばっかりだ」

「異世界……」

俺の言葉を聞いて、天照地さんは少しだけ瞳に輝きを取り戻して呟《つぶや》いた。

「明月君の、異世界での思い出ってどういうのがあるの？」

その興味本位な問いは至極自然なもので、そして俺が最も隠したい部分を突いてきた。

「あー……気になる？」

「実は、異世界帰りって初めて聞いた時からずっと気になってた」

隠し事がばれた子供みたいに、天照地さんが肩をすくめて笑う。

その微笑《ほほえ》ましい仕草に、俺もつられて笑った。

「わかったよ、夜も長いし……『明月竜彦の異世界旅行抄録～昼夜逆転の生活を強いられているけど、俺は元気です～』を聞かせてあげよう」

「長いね、タイトル」

「これが異世界作品のフォーマットだよ」

純粋なツッコミをはぐらかしつつ、俺は記憶の蓋をこじ開けた。

「まず始まりは……俺が『魔王を討伐する』って使命を背負って異世界に召喚されたことなんだけど……なんと、目的である魔王は俺が召喚されてから一週間ぐらいで他の人間に討伐されちゃったんだ」

「ええ!?」

天照地さんが衝撃のプロローグに驚き、狙い通りの反応に気分を良くした俺は滔々《とうとう》と異世界の記憶を語り始めた。

最初は昼夜逆転の生活に慣れなかったこと。異世界の街が思ったよりも綺麗《きれい》だったこと。獣人やエルフの美少女達が実在することに感動したこと。うっかり日中に外に出て、死にかけたこと。『ダハーカ』というとんでもなく辛《から》い木の実があること。

人々に恐れられる巨大蜘蛛《きよだいぐも》を倒したこと。それが今は使い魔になっていること。

夜に墓苑《ぼえん》を歩いていたら、不死の魔法使いが操る死者の軍団に襲われたこと。向こうは空気が澄んでいて、星がたくさん見えたこと。人魚の楽園だと聞いた入り江に飛び込んだら、筋骨隆々の魚人《マーマン》に囲まれたこと。

たまたま仲良くなった冒険者と、世界最大のダンジョンに挑んだこと。ダンジョンで手に入れたお宝が超高値で売れて、その金で冒険者と夜通し飲んだこと。新しい大陸にオンボロな船で渡ったこと。その時の船酔いがやばかったこと。

川辺の教会で、一人のシスターと懇意になったこと。料理下手な彼女に料理を教えたこと。そのままだと辛くて食べられたモンじゃなかった『ダハーカ』が、火を通すだけで美味《おい》しくなると知ったこと。

旅の途中、とある王国を襲おうとした竜を討伐したこと。それをきっかけに若い国王に歓迎され王宮に迎え入れられ、少しの間だけ貴族みたいな生活を送ったこと。

新しい魔王が誕生したこと。そして――

「――激闘の末、人々の平和を脅《おびや》かす悪い魔王を殺――討伐して、俺はこの世界に帰ってこれたんだ。めでたしめでたし」

「わぁっ……！」

そこで話を締めお辞儀をすると、天照地さんが拍手をしてくれた。嬉《うれ》しい。

話し終えた俺は冷め切ったココアを一息に飲み干す。

「いいなあ、異世界。私もちょっと行ってみたくなっちゃった」

「あんまりオススメしないけどね。風呂には滅多に入れないし、娯楽は少ないし」

「そう……楽しいことばかりじゃないんだ？」

「天照地さんならある程度生きていけるとは思うけど……ほら、俺は吸血鬼だから。基本的に人間から逃げなきゃいけないんだよ」

俺が力を抜いて笑うと、天照地さんが瞠目《どうもく》する。

「えっ……だって、エルフとか獣人とかもいたんでしょ？」

「そういうのは亜人っていう種族。俺は人型の魔物。根本的に違う分類の生き物だよ」

「あれ……でも、街には入れるんだよね」

「見た目は人間だから、ね。この世界みたいに魔除《まよ》けの結界もないし、最初は彼らも俺を人扱いしてくれるんだよ。けれど、次第に怪しまれるようになってしまう」

——ああ、やめておけばよかった。

語りながら、俺は心の中で後悔する。こんな暗い話、天照地さんにしたって意味はないのに。生産性のない、ただの愚痴に過ぎないのに。

「夜にしか出歩かない、傷を負っても医者にかかろうとしない、そもそも年齢の割に強すぎる……だいたいこんな理由で俺は疑われ、調査されて、追い出されるんだ」

「……」

天照地さんを楽しませようと、異世界の明るい側面だけを話すつもりだった。だというのに、俺は滑稽なことに自ら進んで、あの世界のクソな部分を暴露している。

「俺もなるべく怪しまれないように、クエストを多く受けたりしたんだけど、あんまり意味はなかった。どうあがいても草食動物と肉食動物が共存できないように、吸血鬼は人間のコミュニティには入ることができないんだよ」

けれど、止まらなかった。止められなかった。

うつむきながら指に力を込める。空になった缶が音を立ててへこんだ。

俺はきっと、冷酷なあの世界のことを誰かに聞いてほしくて。

あの世界でもがいた俺を誰かに知ってほしくて。

……そして誰かに共感してもらいたかったのだ。

「がんばったね」「大変だったね」――月並みでいいから、そんな言葉に救われたかったのだ。

「最後に立ち寄った王国も……吸血鬼ってわかった途端『竜を倒した英雄』から『英雄を騙《かた》る吸血鬼』って感じに扱いが変わったしね。まあ、だから……俺はあんなゴミみたいな世界からは一刻も早く逃げ出したかった。……ごめんね、こんな話して。つまんなかったで、しょ……」

きっと辟易《へきえき》としているだろうな――と苦笑いを浮かべながら顔を上げると、向かいに座る天照地《てんしょうじ》さんが――泣いていた。

「うぅっ……ぐす、うぐっ……」

「ご、ごめん！　急にこんなこと言われたら驚くよね!?」

「ち、ちが、違うの……」

思わぬ反応に俺が慌てていると、天照地さんは泣きながら首を振る。

「そんなの、明月君が可哀想《かわいそう》だと、思って……異世界の人達は、酷《ひど》いって思って……っ」

「えっ……？」

天照地さんは洟《はな》をすすりながら、余ったカーディガンの袖で涙を拭う。

「少しでも一緒にいたら、わかるはずなのに。明月君が、すごく優しいってこと。人のために動いて、助けてくれる人だって、みんな見てきたはずなのに」

しゃくりあげながら、確かな怒りを表す天照地さんを、俺は呆然《ぼうぜん》と眺めていた。

まさか……俺のために泣いているのか？

「吸血鬼だからって、明月君《あかつき》が成し遂げたものがなくなるわけないのに……！」

ぎゅうっ、と天照地さんの小さな両手が、潰れたココア缶ごと俺の手を包み込んだ。

「っ……、その、アレだよ。散々愚痴っといてアレなんだけど、裏切っていたのは俺も同じなんだよ。吸血鬼ってことを隠しながら、俺は人間ですって騙《だま》しながら、人間社会に入り込んでいたんだ。怖いでしょ、そんな化け物……」

「怖くなんかないっ！」

俺の言葉を遮って、天照地さんが叫ぶ。

「明月君ぐらい強かったら、暴力で人を支配することだってできたでしょ？　吸血鬼の力を使って、操って言いなりにすることだってできたでしょ？　でも、明月君はそれをしなかった。言葉と行動で、人と手を繋《つな》ぎたいって伝え続けてきた……そうでしょ？」

「それ、は……」

「それって、すごく優しいことだと思う。怖いわけ、ないよ……だって明月君は、人を傷つけないようにして、自分だけ傷ついてきたんだもん……怖くなんてないよ……」

「……その、でも俺は……やっぱり、化け物だよ……」

追ってきた冒険者を、王国の騎士を、吸血鬼狩りを殺すことで生存してきた。無辜《むこ》の人間から血を吸おうとした。力を暴走させて街を壊滅させた。

今でも夢に見る。彼らの生きていた頃の姿と、事切れて死体になった姿を。自分の命のために、生き抜くために——そんな身勝手な理由で、俺はあの世界で何千何万もの命を刈り取ってきたのだ。

それを化け物と言わずになんと言う？　怪物でないなら、なんだと言うのか。

どんなに取り繕っても、本質は変わらない。俺は人とは違う。吸血鬼という化け物だ。

「自分のことを化け物だなんて言わないで」

なのに——天照地さんは俺の言葉を、真っ向から否定した。

訴えかけるように、教え諭すように。

「伝わってくるよ、明月君の温《ぬく》もり。私と同じ形の手から、私よりちょっと冷たい体温が伝わってくるよ。言葉が通じること、妹ちゃんと仲がいいこと、教室では静かなこと、でも友達といる時はちょっとお喋《しゃべ》りなこと……ね？　明月君は私と同じ、普通の高校生だよ。化け物なんかじゃない。だから、そんなこと言わないで——明月君が、かわいそうだよ」

俺の手を握りしめ、片時も視線を離さず、涙を拭いもせず、天照地さんは言う。

「それでも、もし不安になったら、自分のことが許せなかったら——私がそばにいるから。そんな酷い顔はしないで。私は……明月君には笑っていてほしい」

「ぁっ……」

泣き笑いを浮かべる彼女の顔を見て、俺は目を見開いた。

間違っていた。究極の偽善なんかじゃない。天照地さんは、『こういう人』なのだ。

他人の不利を悲しみ、不幸を憂い、不当を嘆く。

打算抜きで心から人の笑顔を願える——そんな人なのだ。

「天照地さん……」

唇を震わせ戸惑う俺に涙にぬれた瞳を向けて、彼女はゆっくりと微笑んだ。

「——私は、明月君の良いところをいっぱい知ってるよ」

母親が我が子に向けるような深い親愛と慈愛に満ちた言葉に、俺ははっと息を呑《の》んだ。

「吸血鬼か人間かなんて関係ない」

先ほどまで怒りで泣いていたのが嘘《うそ》のように、可憐《かれん》に穏やかに。

「私は明月君を大切に思ってるよ」

天照地さんは吸血鬼の俺を受け入れてくれた。

拒絶せず、触れることを赦《ゆる》してくれた。

「っ……！」

心臓が大きく跳ねる。左胸の肉と皮を突き破らんばかりに脈動する。

顔が赤くなるのを感じた。思わず顔を下に向けて、天照地さんの手が俺の手を握っているのが目に入ってしまって、さらに視線が斜め下に泳ぐ。

「あっ、あの……大切に思ってるって……」

「あっ、ちがっ……！　友達、友達としてだからねっ！　そ、そっちの意味じゃないよっ」

俺が尋ねると、天照地さんも自分の発言が大胆だったことに気付いたのか、ぱっと手を離して顔を朱色に染め上げた。

「そそそ、そうだよね」

「う、うん、そうだよ」

二人して赤べこみたいに首をうんうん振り合って——そうして、そんなお互いの様子に声を上げて笑った。

ひとしきり笑った後に、俺は天照地さんの顔を見る。

「……ありがとう天照地さん。心と体が軽くなった気分だよ」

「ううん、私こそ……泣いて笑って疲れたから……今なら眠れそうな気がするよ」

「それは良かった」

立ち上がって【インベントリ】を開き、二つの空き缶を放り投げる。

「あっ……ごめん。カーディガン、涙で汚しちゃった……洗って返すね」

「ああ、別にいいよ。天照地さんの涙が染み込んだカーディガンなんて激レアアイテム、強化ガラスのケースに入れて保存するから」

「ぜっっったいに洗って返すからっ！」

わかば色のカーディガンごと体を抱きしめる天照地さん。照れ隠しのためとはいえ、今のはさすがに我ながら気持ち悪かったな……。

「それじゃあ、家までは俺の使い魔が送るから」

俺の言葉を合図に、東屋《あずまや》のそばの茂みから瑠奈《るな》が飛び出してきた。

「挨拶をするのは初めてですね。此方《こなた》は瑠奈と言います。竜彦《たつひこ》様の唯一無二にして絶対の使い魔です」

なんかよくわからん役職を主張する瑠奈。お前以外にも使い魔はいるけどな――なんてツッコミはきっと通用しないだろう。独占欲の塊だ。

そんな瑠奈を見下ろして、天照地さんは今日一番目を輝かせた。

「わぁ～かわいい～！　もっと早く紹介してくれればよかったのに！」

「ちょ、頭を撫《な》でないでください！　此方の頭は竜彦様だけのものなのですよ！」

見た目は全然違うけど姉妹のようなやり取りをする二人。うーん、眼福眼福。

『鼻の下が伸びていますよ、マスター』

ノアナから冷めたツッコミが入った。

『今日はありがとう。楽しかったよ！　また休み明けに学校で！』

『瑠奈ちゃん、明月君のこと大好きなんだね笑』

スマホの画面を十分ほど眺めていた俺は、『こちらこそ。瑠奈が迷惑をかけるようだったら言ってくれ。おやすみ』と打ち込んで、二十分かけて覚悟を決めてメッセージを送った。

「あ～～～～～……！」

夜更けの暗い自室で、俺は呻《うめ》きながらベッドに倒れ込んだ。

なんでメッセージを送るだけでこんなに緊張しないといけないんだ。中学生かよ。いや、一般の中学生よりも女子とラインした経験は少ないけども。

それもこれも全部、さっきまでの出来事のせいだ。

別れた後も、家に帰ってからも、天照地さんの顔が離れない。笑った顔、怒った顔、困った顔、はにかんだ顔、泣いた顔、今まで見てきたあらゆる表情が次々に蘇《よみがえ》ってくる。心臓の高鳴りが止まらない。ばっくんばっくんと音を立てて、明らかに異常事態なのになんだか心地よさを感じている。

「おいおい、単純すぎやしないか……」

自分で自分を揶揄《やゆ》する。あれだけの言葉で、あれだけの行為で、このザマなのかと。

相手は学園一の人気者。エベレストの山頂付近に咲く超高嶺《たかね》の花。

どう考えても不釣り合いだ。そもそも今の問題が解決したら、この奇妙な関係も解消される。自然と会話をする機会も少なくなるだろう。

ちょっとした秘密を共有した友達——それが明月竜彦の摑《つか》める最大の幸福だろう？

だが、いくら現実を考えても、頬のほてりが収まらない。脳のしびれが止まらない。全身が「世界最高峰がナンボのもんじゃい！」と叫んでいる。

「ああ……ダメだ。ほんとに、ダメだぁ……」

ベッドで転がり、一人で悶《もだ》える気持ち悪い吸血鬼。

手を握られた感触を思い出しては頬が緩み、もっと彼女と触れ合いたいと思ってしまう。ずっと願っていた。誰かと手を繋ぎたいと。誰かの隣にいたいと。吸血鬼の自分を受け入れてほしいと。理《ことわり》から外れたこの体を赦してほしいと。

誰でもよかった。男でも女でも子供でも老人でも。俺を恐れなければ、誰でも。

けど、今は違う。俺の心の中には、たった一人の顔と名前だけが刻まれている。

天照《てんしょうじ》地さん、天照地陽華《はるか》さん。

彼女と一緒にいたいと魂が叫んでいる。彼女の代わりはいないと心が訴えている。

認めざるを得ない。

果てしなく愚かに、どうしようもなく熱烈に。

——俺は、天照地陽華さんに恋をしてしまったのだ。


——神奈川《かながわ》県南部、鎌倉《かまくら》。富裕層の別荘に紛れて、彼らの拠点はあった。

その地下室。橙《だいだい》色の電灯に照らされる中で、大神早雲《おおかみそううん》は静かに笑う。

「頃合いだな……手筈《てはず》通りにいくぞ」

「——はい」

大神の言葉に答えて立ち上がるのは、スマホを眺めていた虎狼《ころう》だ。

「——クソっ！　このガキ、ゲームにも本にも興味を示さねえ。親は一体どんな教育をしてんだ？」

簡素な部屋に置かれた質素なベッドから離れた犬飼《いぬかい》が、彼らの横で苛立《いらだ》ちを露《あら》わにする。

「落ち着け、犬飼。彼女は……彼女らには教育してくれるはずの親がいないのだから」

「要らないというのなら、それでいい。残る者達《たち》には食事だけ与えるよう言っておけ」

虎狼と大神が苛立つ犬飼を窘《たしな》める。

大神家別荘の地下室にいるのは、彼ら三人の他にもう一人。

ベッドの上の少女は膝を抱えて縮こまっていた。緑の瞳は虚《うつ》ろで、金の髪はくすんでいる。彼女に無感情な一瞥《いちべつ》を向けて、大神は歩き出した。

「吸血鬼を狩り、太陽の御子《みこ》を獲《と》りに行くぞ」

「「はッ！」」

二体の人狼《じんろう》を使役した猟犬使いが地下室から外に向かう。

少女の光を失った瞳と、地下室の隅に張られた蜘蛛《くも》の糸だけが、扉の陰に消えていく三人の後ろ姿を眺めていた。

間　章†　記憶の断片Ⅲ

――異世界に召喚されて、七百二十日目。

「――いや、本当に素晴らしい戦いぶりだったぞ、タツヒコ！　よもや【十大厄災《ドミナス・ファンタズマ》】の『深淵《しんえん》の黒龍』を倒せる者が現れるとはな！　我が国はお前を歓待しよう！……なに？　自分は身元不詳？　はっはっは！　どこの誰であろうと、お前が国の英雄であることには変わらないだろう！　しかし、さっき一瞬だけ空が暗くなっていたような……？　今はもう青空が広がっているな。恐らく、あの怪物の力か何かだろう！」

――異世界に召喚されて、七百三十五日目。

「やはりお前の武勇は本物だ、タツヒコ！　西の山脈に巣くう魔物共を一掃するとは！　仲間のルナも、素晴らしい働きだった！　今日は帰ったら祝杯だ！　思う存分に飲め、食え！　最近は何かと物騒だから、騒げる時に騒ぐのが一番健康に良い！」

――異世界に召喚されて、七百四十日目。

「先日は本当に助かったぞ、タツヒコ。あの山脈――正確にはあの山々に通る古《いにしえ》の道は、我が国にとって『吸血鬼の心臓』なのだ。西の港町に行く唯一の術《すべ》が封鎖されてしまうと、不毛な台地にあるこの国はたちまち食糧難に陥ってしまう……おい、どうしたタツヒコ？　顔色が優れないぞ？　容態が悪いのか？　すまない、今日はもう休んでくれ」

――異世界に召喚されて、七百四十一日目。

「タツヒコ……昨日は迂闊《うかつ》な発言をしてしまってすまなかった。お前はあの諺《ことわざ》が気に障ったのだろう？　すまなかった。【侯爵位】以上の吸血鬼が数百年ぶりに現れ、南の大陸で暴れているというこの時代に……あの言葉は不謹慎だったな。どうか許してくれ……」

――異世界に召喚されて、七百五十日目。

「タツヒコ！　お前を我が国の国民として迎え入れる許可が下りたぞ！　これでお前は名実ともに我が国の英雄だ、タツヒコ。俺はお前と友になれたことを――誇りに思う」

――異世界に召喚されて、七百五十七日目。

「あっ……タツヒコ……いや、なんでもない。少し考え事を、な……すまないなタツヒコ。俺はこれから大臣達との会議がある。国王はなにかと決断しなければいけないからな」

――異世界に召喚されて、七百六十二日目。

「今日は我が国に新たな仲間が加わる目出度《めでた》い日だ。そんな時に堅苦しい話などしたくはないが……八か月ほど前から、南大陸での吸血鬼の目撃情報が途絶えた。誰かが討伐したという話も聞かない。ここで俺の予測だが……件《くだん》の吸血鬼は海を渡ったのではないかと考えている。つい数か月前に、隣国の街が魔物の軍団に壊滅させられたという話があった。距離を考えて、滅びた街から歩くと一か月ほどでこの国には入れる……」

「――タツヒコ。お前は一体、何者だ？」

信じたかった。今度こそ上手《うま》くいくと願っていた。この孤独を抜けられると思っていた。友人だと言ってくれた時の顔も。信頼していると手を握ってくれた時の顔も。悪だくみに部下達を巻き込んだ時の顔も。彼の顔と名前すらも。もう思い出すことができない。覚えているのは、彼がまだ何も知らない頃に与えてくれた仮初の優渥《ゆうあく》と、空虚な賞賛と、薄氷の親愛と――全てがひっくり返ってしまった後の、怨嗟《えんさ》と失望と嫌悪をぐるぐると攪《かく》拌《はん》しぐつぐつと煮込んだような瞳、ただそれだけ。

「お前を信じたことは、我が生涯で最大最悪の罪だ……忌々しき吸血鬼め……理から外れたお前に、生きる道は無い。ここで殺してやろう、タツヒコ……いや、魔王よ！」

――その日、新たな魔王が世界に向けて産声を上げた。

第五章†狩る者、狩られる者

「――――ッッッ!!」

声にならない悲鳴とともに、俺はベッドから跳ね起きた。全力疾走をした直後のような荒い呼吸を繰り返す。ぽたりぽたりと布団の上に汗が流れ落ちていった。

揺れる瞳で時計を見ると、午後三時を示している。カーテンから差し込む真昼の日差しと、家の前の道路を通る親子の会話がどこか遠い世界のもののように感じる。

「ぅあー……」

顔を覆って、俺は呻く。

最悪だ。本当に最悪の夢を見た。せっかくここ数日は天照地さんへの想《おも》いで気分が明るくなっていたというのに。

異世界で最後に立ち寄った王国。そこで親しくなった若き国王と過ごした日々の記憶。数あるクソッたれな記憶の中でもワーストスリーに入るものだ。

「……シャワー、浴びるか」

全身を取り巻く倦怠感《けんたいかん》と滝のように流れる汗に顔を顰《しか》めながら、俺は浴室に向かった。

四月二十九日の昭和の日が日曜日と被《かぶ》ったため、四月三十日の今日は振替休日だ。

学校もないので、俺は天照地家の丸薬も飲まずに朝から惰眠を貪っていた。薬を飲むより、体質に合わせたほうがやっぱり健康的な気がするし。

その結果が先程の悪夢だったので、やっぱり昼は起きていたほうがいいと思いました。

シャワーを終えて新しいスウェットに着替えた俺は、瑠奈《るな》の【アリアドネ】を辿《たど》って彼女の現在位置に意識を集中させる。今は横浜市栄《さかえ》区を南下しているところか。目的地まではもうちょいかかりそうだな。頼むから目立たず移動してほしいものだ。

本来ならこの時間には天照地家の見張りから戻ってきて俺にくっついている筈の瑠奈は、今は別行動を取っている。彼女には大神家に関わる諸々《もろもろ》の事態を好転させるための一手を頼んである。成功すれば、形勢がほぼこちらに傾く重要な案件だ。

とは言え向こうも動き出しているようなので、油断はしていられないが。

さて、俺は稲荷《いなり》さんにそろそろラインを送ろうかな、できれば今日中に話をつけたいし
……と思ったが、スマホは今瑠奈に預けているのだった。

『肝心な所で抜けていますね、マスター』

『あー、朝の内に連絡しておくべきだったな』

ノアナの呆《あき》れ声《ごえ》を甘んじて受け入れていると、ピンポンと玄関のチャイムが鳴った。

「あれ、宅配なんて頼んでたのか？　それかセールスか？」

窓から窺《うかが》おうとしたが、位置の関係で玄関先に誰が立っているのかは見えなかった。

『横着していないで、降りたらどうですか、マスター？　ズボラすぎるといつか体から苔《こけ》

が生えてきますよ』

「いやセールスとか宗教勧誘の可能性があるだろ。現代日本エアプは黙ってろよ」

脳内で小言を言ってくるノアナにカウンターを撃ちながらなおも俺は窓から玄関の様子を窺う。くそっ……屋根の陰になって絶妙に見えないな……！

『──認めざるを得ない』

……は？

『果てしなく愚かに、どうしようもなく熱烈に』

「おい……待てやめろ！」

『──俺は、天照地陽華さんに恋をしてしまったのだ』

「こっぱずかしい恋愛のモノローグを掘り返すんじゃねぇえええええ！」

こいつ、こいつやりやがった！　深夜テンションのポエムを読み上げるのは反則だろ、禁忌の術だろっ!?　あと声真似《こえまね》が妙に上手くて腹立つ！

『これは良い。効果抜群ですね。マスターが何かおかしなことを言ったら、しばらくはこれを使いましょう』

「鬼かお前は！」

なんなら吸血鬼よりも残酷だぞ！

そうこうしている内に、ピンポンピンポンと何度もチャイムが鳴らされる。

『さあマスター、玄関にいる人間を出迎えなさい』

「いま動きたくない……」

『認めざるを――』

「わぁーかった！　わかった、行くから未来永劫《みらいえいごう》黙ってろ！」

ノアナにまんまと伝家の宝刀を与えてしまった俺は、悲鳴交じりに階段を駆け下りた。

「はいはーい、チラシも新聞も勧誘もお断りですよー……え？」

サンダルをつっかけて玄関の扉を開けた俺は、目の前に立つ人物を見て固まった。

「こんにちは、明月《あかつき》君！」

「天照地《てんしょうじ》、さん……？」

硬直する俺に、鞄《かばん》を提げた制服姿の天照地さんが快活な笑みを浮かべて手を振ってくる。

えっと……なんで天照地さんが俺の家に？　何か困りごと？　てかなんで制服？　てか一人なの？　狙われてるってわかってる？――ってそうじゃない！

俺今、よれよれのスウェット姿じゃねえか!?

「ちょっと待っててっ!?」

俺は扉を閉めて階段を駆け上った。自室に飛び込みクローゼットをこじ開けハンガーにかかっている制服を下ろして着替える。遅刻寸前の朝よりも早く星川《ほしかわ》学園の制服に身を包んだ俺は、今度はスニーカーを履いて玄関に出た。

「――おまたせっ！」

「う、ううん……一分も待ってないけど……なんで制服なの？」

「ぇあ、天照地さんにつられた、から……？　あと、慌ててたし……」

「あはは、そうなんだ？」

しどろもどろになって答えると、天照地さんは手を口に当ておかしそうに笑う。可愛《かわい》い
――じゃなくて！

心臓がさっきからバクバク言っている。これは、階段を全速力で上り下りしたからじゃない。脳がショートしてまともに言葉を話せないのも、いつもの睡魔に襲われているからじゃない。

さっきノアナが蒸し返すようなことを言ったから……！

『認めざるを』

「ちょっとごめん天照地さん！　忘れ物！」

俺は再び玄関の中に引っ込んだ。

「お前、お前お前お前……！　絶対に許さねえ！　どうしたら許してくれる……!?」

『いえ、別に。私は怒ってなどいませんよ』

血の涙を流しながら俺が尋ねても、ノアナは淡々と突き放してくる。

『御家族についていって、この街以外の場所も見てみたかったなんて、思っていません』

それが原因かぁ――！

紗奈《さな》は両親を懐柔――もとい説得して、静岡《しずおか》のアウトレットに買い物に出かけている。

睡眠を優先させたかった俺は留守番を引き受けたのだが、県外に出るチャンスをフイにさ

れたノアナはそれが不満だったということか。こいつ、大分前から拗《す》ねてたんだな……。

「……わかった、ゴールデンウィークには東京に連れてってやるから」

『本当ですか？』

「本当だ」

『シブヤに連れて行ってくれますか？』

「ああ」

『シンジュク、ハラジュク、ダイカンヤマ、キチジョウジ、アキハバラ、シンオオクボ、ハチオウジに連れて行ってくれますか？』

「詳しいな、おい!?」

というか二十三区だけじゃなくて西東京のほうにも行きたいのかよ……。

「……まあわかった。連れて行ってやるよ。多いから、一日で全部は無理だけどな」

『ならばいいのです』

ノアナは謎にふんぞり返ったような声を響かせた。

げっそり疲れ果てながら、俺は再度ドアを開ける。

「——ごめん、さっきから何度も」

「う、ううん……どうかしたの？」

「いや、なんでもないよ。というか、天照地さんこそどうしたの？　なんで制服？」

「ああ、これは生徒会の仕事で学校に行かなきゃいけなかったから……」

「うへぇ、三連休なのに大変だね」

その理由を聞いて、俺は口をへの字に曲げる。俺みたいな休日にごろごろしたい人間は入るべきじゃないな、生徒会。

「……それで、えっと……なんでウチに？」

「あ、そうそう！　これを返そうと思って！」

天照地さんは俺の顔を見ながら、手に提《さ》げていた紙袋を渡してきた。

中を確認すると、金曜の晩に天照地さんに貸したわかば色のカーディガンが入っている。

「ああ、これ……別にそんなに急がなくてもいいのに」

「出かけるついでに届けちゃおうって思って。こういうのって、機会を逃すとずるずると先延ばしになっちゃうから」

「確かに」

もっともな言い分に俺は頷《うなず》いた。

それにしても……。

「……？　私の顔に、なにかついてる？」

「ああいや、ごめん」

なんだか違和感を抱いて天照地さんの顔を窺うと、彼女はきょとんとした表情で小さく首を傾《かし》げた。俺は慌てて話を変える。

「その……わざわざ来てもらったのに、これではいさようならってのも味気ないから……

ウチで休んでく?」

「えっ……」

天照地さんは完全に虚を突かれた顔で固まった。

「なんか天照地さん、汗かいてるし。妹が余らせてるアイスもあるからさ」

「あ、汗は、そのあの、アレが思ったよりも熱くて……じゃなくて、ちょっと今日暑くて……でも……えっと……」

天照地さんはもじもじしながら俺の表情を窺ってくる。しばらくそうしてから、彼女は気まずそうに聞いてきた。

「その、車庫に車がなかったけど……家族の人って今はいるの……?」

「え……? 今日は俺以外の三人で県外に買い物に行ってるから、しばらく帰ってこないと思うよ?」

「そ、そうなんだ……」

頬をひくつかせる天照地さんに首を傾げ——俺は自分の発言のヤバさに気付いた。

家に、女子と二人っきり……! お家《うち》デートからの大人の階段ホップステップジャンピングイベントの代名詞……!

「ち、ちが、そんなつもりじゃ……! 別に何もしないから! ほんと休むだけ! やましいこととかしないから!」

あれぇー!? 言い訳を並べれば並べるほどドツボに嵌《は》まっていく気がするぞぉーっ!?

「ぷっ——あはははは！　明月君なら心配してないよ。それじゃあお言葉に甘えて、上がらせてもらおうかな？」

慌てふためく俺を見ながら、天照地さんが大爆笑する。

天照地さんが爆笑するところ、初めて見たな……そんなに面白かったか……？

「——あ、ああうん。それじゃあちょっと片付けてくるから」

俺は三度《みたび》玄関を閉めて、リビングに向かった。

幸いにも、リビングは母さんがよく掃除しているからあんまり散らかってはいなかった。

これならこのまま呼べそうだ。

玄関に戻り扉を開けながら、ふと俺は先ほどの違和感の正体に気付いた。

天照地さんは、俺からずっと目をそらさなかったのだ。

家に来た時も、紙袋を差し出す時も、爆笑している時でさえも。

彼女の視線が俺から離れることはなかった。

それはまるで、観察するかのように。あたかも、獲物の隙を窺っているかのように——

——開いた扉の先に見えたのは、銀の光沢を放つ杭《くい》を構えて前傾姿勢を取る天照地さんの姿だった。

「えっ——」

眠気に苛《さいな》まれる意識と考え事をしていた脳の意表を完全に突かれて。

ドン、という重い衝撃とともに俺の心臓が何かに貫かれた。

「がっ……はっ……？」

稲妻のような激痛が胸に走り、声にならない呼吸音が押し出される。

一瞬視界が真っ暗になり、次いでちかちかと瞬きのような閃光《せんこう》が煌《きら》めいた。

ジュゥ……と音がする。穿《うが》たれた胸肉が熱せられた音だ。

心臓に突き刺さった熱が全身を蝕《むしば》み、体の奥底でマグマのように熱い何かが蠢《うごめ》いた。

頭が痛い。ガンガンガンガン！　と脳みその内側から金槌《かなづち》で殴られているような音がする。

口内でゴぷっと液体が蠢く音がして、俺はたまらず大量に血を吐き出した。揺れる視界の中、俺と天照地さんの足元が紅《あか》に染まる。

熱を帯びた血潮が体から逃げ出すのに比例して、指先が、足元が、どんどん冷えていく気がした。寒い。いつの間にか、体が小刻みに震えている。

致命傷――そんな言葉を他人事《ひとごと》のように思い浮かべた。天地がひっくり返るような、世界がめちゃくちゃな形に崩れていくような気分に襲われる。

首を刎《は》ねられた時とも、頭を潰された時とも、ただ心臓を刺された時とも違う。

これは、『死』の感覚だ。命が終わる感覚だ。

今の俺に、それを与えられるものはこの世に一つしかない。

すなわち、【太陽光で熱した純銀の杭】――！

「なん、で……天照地さん、が……？」

「……悪く思わないでね、明月君」

俺の問いには答えず、天照地さんは感情を失った声で呟《つぶや》いた。

そうしている間に、太陽の熱が俺の心臓を焼き、純銀の毒が血液の流れを停止させる。

視界が狭まる。足から力が抜け、指先から感覚が失われていく。

息が、思考が、心臓が、止まる――

俺は間もなく玄関先に倒れた。いよいよ意識を失いそうになる直前。

最後に目に映ったのは、逆光で表情の見えなくなった天照地さんの姿だった――


――そこは、神奈川の県央にある広大な空き地。

かつて進められていた高層マンションを建てる計画が頓挫し、手付かずになっている工事現場跡。廃材と盛り土が目立つ一帯は、午後五時の夕焼けで朱《あか》く染められている。

その隅にあるプレハブ小屋に、三つの人影があった。

一人は女性で、残り二人は男性。男性のうち、赤茶髪の人相の悪い男が笑みを浮かべる。

「おいおい、本当にあのガキを殺せたのか？」

「見ればわかるでしょ。これがその亡骸《なきがら》」

男に苛立《いらだ》つのは烏《からす》の濡《ぬ》れ羽《ば》色の髪をなびかせ、黒い瞳孔を黄色の虹彩《こうさい》で彩る少女。

天照地陽華《はるか》は下卑た笑いを浮かべる犬飼《いぬかい》に鋭い視線を返しながら、運んできた物を――

明月竜彦《たつひこ》の遺体を雑に転がした。

瞳は開ききったまま硬直し、顔は生気を失い青ざめた状態。その心臓には太い銀の杭が突き刺さっており、溢《あふ》れた血が制服に赤黒い染みを作っている。

「本当に死んでんだろうなぁ……【太陽光で熱した純銀の杭】とかいう意味わかんねえ道具を用意させておいて、失敗しましたじゃ済まされねえぞ？」

「明月《あかつき》があーしにじゃなくて陽華に明かした弱点だから、信憑性《しんぴょうせい》はあるよ。念には念を入れて能力の使えない昼間に殺したし。……疑うんだったら自分で確認してみれば？」

陽華に冷ややかな視線を向けられ、「可愛げのねえヤツだ」と犬飼は舌打ちを零《こぼ》した。

「呼吸はナシ。心臓も止まってる。瞳孔も、開いてるな……確かに死んでます、アニキ」

「そうか……」

確認を取った犬飼が振り向き、静観していた虎狼《ころう》は低い声で呟いて瞑目《めいもく》した。

「ご苦労だったな——稲荷茉莉《いなりまつり》」

彼が名前を呼んだのを合図にして。

陽華の全身の輪郭がぼやけ、次の瞬間に稲荷茉莉の姿に変貌した。

「はっ……まさに狐《きつね》みたいな【霊技】だな」

嘲る犬飼を茉莉は鋭く睨《にら》みつける。

【化生道具・姿虚視鏡《すがたうつしのかがみ》】。鏡に記憶させた一人の人物の体を模倣できる【霊技】。茉莉はこの技を使って陽華に化け、竜彦を騙《だま》して殺したのだ。

スカートを下ろし、ブレザーとワイシャツを脱ぎ捨て、茉莉は下に着ていた簡素なT

シャツとホットパンツ姿になる。犬飼が「ひゅうっ」と口笛を鳴らすので一睨み。

「これで十分でしょ。蜜莉《みつり》を解放して」

正体を現した茉莉は氷点下にまで下がった声音で二人に告げる。

「何を言っている。お前との契約は、『大神様《おおかみ》が天照《てんしょうじ》地陽華を手に入れるまで』続いているんだ。まだ妹を返すわけにはいかないな」

しかし、虎狼が表情を変えないまま彼女の言葉を拒絶した。

人狼《じんろう》の言葉に茉莉は歯を食いしばり、怒りを露《あら》わにする。

「このっ……クズっ！」

「屑《くず》……？　契約を破ろうとしている屑はお前だ、稲荷茉莉。そもそもお前が不用意に明月竜彦を刺激しなければ、我々の計画は早期に達成され、とっくの昔に妹はお前のもとに帰ってきていた。今回の明月竜彦の暗殺は、お前自身が蒔《ま》いた種を拾っただけだ。これで妹を返してもらえるなど、勘違いも甚《はなは》だしい」

一の暴言に十の詭弁《きべん》を返され、茉莉はより一層眉間のしわを深くした。一触即発の空気がプレハブ小屋に充満する。

「チッ……もういいっ！」

憤りを隠さず舌打ちを入れ、茉莉はプレハブ小屋から外に出た――その瞬間。

「――っ！」

なにか巨大で凶暴な【霊力】の塊がこちらに接近していることに気付く。

「なに、これ……」

「おい、人避《ひとよ》けの結界はどうした？」

「張りましたよ、魔除《まよ》けの結界も一緒に！」

人狼達《たち》にとっても予想外の出来事のようで、茉莉に続いて外に出てくる。

【霊力】の反応があるのは――東。日本有数の大都市、横浜。茉莉達の家がある方角だ。

今回の出来事に関わっていてこれほど膨大な【霊力】を持っているのは、陽華と大神早雲《そううん》、そして竜彦と彼の使い魔である瑠奈《るな》という少女だけだ。しかしまず真っ先に懸念すべき竜彦の死体はここにある。加えて、ここに茉莉達がいることは大神しか知らないはずだ。

だから――あり得ない。

茉莉は胸中に生まれた予感を振り切るように、指先の【魔該示爪化粧《まがいぎのつめげしょう》】から伝わる痺《しび》れを抑え込んで強く否定した。

ここに、あの少女が来るわけがないと。何かに導かれるように、目印を追うように迷うことなくこちらに向かってくる存在は、自分達とは全く関係ないと。

強大な何かの気配は尚《なお》も近づいてくる。何者かはわからない。しかし、こちらを目指していること、酷《ひど》く憤慨していることは、伝わってくる【霊力】から嫌でも感じられた。

そして。

「うそ、だろ……魔除けの結界が破られた……!?」

何かが割れる感覚が茉莉の体に伝わり、背後の犬飼が戦慄する。

「竜彦様ぁああああああああああああああああああ――！」

轟《とどろ》くのは怒り狂い、唯一無二の主《あるじ》を探す女の金切り声。そのあまりの大きさに、三人とも思わず耳を覆った。

そんな彼らの前に、ストン、と。小柄な影が降り立った。

茉莉は現れた者の姿を見て、自分の予感が正しかったことを悟り――蒼褪《あおざ》める。

彼女の姿を見たのは今日で二度目。そして二度と忘れられなくなるだろう、と他人事のように茉莉は思った。

降臨した瑠奈は――白と黒の髪を靡《なび》かせた小柄な体軀《たいく》の竜彦の使い魔は、ゆっくりと茉莉達三人を見回して、静かに微笑《ほほえ》んだ。

「所用から戻ったら竜彦様の御姿《おすがた》が無く、【アリアドネ】から伝わる魂が消えかかっていると思い驚きましたが……稲荷茉莉、これは一体どういうことですか？　どうしてあなたが大神家の連中と一緒にいるのですか？」

先ほどの金切り声が嘘《うそ》のような、たおやかで自然な笑みだった。

だというのに、少女の纏《まと》う空気は泥の様に重く、発する声音は氷の様に冷たかった。

「それ、は……」

「その後ろの小屋から竜彦様の気配がするのは、何故《なぜ》ですか？」

瑠奈は笑っているのに、静かであるのに、茉莉は冷や汗が止まらなかった。瑠奈の小さな体の後ろに、血に塗《まみ》れた巨大な化《ば》け蜘蛛《ぐも》を幻視する。それは虎狼と犬飼も同じで、三人

とも目の前の幼女に気圧《けお》され、何も言えずに固まっていた。

そして、彼女達の沈黙による肯定が瑠奈の逆鱗《げきりん》に触れた。

「なるほど……やはり、犬共と手を組んでいた、と……」

顔を伏せ、奈落の底から響くかのような冷たい声が漏れる。

「度し難いまでに愚かだな、女狐……！」

瑠奈の体が膨れ上がり、その姿形を本来の物へと変貌させていく。縹色《はなだいろ》の浴衣からおぞましい八本の毛むくじゃらの足が生え、大地を踏み鳴らした。

それは、白と黒の斑模様《まだらもよう》をした巨大な蜘蛛だった。茉莉の知っている蜘蛛と違うのは、自分の倍以上の体軀と、本来なら八つの目がある部分から生える青白い肌をした少女の体。

それは人間形態時の瑠奈のものだ。

同性ながら可愛《かわい》らしいと思っていた彼女の相貌は、今は般若《はんにゃ》のように歪《ゆが》んでいる。限界にまで見開かれ、蒼《あお》から深紅に変色した両眼《りょうめ》と、笑顔にすら見える吊《つ》り上がった口角。

その表情が彼女の激憤を否応《いやおう》無しに映し出していた。

『貴様……竜彦様の恩情を裏切ったなぁ……！』

半人半蜘蛛の姿になった瑠奈の口から、怒りに満ち満ちた声が響く。普段の少女のような愛嬌《あいきょう》のあるものではなく、高低音が何重にも入り混じった、生理的な不快感を人間に与える怪物の声音。

『矮小《わいしょう》な人間共が……！　この世界でも同じか！　竜彦様の思いを何故理解しない！　何

故あの方を裏切る！　何故あの方を傷つける！　醜く脆弱《ぜいじゃく》なお前達のために、あの方は天から降《くだ》り手を差し伸べてくださっているのだぞ！』

竜彦への過剰な称賛を狂信者のようにまくし立てる瑠奈に、しかし茉莉達は何も言うことができなかった。

――反論すれば、殺される。それが、目の前の災害に対する共通認識だった。

だが――それも先延ばしにしか過ぎないのだが。

『――許さん。お優しい竜彦様が許しても、此方《こなた》がお前達を許さん』

ギリッ、と瑠奈は歯を食いしばる。彼女の纏う空気が、より一層重く鋭くなる。

虎狼は無言で狼《おおかみ》に変身し、犬飼は慄《おのの》きながらそれに続く。茉莉は【白刃薄刀《はくじんはくと》】を握り、己の【霊力】を高めた。高まった霊力が、頭の上に狐の耳を象《かたど》った。

『皆殺しだ、虫ケラ共がァアアアアアアアアアアアアアアアアアッッ！』

泥と氷を粉砕し、瑠奈の内に秘められていた瞋恚《しんい》の炎が噴き出した。

彼女のその、天を劈《つんざ》く咆哮《ほうこう》を皮切りにして。

人狼二人と裏切り者の狐は、眼前の怪物――異世界で『十大厄災《ドミナス・ファンタズマ》』の一体として恐れられた『朱焉《しゆえん》の大蜘蛛』に向けて走り出した。

先陣をきった犬飼が瑠奈の横に回り込み、【餓狼瞬撃《がろうしゆんげき》】の蹴りを放つ。

「なにっ！」

しかし彼の獣脚は極太の糸によって防がれた。一度引こうとするが、糸が脚に粘着して離れられない。

「く、クソッ!?　なんだよこれ!?」

『くたばれ、犬』

瑠奈の言葉とともに、犬飼《いぬかい》の体が宙に浮かび上がった。

「う、うおおおおおおおっ!?」

瑠奈が糸で脚を拘束された犬飼を引き上げたのだ。蜘蛛の怪物は悲鳴を上げる人狼の体をそのまま容赦なく地面に叩《たた》きつけた。

「かっ、は……！」

地面にめり込むほどの力で背中から叩きつけられた犬飼は、息を強制的に吐き出させられてその巨大な口から赤い血を吐いた。

「犬飼っ――くそっ！」

相棒の惨事に虎狼が目を剝《む》くが、そんな彼に瑠奈が両手の指から十本の白糸を放出する。

虎狼は俊敏な動きで迫りくる十の脅威から身を躱《かわ》していくが、硬い地面に張り付くのではなく貫く糸の強靭《きょうじん》さに再び驚愕《きょうがく》した。

（粘着性、強靱性、距離適性、操作性、何もかもがハイレベルだ……！　見た目だけでなく能力までバケモノか、こいつは！）

虎狼を苦しめるこの【霊技】こそが、瑠奈の代名詞である能力だった。

【アリアドネ】。【霊力】で作り出した糸を操る能力。糸の硬度や粘着力は瑠奈の好きなように変えられる。異世界で竜彦《たつひこ》に出会う前の瑠奈は、殆《ほとん》どこの能力だけで魔物の頂点に君臨していたと言っても過言ではない。

そんな彼女の唯一の弱点が──

「──【撥熱灼棍《はつねつしゃっこん》】！」

『ッ……！』

熱であった。

虎狼《ころう》を捕らえかけていた瑠奈の糸が、赤く燃える棍棒《こんぼう》によって断ち切られた。

タンパク質が主成分の糸は熱によって燃やされる。瑠奈は能力の弱点を突いてきた少女、茉莉《まつり》に怨嗟《えんさ》の視線を向けた。

【化生道具・撥熱灼棍《はつねつしゃっこん》】は、【霊力】を熱に変換する二又《ふたまた》の棍棒だ。茉莉が使える【霊技】の中で最も攻撃力が高い。

『猿が……頭を働かせたな』

赤い瞳を細める瑠奈に気圧されながら、茉莉は背後の虎狼に怒鳴る。

「虎狼、あーしが守るからあんたがなんとか一撃を食らわせて！」

「……了解した」

茉莉の言葉にうなずき、虎狼は自らの【霊力】を高める。

接近戦は愚策だ。先ほどの犬飼の二の舞になる。そう考え、虎狼は自分が持つ最大威力の遠距離攻撃を選択した。

『その小さな身で、此方の力を全て防げると思うなよ！』

自らの言葉を証明するように、瑠奈の糸の勢いが増す。上下左右、視界の隅から隅まで暴れまわる暴力の塊に茉莉の体が押され始める。

「ぐっ……！　虎狼、まだ!?」

「まだ十秒も経《た》ってないぞ！――だが、ちょうど完了した」

茉莉にツッコミを入れつつ、虎狼は顎《あぎと》を開放した。

「右に跳べ、稲荷《いなり》茉莉――【月下《げっか》衝天砲《しょうてんほう》】！」

跳びのいた茉莉の後ろから放たれる、狼の咆哮。高まった【霊力】により質量を帯びた巨大な空気の弾が瑠奈へと飛翔する。

『フッ――！』

が、虎狼の渾身《こんしん》の一撃は網目状に張られた糸により防がれた。衝撃音と共に煙が上がる。

「これでも、決定打にならないか……」

「ほんと、今までの常識がぶっ壊れていく感覚だよ……」

虎狼が顔をしかめ、茉莉が苦笑する。

『冥界で己の罪を嘆け』

瑠奈の瞳が赤く輝き、無数の糸が二人に襲い掛かった。

――そこから、彼らは防戦を強いられることになる。反撃しようにも意思を持つかのような【アリアドネ】がその糸口を摑《つか》ませず、彼らにできたのはせいぜいこの広い空き地を目いっぱい使って逃げ回ることだけだった。

自らの命の危機に瀕《ひん》して、彼らは考える余裕を失っていた。

なぜ瑠奈《るな》がこの場所を突き止めることができたのかを。

『竜彦の魂が消えかかっている』とは、どういうことなのかを。

蹂躙《じゅうりん》が進む中、太陽が地平線の陰に隠れ始めていることを。

大蜘蛛による蹂躙劇のその横で、小さなプレハブ小屋は不気味なほどに静かだった。

『──マスターが天照《てんしょう》 地陽華《じはるか》だと思っていた来訪者は、稲荷茉莉でした。彼女の【スキル】によって天照地陽華に姿を変えていたようです』

竜彦の遺体が横たわるプレハブ小屋の中で。

『稲荷茉莉は大神《おおかみ》家の者達《たち》にマスターの情報を売っていた、ということになります』

三人以外で唯一、先ほどの会話を聞いていたものは語る。

この世のただ一人のために、彼女は得た情報を端的に伝える。

彼の魂が死んでいないと、わかっていたから。【霊技】の発動によって彼が間もなく目覚めることを、知っていたから。

だから彼女は──ノアナは。竜彦にだけ聞こえるその機械のような声は。

『さあ、マスター。起きてください』

母が子に語りかけるように、優しく穏やかに促した。もしこの場に第三者がいたなら、眠る彼の頭を抱く、紫紺の長髪の女性の姿を幻視しただろう。

やがて、瞠目《どうもく》したまま固まっていた竜彦の瞳が動く。瞼《まぶた》が数回瞬《まばた》き、両手両足の指先がかすかに震える。

両手が心臓に刺さった純銀の杭《くい》を掴み、じゅう……と皮を焦がしながら一思いに引き抜いた。同時に彼はヒュッ――と細く小さく息を吸い込み。

「げぇっ、はっ、はっ、はぁあああっ……」

水中から浮上した直後のように、荒い息を吐いた。銀の杭を放り投げ、藻掻《もが》くように何度も呼吸を繰り返す。最後にもう一度大きく息を吐いて、竜彦は起き上がった。

「はぁあああああああ……いやぁ……死ぬかと思った」

『普通は死にますよ。何度も言いますが、マスターが異常なだけです』

空いた制服の穴から心臓の辺りを叩きながらぼやく竜彦に、ノアナが冷めた声を返す。

「【無駄死《むだじ》に】……ね。名前は最悪だけど、やっぱ残機が増えるのはありがたいな」

【ステータス】を開き、地球に戻ってきた際に手に入れた【霊技】に目を走らせた竜彦は、少しだけ不服そうに独り言《ご》ちる。

【無駄死に】――約一か月に一回、死から復活できる【霊技】。これが発動したことによって、竜彦は地獄から戻ってこられたのだ。

『それで……ここまでは想定通りなのですか？』

『八割ぐらいは。天照地さんと東屋《あずまや》で喋《しゃべ》った時、近くに稲荷さんがいたことは瑠奈の報告でわかってたし。俺の弱点を晒《さら》せばそこを突いてくるとは思ってたよ。あんなに高性能な変身【スキル】を使えるとは思ってなかったけど』

『はぁ……自分を犠牲にするようなやり方はしてほしくないのですが……』

『お、珍しく過保護だな。俺が死にかけて不安になったか？』

『御冗談を。マスターが死ぬと思ったことは一度もありません』

若干拗《す》ねたようにも聞こえるノアナの声音に、竜彦は失笑した。

『さて、そろそろ出ないとやばそうだな』

『はい。【マナ】の高ぶりからわかると思いますが……瑠奈は激怒しています』

「あー……」

竜彦は「五体満足なら御の字なレベルだな」と苦笑しながら、その場にしゃがみ込んだ。

そして――跳躍。

「「なっ――!?」」

『――竜彦様！』

茉莉が驚愕に目を見開き、虎狼は忌々し気に歯を食いしばり、瑠奈は表情を歓喜で彩った。

プレハブ小屋の棺桶《かんおけ》を破砕し、三者三様の顔つきを睥睨《へいげい》しながら、吸血鬼の明月《あかつき》竜彦は戦場に降り立った。

「ドッキリ大成功――なんつって」

——かつての致命傷などものともせず、傲岸不遜に笑いながら。

彼の頭上では、四月一日の夜と同じ様に満月が皓々《こうこう》と輝いていた。


かっこよく登場してみたけど……ここから俺がやることはあまりなさそうだな。

周りを見て俺は拍子抜けする。

奥では犬飼がのびているし、稲荷さんと虎狼はすでに満身創痍《まんしんそうい》だ。わかっていたことだが、瑠奈は派手に暴れ散らしたらしい。

瑠奈は俺と彼女の体を繋《つな》げる【アリアドネ】を伝って、この工事現場跡に襲来。そして俺が死んでいることを悟り現在の惨状を引き起こした……ということだろう。

「はっ……最初から、こちらに勝ち目はなかったというわけか」

現状を確認していると、虎狼がその場に胡坐《あぐら》をかいて座り込んだ。以前も思ったが、賢明な奴《やつ》だ。引き際を弁《わきま》えているというか、無駄な抵抗を一切しない主義なのかもしれない。

「あー、えーっと……瑠奈、俺が寝ている間に戦ってくれてありがとな。これ以上痛めつける必要はないから、あの三人を縛り上げてくれるか？」

いまいち恰好《かっこう》がつかず少し肩を縮こまらせて、俺は瑠奈に声をかけた。

『いえ、竜彦様に対する狼藉《ろうぜき》は万死に値します。特に、裏切り者の稲荷茉莉は絶対に殺します。八つ裂きにします』

「ダメだっての。これが終わったら、虎狼と犬飼には色々やってもらいたいことがある。

稲荷さんが死んじゃうと、天照地さんが悲しむからそれも駄目だ」

『こんな奴らに、価値などありません！　今すぐ殺すべきですっ！』

「――瑠奈、言うことを聞いてくれ」

俺がまっすぐ見据えると、瑠奈は眉をひそめて呻《うめ》いた。

『うぐっ……』

見つめ続けること数秒。瑠奈は観念したのかその巨体を普段の可憐《かれん》な少女の姿に戻した。

「頼んでいたことは上手《うま》くいったか？」

「そちらは上々です。こちらに映像を残しておきました」

不服気な瑠奈が、事前に預けていた俺のスマホを浴衣の懐から取り出して渡してくる。

「お、ちゃんと動画を撮れたみたいだな。ありがとう」

「もちろんです！　その魔道具の扱い方は完璧に把握しました！」

徹夜で仕込んだ甲斐《かい》があったなぁ……。

「それじゃあここからは俺がやるから、瑠奈は犬飼と虎狼を先に縛ってくれ」

「はいっ！」

さっきまで暴れていた怪物と同じとは思えない、天真爛漫《てんしんらんまん》な笑顔で瑠奈は頷《うなず》いた。

「どう、して……」

犬飼と虎狼を縛り上げていく瑠奈を眺めていると、稲荷さんが震えながら声を漏らした。

「明月……!?　どうして、キミが生きているの……？　心臓は止まってた！　呼吸だってしていなかった！　一体どうやって……!?」

「そういう【スキル】があるんだよ。死んだ時に生き返る【スキル】」

「は……？」

種明かしをされて、稲荷さんは糸が切れたようにその場にへたり込んだ。

稲荷さんを——俺のことを裏切った彼女を眺めていると、異世界でのことを思い出す。

異世界で吸血鬼になった俺にも、親しくなった人が何人かいた。

例えばそれは、迷宮に潜るのが趣味だった高名な女冒険者。地方の小さな教会兼孤児院を切り盛りするシスター。そして、若くして国を統治する王様。

俺は親しくなった彼らに少なからず心を開いていた。この人達ならば、俺が吸血鬼であることも受け入れてくれるんじゃないかと期待した。

しかし——その結果は、他の人々と一緒だった。

女冒険者は他の冒険者と徒党を組んで、俺を討伐しに来た。シスターは聖なる力をその身に宿し、俺を『神の敵』と断定した。そして、三人目の王様も同様で——より本気だった。王国お抱えの騎士団と国中の冒険者を集めて、俺を追い詰めた。

『忌々しき吸血鬼め……理《ことわり》から外れたお前に、生きる道は無い』

——俺と敵対した時、彼は苦々しい顔でそう吐き捨てた。

その言葉に、俺は疲れ切った顔で答えた。

『俺だって、こんな世界で生きたくなんてねえよ』

友人と呼べるほどに親しくなった人間に何度も裏切られてしまったら、平和ボケした俺でもさすがに諦めがつく。吸血鬼と人間は手を取り合えないと理解してしまう。

人間じゃなくなった俺の居場所は、最初からあの世界になかった。

現実への絶望、二年の間に積み上がった人々からの恨み、殺《あや》めた人々の数、手に入れた強力な配下──それらが、明月竜彦《たつひこ》という一体の魔王を生み出した。

そして。そして、俺は──

呼び起こされた記憶に不快感を抱きながらも、俺は稲荷さんに語り掛ける。

「このスキル、【無駄死に】っていう悪意マシマシの名前だったんだけど……これのおかげで今も俺は生きていられるってわけ。まあ使うことになるとは思わなかったけど。稲荷さんを含めて大神の連中が襲撃してきても、勝てるつもりだったし」

失敗の原因は、単純に稲荷さんのスキルが優秀だったことと、彼女は同居している幼馴《おさな》染《じみ》故に天照地さんの真似《まね》が滅茶苦茶《めちゃくちゃ》上手かったことだ。加えて殺気も上手く隠していたしな。彼女には暗殺者の才能があるんじゃないか。

呆然《ぼうぜん》と俺を見上げてくる稲荷さんにあらましを説明しながら、そんなことを思う。

「わかってたの……？　あーしが、裏切ってたこと……明月のことも、陽華のことも……い、いつから……？」

「割と最初から。学校で俺を殺した時、『計画の大詰め』って言ってたでしょ。今回の戦いで計画と呼べるものなんて『天照地さんを手に入れる』しかあり得ないし、まあ十中八九稲荷《いなり》さんは大神側だと思ったよ」

あれは完全に油断していたのだろう。まあまさかその後俺が生き返ると初見で思える筈《はず》がないので、仕方がないけど。

「んで、その後。大林《おおばやし》自然公園で俺が介入した時、犬飼《いぬかい》が人質の稲荷さんを殺そうとしたことも引っかかった。人質を使って交渉するべきなのに、その機会を無駄にするのはおかしいって。だからあの時犬飼は、稲荷さんが嘘《うそ》の情報を流したと思って処分しようとしたんじゃないかって推測したんだ。確信を得たのは、四月十日に緑山《みどりやま》公園で大神達《たち》が俺と天照地さんに接触してきた時。彼等《かれら》は俺が吸血鬼であることを知っていた。あの時点で俺の正体を知っていたのは天照地さんと――稲荷さんだけだ。狙われている天照地さんから情報が漏れるわけがないし、稲荷さんが奴らに情報を流したって結論付けた」

「そっ……か……」

俺の簡単な推理を聞いた稲荷さんは、納得した様な、疲れ切った様な顔で項垂《うなだ》れた。

すでに戦意をなくした稲荷さんは、見下ろしていることも相まって随分と小さく見えた。悪戯《いたずら》がバレた子供みたいだ。

――だが、それでも俺の中には疑問が残っていた。

「二人は、俺から見ても仲が良いように見えたけど……どうして彼女を裏切ったの？」

二人が親友だというのは、紛れもない事実だ。天照地さんは稲荷さんに全幅の信頼を寄せているようだったし、稲荷さんも心の底から天照地さんを大事にしているように見えた。

故に、稲荷さんが天照地さんを裏切るには相応の理由があるのでは、と俺は考えた。

俺の問いに彼女は迷うそぶりを見せて、諦めたように弱り切った声で語り始める。

「あーし……前に両親がいないって言ったじゃん？」

「……うん」

「でも本当はね、家族がもう一人いるの。十歳の妹で、蜜莉《みつり》って名前。六年前に両親が死んじゃって、あーしと蜜莉は別々の家に引き取られた。あーしは天照《てんしょうじ》地、蜜莉は母方の祖父母の家。あーしは稲荷家の人間として天照地家に仕える必要があったけど、当時四歳で戦う力もなかった蜜莉には、霊異衆《りょういしゅう》とは関係ないところにいてほしかったから」

完全に裏目に出ちゃったけど、と稲荷さんは自嘲気味に零《こぼ》す。

「蜜梨は、大神《おおかみ》家に攫《さら》われた」

それは修了式のあった三月二十四日。稲荷さんに祖父母からの連絡が届いた。彼女が家に行くと、妹の消えた空っぽの部屋に、霊能者にしか見えないメッセージが残されていた。

——妹を返してほしければ、天照地陽華《はるか》を手に入れるための協力をしろ。このことは誰にも口外するな。

親友と妹。どちらも世界にたった一人の大切な存在。選べる筈がない。稲荷さんは苦悶《くもん》し、天照地家の当主に相談しようかと迷った。しかし、言ったら妹の身はどうなるのだろう。協力しなかったら、どうなってしまうのだろう。

稲荷さんの心は日に日に焦燥で染まっていった。

誰にも何も相談できない。悩んでいるうちに刻一刻と妹は衰弱していく。嫌な予感に苛《さいな》まれ、悪夢にうなされ夜も満足に眠れない日々が続き――そして、天秤《てんびん》は傾いた。

親友を売り、妹を救う選択を稲荷さんは下した。

メッセージに書かれた番号に稲荷さんが電話をかけたのは、三月三十一日。

俺が異世界から戻ってくる前日のことだった。

「あのジジイ……」

想像の十倍胸糞《むなくそわる》悪い話に、俺は目を細めた。大神早雲《そううん》の爛々《らんらん》と輝くまなざしと、三日月のように歪《ゆが》められた口を思い出す。

俺の足元で、稲荷さんは告白を続ける。

「四月一日に陽華の誕生日祝いで天照地の人達が緑山のほうに行くことを知っていたから、大神達にその情報を流した。それを明月が防いだから、次は始業式で気が緩んでるところを狙って大林自然公園で襲撃の手引きをした。それも明月が止めて、大神達はキミの情報収集をあーしに頼んだ。キミの言う通り、あいつらに情報を流していたのはあーしだよ」

ごめんね、と稲荷さんは今にも泣き出しそうに顔をくしゃりと歪める。

「それで四月二十七日。あの夜に明月が陽華に自分の弱点を晒《さら》して、大神達は吸血鬼を始末する方向に舵《かじ》を切った。その実行人が、あーしだったってわけ……明月のことだから、弱点を教えた時、あーしが盗み聞きしてるって気付いてたんでしょ？」

「まあ、ね。撒《ま》き餌《え》のつもりだったよ」

「だよね……」

稲荷さんはついに肩を震わせ始める。瞳がうるみ、声も掠《かす》れていく。

「あーし……ほんとにバカだ……ずっと、間違え続けてたんだ……」

首を折り、表情が見えなくなる。ぽつり、ぽつりと滴が地面に落ちる音だけが響く。

彼女のことを、誰が責められようか。大切な肉親を攫われて、苦渋の決断の下、親友を欺き続ける日々。想像をはるかに超える苦悩があったに違いない。

「――でも、稲荷さんの憂いは取り除いたよ」

しゃがみ込んで彼女と目線を合わせ、俺は手元のスマホ画面を彼女に向けた。

「ぇ……？」

目じりに涙を浮かべた稲荷さんが、小さな声を漏らす。

開かれているのは一つの動画。撮影日は四月の三十日――つまり今日。

俺は指先で再生ボタンを押して――

『――お姉ちゃん！　あたし、じいじとばあばの家に帰ってきたよ！』

幼い少女の元気いっぱいな声が、スマホのスピーカーから響いた。

「ぁっ……？」

半ば無意識に手を伸ばす稲荷さんに、スマホを渡す。

『面白い髪のお姉ちゃんがね、助けてくれたの！　悪い人、ぜぇーんぶやっつけてくれたのっ！』

『面白い髪とはなんですか、全く……』

画面の向こうから瑠奈《るな》の不服気な声が聞こえてきて、俺は思わず口元を緩めた。

「あぁ……あぁ……！」

稲荷さんは、震えながらスマホを抱きしめる。まるでそこに、再会を祈っていた妹がいるかのように、強く、優しく。

「あぁっ……！　蜜莉、蜜莉……よかった、生きてる……笑ってっ……笑ってる……！」

感激の声とともに、彼女の涙腺は決壊した。頬を伝って幾筋もの涙が流れ落ちていく。

瑠奈に頼んでいたのは、蜜莉ちゃんの救出だった。

稲荷さんにつけた【アリアドネ】から得られた情報で、彼女が人質を取られ大神達に従わされていることを知った俺達は、その原因を取り除くために秘密裏に動いていたのだ。

本当は今日、稲荷さんにこの動画を見せて彼女をこちらの陣営に引き戻そうとしていたのだが……一手遅かった。

「明月《あかつき》……ありがとう」

「いえいえ」

涙で顔をぐしゃぐしゃにした稲荷さんに答えながら、俺は内心で舌打ちした。

――やられた、と。

瑠奈は蜜莉ちゃんを救出するために、稲荷さんは俺を殺すために天照地さんから離れている。

つまり、今天照地さんは孤立しているわけで——最も狩りやすい状態ということだ。

「——実に良い時間稼ぎだった。おかげで神の御子《みこ》をこの手に収めることができた」

俺の内心を肯定するかのような老人の声が、夕闇に包まれる工事現場跡に響いた。

「大神……！」

薄闇の中、あの日と同じ袴姿《はかますがた》で現れたのは老いた体と鋭い目つきをした大神早雲だった。

その横には——禍々《まがまが》しいマナを宿した太縄で縛り上げられた天照地さんの姿があった。

苦しそうに顔をしかめる彼女の体は、十五センチほど宙に浮いていて、周りを数条の青白いプラズマのようなものが取り囲んでいる。

「——はる、か」

自分の行動が招いた結末に、稲荷さんが呻《うめ》く。目を閉じていた天照地さんはその声で、うっすらと瞳を開けた。

「茉莉《まつり》ちゃん……明月君……ごめんね……」

憔悴《しょうすい》しきった声。それでも彼女はいつものように俺達のことを案じていた。

「さぁ……冥途の土産に良いものを見せてやろう……！」

両手で杖《つえ》の頭を握りながら、我が世の春とばかりに大神が醜悪に嗤《わら》う。

全ての元凶であり黒幕である老人を、俺は静かに見据えた。

「いい働きだった、稲荷の娘。親友を切り捨てる覚悟は相当だっただろう……いや本当に、ご苦労だったなぁ……ひょほははははは——！」

「っ、大神ぃいいいいいいいいいいいいいっっ——！」

哄笑《こうしょう》と慟哭《どうこく》。命運を分けられた勝者と敗者の構図。

笑う大神を稲荷さんは射殺さんばかりに睨《にら》むが、彼女の体は限界だ。瑠奈との戦いでダメージを負いすぎた。もう動けないだろう。

だから——代わりに俺が不愉快な哄笑を黙らせることにした。

「【夜の屠針《ノスフェラトウ》】」

大量の紅針が浮かび上がり、集約されていく。瞬く間に巨大な紅の槍《やり》を形成した。

間髪容れずに、大神の体に向けて射出する。が、彼が杖で地面をたたく。それを合図に半透明の壁が現れ、俺が放った槍は老人の体に触れる直前で阻まれた。

「無駄だ……何も用意せずにノコノコ現れるわけがなかろう」

「耳障りなしゃがれ声を止めたかっただけだよ」

「ふん……この状況で稲荷の娘の肩を持つか。その女は裏切者なのだぞ?」

「何言ってんだ、お前らが裏切るように仕向けたんじゃねえか」

【マナ】が高まり、俺の表情はより険しくなっていく。

「妹のために従わされた稲荷さんと、そんな彼女を利用して天照地さんを手に入れようとしたお前。どっちにつくかなんて最初から決まり切ってる」

ビシッと指を突き付け、俺は口角を吊《つ》り上げた。

「ンな簡単なこともわからねえのかよ？　ボケたんじゃねえか、ジジイ」

「小僧……！　楽に死ねると思うなよ……！」

俺の挑発に大神が目を細め、苛だたしげに呪詛《じゅそ》を吐いた。

だが、俺は内心余裕を抱いていた。日が沈んだ今、大神一人どうということはない。俺一人でも対処できるし、なんなら瑠奈だって控えている。厄介なのは天照地さんを縛り上げているあの注連縄《しめなわ》もどきだが、大神を倒した後に解決策を考えればいい。

ここで姿を現したのは大神にとって下策だった——そう思いながら老人を見据えていると、彼はふっと表情を弛緩《しかん》させた。

「お前は今、勝利を確信しているな。なぜ儂《わし》が姿を現したかも深く考えずに……！」

獰猛《どうもう》な笑みを浮かべ、大神は懐から一本の鉾《ほこ》を取り出した。手のひらで握れるぐらいの、小さな黄金の鉾だ。装飾の類はついていない。

怪訝《けげん》に思いながら観察していると、再び大神が口を開く。

「昔話をしてやろう——六百年前、東西をそれぞれ支配していた大神家と鬼灯《ほおずき》家は雌雄を決そうと互いの全武力を投入した大戦を引き起こした。ここで重要なのは、その両家の大戦で使われた兵器だ」

「兵器……？」

「【神の御子】――無限の【霊力】と数々の強力な【霊技】を持つ、世界の理《ことわり》に縛られない存在を降臨させることができる者の存在だ。お互いに神を降臨させた両家の戦いは、凄《すさ》まじいものだったらしい。それこそ、神話に描かれる大戦のようであった、と……そしてこれは、本来は天照地家の当主にしか伝わらない情報なのだがなぁ……儂は独自に調べ上げたのだ……！　大神家が用意した御子は――天照地の家の娘であったと！」

「なんだと……？」

もはや大神の瞳はどこも見ていない。狂ったように虚空に釘付《くぎづ》けにされ、かつてあった神秘が引き起こした惨状に向けられている。

「その御子にはある特徴があった。黒い瞳とそれを囲うような黄金の虹彩《こうさい》……もうわかっただろう――この天照地陽華こそが、六百年ぶりに現れた【神の御子】であることが！」

大神の言葉を聞いた天照地さんの瞳が、大きく歪む。

「初めて彼女を見た時、その瞳を覗《のぞ》いた時、儂は震えた！　儂が当主の時代に、新たな太陽の御子が現れるとは幸甚《こうじん》の至り！　たとえどんな手を使ってでも彼女を手に入れると決意した。神の力を手に入れるためにな――！」

彼は喜悦に浸り顔を蕩《とろ》けさせる。ずっと我慢していた大好物を目の前にした幼児の様に。

「そして今、ようやく、彼女は儂が手に入れた……！　この意味がわかるか、明月竜彦《たつひこ》!?

わからないのであれば教えてやるッッッ！」

大神《おおかみ》が手に持った鉾を振り上げた。白い光が上がり、それに共鳴するように黒い闇が太縄から立ち上る。

「——今日この日に、神が復活するということだッッッ!!」

戦慄する俺と稲荷《いなり》さんと、興奮する大神の三人に見守られながら光と闇が天空で絡み合い、螺旋《らせん》状になって天照《てんしよう》地《じ》さんの体を包み込んだ。

「う、ぅあ、あああ……！　だめ、茉莉ちゃん、明月君、逃げて……！」

超常の力に体を蝕《むしば》まれ、苦しそうに呻きながら、天照地さんは必死に声を上げる。

螺旋は上に伸びるほど細くなり、その頂点には門のような空間の穴が広がり始めていた。

道ができたとばかりに、虚空に生まれた穴から赤黒い液体が逆流し始める。

血のようなそれは天照地さんを中心にして渦を描く。呼応するように、大気が振動し、風がぐるぐると回りだした。

「お願い、はやく……！」

渦は大きくなりその膨大な現象に自然と体が引き寄せられる。呑《の》まれないように、俺はその場に這《は》いつくばった。

「私が、私じゃいられなくなる……！」

そして——天照地さんが纏《まと》うマナの質が、変貌する。この一か月で慣れ親しんだ温かいマナではなく、異世界でも現実世界でも嫌と言うほどに味わったものに。

太陽と同じ性質のマナが、天照地さんの小柄な体を覆い始めていた。

そして、赤黒い渦が一層勢いを増して――次の瞬間、弾《はじ》け飛んだ。

「ぐぅっ――！」

近距離でくらったあまりの衝撃波に、俺の体はあえなく吹き飛ばされた。

暴風に弄ばれ、空き地を何度も転がってようやく静止する。

『っ……！　ノアナ、他の人達《たち》は!?』

『瑠奈は避難し、身を隠しています。他の三名は、今の衝撃波の余波で気絶しました』

『瑠奈、三人を安全な場所へ！　なるべく遠くに！』

『わかりました！』

白煙が上がる中、念話で声を張り上げながら俺は立ち上がる。

「あ、れ……？」

だがしかし、突如眩暈《めまい》に襲われて、俺は再び膝を折った。毒か？　いや、違う。思考に靄《もや》がかかって、今にも頽《くずお》れてしまいたいと脳が願うこの感覚は……。

昼の睡魔だ。夜になったはずのこの時間に、どうして……？

不可解な状況に混乱しているうちに、煙が風に飛ばされ変化の全容を顕《あら》わにする。

「は……？」

視界に青空が広がっていた。敵がいるという状況も忘れ、俺は口を開けたまま硬直する。

瞳だけを動かすと、遠くの空は先ほどまでと同じような宵空のままだ。

『ノアナ、なにが起きたんだ……？』

『天照地陽華《はるか》を中心にして、半径三キロ以内が【昼】になっています。あり得ない……これほど広域の【上書き】など……！』

『なるほど、眠気が急に襲ってくるわけだ……』

脳内で響くノアナの動揺した声に、俺は苦笑を浮かべる。

ゲームでいう『フィールドの書き換え』が現実で起きたというわけだ。しかも、とてつもなく広大な範囲で。イメージとしては、天照地さんを中心として【昼のフィールド】が円柱状に形成された感じだ。青空が見えていることから上空にも逃げ場はない。

そして、その原因の天照地さんは——ちょうど、俺と大神の間にいた。

まるでそこが世界の中心かの様に泰然として、祀《まつ》られるかの様に音もなく立っている。

姿形は天照地さんに瓜二《うりふた》つと言っていい。変わっているのは全身を覆っているのが衣服と皮膚ではなく、南中した太陽のような練り色の輝きであること。

そして、白い部分のない真っ黒な、それでいてちりばめられた星々の様にいくつもの光が煌《きら》めく、人外の瞳を宿していること。

不気味なほど美しいその姿に、俺も大神もしばらくの間見蕩《みと》れていた。

「ひ……ひょほ、ひょほははははははははははははははは——！」

夜をこじ開けてできた昼の世界で、我に返った大神は高らかに笑った。

「これだ、これこそが、儂が求めていた力！　天照地の御子に宿る太陽神の権能！　人の

理を超えた力！　終わりだ――明月《あかつき》竜彦！　お前は神の裁きでその身を焼かれ、死に果てるのだ！」

「一人で勝手に盛り上がってんじゃねえよ……」

昼になったことでもたらされた睡魔に頭を押さえながら、俺は大神を睨みつけた。

だが、ヤツはそんな俺のことは気にもとめず、大仰な身振り手振りを加えながら、聞いてもいない説明を続ける。

「言い伝えを調べ上げ、儂が十年の歳月と莫大《ばくだい》な金額をかけて見つけ出したのが、陰陽を司《つかさど》る二つの魔道具だ！　あの小娘を縛っているのは【太陰縄《たいいんじょう》】！　野放しにしていては関東平野を消し飛ばしかねない太陽の御子《みこ》の力を制御する、神代の魔道具！　そこに儂が持っているこの【太陽鉾《たいようぼう》】を使えば――！」

大神が左手に握る黄金の小鉾を掲げると、発光する天照地さんが、ギン！　とこちらに視線を向け――！

嫌な予感を覚えて俺はその場を飛び退《の》いて――俺が立っていた場所が、たちまち炎に包まれて燃え上がった。

「は――!?」

眼前で焼け焦げていく地面に、俺は呆然《ぼうぜん》とするしかない。天照地さんは、【スキル】を使う素振りもなく、呼吸をするように任意の座標に業火を生み出したのだ。

「おいおい……異世界で戦った化け物が霞《かす》んじまうな……」

リッチーの魔法も、竜のブレスも足下にも及ばない。まさに神の御業《みわざ》。

「――すばらしいっ！　素晴らしいぞ、天照地陽華！　これが御子の力か！　そうだ、存分に力を振るえ！　そして儂を煩わせる敵を全て焼き切ってしまえ！」

怯《ひる》む俺を見てすっかり気分を良くしたのか、大神は哄笑《こうしょう》を上げながら黄金の鉾を掲げる。

自分の計画が成就したことに、随分と酔いしれているらしい。

とはいえ、彼がここまで興奮するのも無理はない。これほどの力を持っている存在を思うようにコントロールできたら、誰だって自らが神になったと錯覚してしまうだろう。

ほら、今だってそうだ。天照地さんがそんな大神に応えるように視線を彼に向け――

「――黙れ、痴《し》れ者《もの》が」

人智《じんち》を超えた、天上の調べのような厳かで美しい声を放った。

「――、へ」

次いで――大神の全身が紅蓮《ぐれん》の炎に包まれる。

「ひぎゃぁあああああああああああああああああ――ッッッ!!」

辺りに響く、断末魔の叫び。それでも炎が止まることはなく、あっという間に大神の体を焼き尽くした。ぼとり、と低い音とともに太陽鉾が地面に落ちる。

ラスボスの様な振る舞いをしていた敵の呆気《あっけ》ない最後に俺が唖然《あぜん》としていると、鉾のそばに天照地さんが近付いていった。

「久方ぶりに降臨できたと思ったら、また人間にいいように使われるところであったわ」

太陰縄《たいいんじょう》を天女の羽衣のように脇の下に通して、太陽鉾《たいようぼう》を拾い上げた天照地さんがこちらに視線を向けてきた。

その神聖な瞳に本能的な恐怖を覚え、俺は思わず一歩後ずさる。

「そう畏れるな、吸血鬼よ。器の友人を取って食うつもりはない。今のところは、な」

下手な行動を取ればその限りではない——天照地さんの形をした神は言外に伝えてきた。

「しかしまあ——」

「っ!」

一歩。それだけで太陽の神は俺に肉薄していた。ガラスに触れるかのような優しい手つきで、俺の顎を持ち上げる。

「我が【威光】の前で原形を保つどころか、まともに立っていられるとは……これほどまでに力を練り上げた吸血鬼を見るのは初めてだ。貴様、名前は何という?」

「……明月、竜彦」

「竜彦、か。いい名だ。声に出すと乾いた響きをするのが気に入った」

独特の感性で俺を褒める天照地さんみたいな何か。

「あなたは……あなたの名前は」

「■■■■——おっと、この世界には通用しない言葉だったか。では、アマテラスとでも呼ぶがいい。お前達が信仰している神の名前だっただろう」

そう言って神は——アマテラスは俺を解放した。俺は勢いよく後ずさって、ぶはっと息を吐き出す。明らかに、目の前の存在は人間が理解できる事象の外にいる。それこそ、誇張なく神を名乗っても許されるぐらいに。

『とんでもないのを飼っていたんだな、天照地さん……』

『マスター、このままでは危険です。今すぐ逃げるべきです』

『そうしたいのはやまやまだけどさ』

俺はノアナの提案に対して、内心で首を横に振る。

『昼の状態の俺じゃ、アマテラスの速さには敵《かな》わない。あっという間に追いつかれるか、大神がやられた時みたいに点火されて終わりだ』

こちらに選択肢は残されていない。今は、目の前の女神が戯れに会話を続けることに期待するしかない。

「……アマテラス、一つ聞いてもいいか？」

「ふむ、許す」

「あなたはこれから、どうするんだ？」

「ふん、決まっているだろう」

アマテラスは鉾を一回転させながら、仁王立ちになる。

「――この世界を、滅ぼす」

「っ――!?」

「まずは各地に散らばる器を探さなければいけないがな。我一人ではさすがに重労働だ」

なん、だ……何を言っている？　世界を滅ぼす？　なんで、なんのために？

「この世界は――ヒトの支配する世界は、我々には醜すぎる」

神の纏《まと》う空気が変わる。【威圧】を食らった時のような息苦しさが、俺の肺腑《はいふ》を圧迫する。

「そんなこと……あなたの器は望んでいない」

「――はっ」

かろうじて絞り出した反論を、アマテラスは一笑した。

「器など、我を形作るための道具でしかない。天照《てんしょう》地陽華《じ》の役目は、我がこの世に降臨した時点で消失している」

女神の言葉に、俺は犬歯をむき出して怒気を露《あら》わにする。

「ふざけるな、彼女をモノみたいに……！」

「……ふぅん？」

アマテラスは、どこか面白そうに妖艶な笑みを浮かべた。

「お前、この器を好いているのか」

「ああ、そうだよ……だから、彼女を返せ。これから俺は天照地さんとイチャイチャするんだからな」

「――くくっ、我を前にしてそのような戯《ざ》れ言《ごと》を吐くとは……興が湧いた」

薄く笑ったアマテラスが、握った太陽鉾を目の前に掲げた――その時。

音もなく、黄金の鉾がその姿形を一振りの刀に変える。装飾品のように細く美しい、黄金の長刀だ。

「遊んでやろう。我の中にいる天照地陽華を、奪い返してみせろ――夜の使徒。男なら、危機に瀕《ひん》した女子を助けるのが世の常だろう？」

女神の相貌に、獰猛《どうもう》な笑みが浮かぶ。遊び、と称するには重すぎる殺気が全身を突き刺してくる。

俺はたまらず一歩後退しようとして――歯を食いしばり踏ん張った。

ここで圧倒されたら、勝てるモンも勝てない……！

時刻は昼間、眠気はマックス、攻略法は不明。おおよそ最悪の状態で臨むこのラスボス戦で、気持ちだけは負けちゃいけない。俺は半身に構え、無理矢理に口の端を吊《つ》り上げた。

「それ、今はハラスメントになるぜ。だけどまあ――その余興、乗ってやるよ。女神様」

「――好《い》い答えだ」

そう呟《つぶや》き、アマテラスは刀を雑に構えて、こちらに飛びかかってきた。

「ぐっ――」

やはり、速い。向こうが踏み込むのと同じタイミングで体をずらしたが、右腕を持っていかれた。血飛沫《ちしぶき》が辺りに飛び散る。

「今のを躱《かわ》すか！」

返す刀が俺の喉元を掠《かす》める。それだけで皮膚と筋肉がぱっくりと割られ、滝のような鮮血が喉笛から溢《あふ》れ出す。

「シッ――！」

斬られた喉元はそのままに、俺は脚を振り上げてアマテラスの刀を蹴り上げた。

「むっ」

油断していたアマテラスの手から刀が離れる。俺は蹴り上げた脚の勢いのまま後方に宙返りし、地面を踏みつけて跳び上がった。

この刀は元々太陽鉾とかいう『太陽の御子』を操作するアイテムだった。ということは、これを奪えばアマテラスを抑え込める――！

が、空中のそれを摑《つか》んだ俺の左手が突如として燃え上がる。灼熱《しやくねつ》の炎に顔を歪《ゆが》め、俺は咄嗟《とつさ》に刀を放り捨てた。

「ッ、熱《づ》ゥッ！」

「無駄だ。それは今我の権限下にある。他の者は触れることすらできん」

こうなることがわかっていたのか、地面に立ったままのアマテラスは落ちてきた刀を涼しい顔でキャッチした。

「しかしお前、耐久力と攻撃力がちぐはぐだな？　もっと技を使わないとつまらんぞ」

「お前がぎんぎらぎんに輝いているから、能力を使えないんだよ……！」

「む――はっはっはっ！　昼ではそこまで弱ってしまうというわけか。生粋の吸血鬼よのぅ。だが諦めろ、これは呼吸のようなもの。我がいることで自然とこうなってしまうのだ」

「あーそうですか。最初から期待してないよ」

俺は先ほど斬られた右腕の肘から下を摑み上げ、食らう。自分の血を含めて体の情報が残っている切断された部位を食することで、昼間でも再生速度を上げることができる。体のリサイクルってワケだ。

「面妖な……その歳《とし》で随分と修羅場を越えてきたようだな？」

完全復活した俺の体を興味深そうに見まわして、アマテラスはほくそ笑んだ。

「まあ……死んだ数だけなら誰にも負けないよ」

「そうだろうな。これまでの経験で、お前の体は生存と再生に特化している。これは千日手もあり得てしまうな」

なんとも愉快そうにからからと笑うアマテラス。

「そんな風に笑っていられるのも、今のうちだぜ……」

『──瑠奈《るな》、やれ！』

『承知しました！』

アマテラスの背後から、稲荷《いなり》さん達《たち》の避難を終えて小型の蜘蛛《くも》に姿を変えていた瑠奈が【アリアドネ】を吐き出した。

「む……？」

万能糸がアマテラスを拘束したのを確認して、この状況を打破する一つの【スキル】を使うために俺は大きく距離を取る。

動きを止めて集中しなければならないため、瑠奈には時間稼ぎを頼んでいる。

「蜘蛛の糸か……我に使うのは失策だぞ？」

アマテラスの全身が発火する。タンパク質でできた瑠奈の糸がたちまちに燃え上がり焼け落ちてしまう。

「まだですっ！」

瑠奈が頭上から両手を振り下ろす。蜘蛛の糸に摑まれた数十本の鉄材が女神の体を叩《たた》き潰した。

鉄塊が大地にぶつかる重低音と地面が砕け散る乾いた音とともに、土煙が上がる。

『どうだ？』

『当たりはしましたが……彼女は「避けなかった」だけのような気もします』

それは、当たっても問題ないからということか……。

俺の思考を肯定するように、煙を割いて炎柱が上がった。押し潰していた鉄材を溶かし吹き飛ばして、アマテラスが再び姿を現す。

「頭を使ったようだが、それではぬるいな。量より質で来い、小娘」

『くっ……申し訳ありません、竜彦《たつひこ》様……』

『――いや。十分だ、瑠奈。下がれ！』

溜《た》めていた【マナ】を解放し、とっておきの【スキル】を発動する。

相手が世界を書き換えてしまうというのなら、こっちも同じことをやるしかない――！

「なに……？」

初めて不可解そうに眉を顰《ひそ》めるアマテラスに、俺は今までの意趣返しとばかりに一笑して、その【スキル】の名前を叫ぶ。

「【星月夜の暗幕《エリザベート・バートリー》】！」

俺の一声に呼応して、昼の世界に闇がどろりと溶け出した。

「これは……！」

近付く夜の気配を察知して、アマテラスが目をむく。予想外だったか、ざまあみろ。

【星月夜の暗幕《エリザベート・バートリー》】。俺が日中でも使える数少ない【スキル】だ。発動するためにかなりの集中を要するが、それさえクリアすれば強力な補助効果を発揮する。

それが今起きている【フィールドの書き換え】。夜の王たる吸血鬼が本領を発揮するため、半径五十メートルを【夜】にする。

アマテラスの力と比べたらその範囲は猫の額みたいなものだが、この夜のフィールドは俺を中心に移動する特性を持つ。つまり、範囲制限はあってないようなものだ。

「待たせたなアマテラス……ここからが本領発揮だ」

左腕を地面につけ、俺は八重歯をむき出しにして笑った。

「【凝血紅檻《オルロック》】！」

地面からアマテラスの周囲を覆うように血の円壁が噴出する。

「ちっ――」

アマテラスはとっさに上空に回避しようとするが、俺の【スキル】はそんなに甘くない。

彼女の頭上を覆うように、真っ赤な蓋が墜落した。

「なにっ――！」

アマテラスを巻き添えにした蓋はそのまま鍋を閉じるように鮮血の檻《おり》を塞いだ。

空間転移を使われでもしない限り、逃げ場はない！

「【万殺紅蓮剣《ヴラド・ツエペシュ》】！」

顕現したのは、檻を取り囲む幾千本もの紅《あか》い大剣。拳を強く握りしめ、神を閉じ込めた棺《ひつぎ》に剣を収束させる。重苦しい音を上げて無数の剣が突き刺さっていく。俺が持つスキルの中でもかなり高威力なものだ。これでだめだったら……もうあの【スキル】を使うしかないな。

俺は半ば祈るような気持ちで剣の雨を見届けた。

やがて――最後の一本が突き刺さり、辺りに静寂が訪れる。

『マスター……』

『いや、良い』

珍しく言いにくそうに言葉を躊躇《ためら》うノアナを制して、軽く舌打ちをする。

「【マナ】でわかる」

轟《ごう》ッ、と【凝血紅檻《オルロック》】から炎が四方八方に暴れまわり、血の檻を破壊しつくした。蛇のように——あるいは龍のようにうねる炎条を携えながら、女神が悠々と歩きながら現れる。

「今のはなかなかよかったぞ。少し傷を負った」

なんてことのない風に言う彼女の脇腹は、確かに深く抉《えぐ》れていた。それもあっという間に塞がっていく。再生能力は吸血鬼の専売特許にしてくれませんかね……。

「お前とはもう少し戦っていたいが……本当に千日手になってしまいそうだ。これではなんのためにこの世に降り立ったのかわからなくなってしまう」

やれやれ、とアマテラスは名残惜しそうに首を振った。

「よもや『神』の領域に踏み込んでいるとは。お前のことは世界を滅ぼした後も覚えておこう」

「世界は滅びない。俺が今ここで、お前を倒すからだ」

俺の返答に静かな笑みを浮かべて——アマテラスは空に飛び立った。

「なっ——逃げるのか!?」

「馬鹿を言うな。お前を殺すための前準備だ」

アマテラスが空を泳いでいく。その背を咄嗟に追おうとして、俺は違和感に気付いた。

距離は開いていくのに、彼女の体が一向に小さくならない。いや、それよりむしろ大きくなって——!?

気が付くと、アマテラスはその身を三十メートル超の巨体に変貌させていた。理解しがたいことに、持っている刀も大きくなっている。

「見よ、神の力を――！　【葬衆烈日《そうしゆうれつか》】！」

体軀《たいく》に比例した大音声が耳朶《じだ》を打ち、彼女の瞳が燦然《さんぜん》と輝いた。

まるで太陽が二つに増えたかのような莫大《ばくだい》な熱量と瞳を焼きかねない光量が世界を覆う。

準備段階で、これかよ……!?

『瑠奈、できる限り遠くに逃げろ！』

『はい！』

瑠奈に指示を飛ばし、俺は自らの喉を爪で引き裂いて大動脈から血を噴出させた。

「終わりだ――明月《あかつき》竜彦！」

その声とともに、戦慄する俺にめがけて二条の極大熱光線が神の瞳から放たれた。

「【無辜の盾血《ブルンヒルダ》・永華《ルードヴィヒ》】ッッッ!!」

空中を舞う血しぶきに右手を掲げ【マナ】を込め、数十層にも及ぶ紅の障壁を構える。

数瞬後。

全てを焼き尽くす熱線と、あまりにも小さな血の盾が衝突した。瞬く間に十数枚の障壁が粉々に砕け散る。

視界を埋め尽くす光が、肌を焼く熱が、吸血鬼の本能が、俺にとってこの攻撃が【太陽光で熱した純銀の杭《くい》】に等しい脅威になると警鐘を鳴らしている。

「――ああああああああああああああああああああああああああッッッッ!!」

絶叫する。足に力を籠《こ》める。ありったけの【マナ】を、命綱である「壁」に注ぎ込む。

ぶつかって飛び散った光線の残滓《ざんし》が俺の四肢を貫き、制服を焦がす。

手のひらから始まって腕が焼けていく。重圧に耐えきれず、ついに俺は膝を折った。それでもなお、防御の盾を構え続ける。

「っ、ぐっ……うああああああああッッ！」

光線が内臓を貫く。肺が焼かれ、まともに呼吸ができなくなる。視界が明滅しだして、今自分がどんな体勢でいるのかも曖昧になってくる。

『マスター、意識を失ってはいけません。しっかりしなさい』

頭の中にノアナの声が響いて、俺は思わず口角を上げた。

もうちょっと言い方ってもんがあるだろ……！　とかさぁ……！

だが、死ぬ間際に聞く声がこいつのものなのは癪《しゃく》だ。「負けないで！」手放しかけていた意識を無理やり引きずり戻し、俺は膝から下が溶けつつある両脚に力を込める。

「しっかりしてるよ、クソったれがあぁああああああああ――!!」

そして、それから数秒後――永遠にも感じられる攻防が、終わった。

次第に閃光《せんこう》は勢いを落とし、幅も細く狭くなっていく。周囲を染め上げていた太陽の輝きを、夜の闇が再び呑《の》み込んでいく。

「ぜぇっ、ぜぇ……」

瀕死《ひんし》になりながらも俺の呼吸は続いていた。掲げていた右手は殆《ほとん》ど焼失し両脚も熱に抱

かれてしまっていて、立っているのが我ながら不思議なぐらいだ。心臓は避けたが、それ以外の内臓はどこも熱線に貫かれて大量の鮮血を溢《あふ》れさせていた。

周囲はクレーターのようにへこんでしまい、その中央に立つのが、ちっぽけな吸血鬼である俺だ。焦土と化した工事現場跡の隅で、鉄材がどろどろに溶けている。

『竜彦様、ご無事ですか!?』

『あぁ……瑠奈《るな》も問題なさそうか？』

『はいっ、先ほどの攻撃は竜彦様だけを狙ったものだったので……』

『そうか、よかった……』

息も絶え絶えになりながら、妹のような少女が無事だったことに安心する。

『ノアナ、稲荷《いなり》さん達《たち》は……？』

『瑠奈が遠くに運んでいたおかげで、被害はゼロです』

『奇跡だな……』

「――これすらも、防ぐのか」

安堵《あんど》のため息をついていると、上空のアマテラスが声を漏らした。今までの傲岸不遜な態度とは少し違って、少しだけこちらを認めたような感じの声音だ。

「だが次は防げまい」

容赦も慈悲もなく。太陽の女神は再びその膨大な【マナ】を練り上げ始める。

体は限界だ。彼女の言う通り、二回目は防げない。もうあの巨大熱光線を撃たせるわけにはいかない。

　なら、どうするか？　そんなの、決まってる。

『神を落としに行くぞ、ノアナ』

『はい、マスター。マナの解析は済んでいます。彼女の胸部中央に核――天照《てんしょうじ》地陽華《はるか》の体が収まっています。加えて朗報ですが、先ほどよりもアマテラスの【マナ】の集約が遅いです。あれほどの大技を連続で使うのは神といえども負担がかかるのでしょう』

「よし――【夜天翔翼《ストリゴイイ》】」

　屈《かが》んで肩甲骨の辺りから巨大な蝙蝠《こうもり》の羽を伸ばして、天空に座する女神を見据える。

　だが、そんな俺を止めようと瑠奈が必死の形相で近づいてきた。

「離脱しましょう、竜彦《たつひこ》様！　今なら逃げられます！」

「駄目だ、まだ天照地さんを助けてない」

　立ち上がり俺が拒むと、瑠奈はその小さな体を震わせる。

「そんな……！　竜彦様があの女に固執する意味がわかりません！　成り行きで助けることになっただけの、他人ではないですか！」

「天照地さんは俺の、俺にとっての――『吸血鬼の心臓』だ」

　そんな彼女に視線を向けて、俺は静かに呟《つぶや》いた。

「っ――」

　俺と長い時を過ごした瑠奈なら、この諺《ことわざ》の意味が、俺の伝えたいことがわかるだろう。

俺の予想通り、瑠奈ははっと目を瞠《みは》り、「そう、なのですね……」と小さく呟いた。

「悪い、瑠奈。俺の我《わ》が儘《まま》を聞いてくれるか」

「……わかっているのでしょう……此方《こなた》は竜彦様の使い魔です。断ることなどできませんっ……いつも、いつもそうです」

「ありがとう」

肩を震わせる瑠奈の頭をぽんぽんと叩《たた》いて、俺はアマテラスめがけて飛び立った。


——実を言うと、こっちに戻ってから、生きる意味を見つけられないでいた。

蝙蝠の羽を羽ばたかせ空中を駆け、俺はこの一か月のことを振り返る。


普通の、平和な日々を過ごしたいという願いは本心だ。けれど、その目的をどうやって果たせばいいのか、何も見えなかった。やってることは、異世界にいた頃と何も変わっていなかった。人に擬態して、人を騙《だま》す。卑しくて惨めな、あの頃のまま。

結局俺は吸血鬼という種族に縛られたままで、その呪縛を直《す》ぐに解除する方法も不明。怪物の体で人間社会に溶け込むことはほぼ不可能だ。最初の頃は上手《うま》く取り繕えても、いつかまた——異世界でそうだったように——どこかで破綻することは明らかだった。

異世界の人々に裏切られたとさんざん被害者面をしていたが、裏切っていたのは俺も同じだ。糊塗《こと》を重ね、虚言を重ね、欺瞞《ぎまん》を重ね、己の欲望のために人々を欺き続ける二年間だった。だから、嘘《うそ》が露呈した時の人々の怒りは大きくなり、代償も膨れ上がってしまう。日々を重ねるごとに、不安と恐怖が膨れ上がっていくのを感じていた。

俺は、いつまで人間のフリをしていられるのだろう——と。

いつかくる破滅の未来。今を生きていけばいずれ必ず、過去の苦しみと同じものを味わうことになる。俺の体はバッドエンドに向かうレールに乗っているようなものだった。

諦念が、心に穴を開けていた。

家族や友人には当然こんなことを言うことはできず、事情を知る稲荷さんや大神《おおかみ》達霊《りょう》異衆《いしゅう》の人間ですら、俺を化け物だと糾弾してくる。もとから異世界側で人外のノアナと瑠奈も、内面の空洞を埋めるには足りない。

八方塞がりだ。いつまでも、自分が世界の異物であるという認識が消えてくれなかった。かすり傷が瞬く間に癒えることに嫌気がさし、気絶するために首を絞めなければならないことを忌々しく思い、朝目覚めても昼になっても消えることのない眠気に絶望する。

寝ても覚めても、明月竜彦は吸血鬼《ばけもの》だった。

死なない体の奥底で、心が息絶えていた。心臓が氷の棺《ひつぎ》に入って、深い眠りについてしまっていた。返り血で体を汚した俺には、数多《あまた》の命を奪ってきた俺には、存在するだけで人々を恐れさせてしまう俺には、幸せを願う資格なんてないと——そう思っていた。

アマテラスに近付き、互いの視線がぶつかる。空まで追ってきた俺を見て、得体の知れない女神はどうしてか喜色に塗《まみ》れた笑みを見せた。

――でも。あの夜。月が照らす東屋《あずまや》の下、川のせせらぎの中で。

――私は、明月君の良いところをいっぱい知ってるよ

――吸血鬼か人間かなんて関係ない

――私は明月君を大切に思ってるよ

天照地さんは泣きながらそう言ってくれた。微笑《ほほえ》んでくれた。

俺の存在を肯定してくれた。怪物の手を取ってくれた。そばにいると言ってくれた。

あの言葉を聞いた時、凍っていた分厚い氷が溶けて、心臓が大きく跳ねたんだ。

この人と生きたい、隣に立って一緒に歩いていきたい――そう思ったんだ。

あの晩から、天照地さんは俺の生きる意味になった。この世界に在り続ける理由になった。どん詰まりの思考に差した、一筋の確かな光になった。

その光を。心からの願いを。天照地陽華さんという愛する人を。

何もしないまま失うなんて――そんな選択肢は俺の中にはない。

だから――だから！

「なにがなんでも！　絶対にッ！　助けんだよおおおおおおおッッッッ!!」

叫び、左胸を――その奥に眠る心臓を叩く。

ドン、と重い音が鳴り響き、心臓が大きく脈動する。

この脳髄も、四肢も、血流も、五臓六腑《ごぞうろっぷ》も。過去も、現在も、未来も。

――たった一つの心臓でさえ。

俺の全てを、『天照地さんを救う』という『使命』を果たすために、捧《ささ》げる。

心臓が叫び、肺腑が熱を帯び、全身が大きく膨張する。膨大なマナが俺の体を取り巻き、暴れ出す時を今か今かと待ち望んでいる。

「覚悟しろ、アマテラス……！」

笑う彼女に向けて、俺もまた獰猛《どうもう》な笑みを返す。

「今からお前に食らいつくのは、矮小《わいしょう》な吸血鬼じゃない――強大な竜だ」

それは、頂点に至るための技。

天を駆け、大地を焼き、海を割る、規格外の術。

圧倒的な力で全てを蹂躙《じゅうりん》する、異世界最強の生命体に変貌する【スキル】。

かつて異世界で一つの街を滅ぼし、俺の心に深い傷を負わせた『忌み技』。

トラウマにより使うのを控えていた正真正銘最強の力を――今、解放する。

俺は一度瞑目《めいもく》し――そして両目をあらん限りに見開いた。

「【紅金竜の心羅《カウント・ドラキュラ》】ァアアアアアアアアアアアアッッッッ――!!」

紅と金の閃光が、昼と夜の境界で弾《はじ》けた。

「ん……」

数分の間気絶していた稲荷茉莉《まつり》は、うっすらとその眼《め》を開けた。

混濁した意識のまま、自分の周囲がやけに明るくなっていることに気付く。

「一体、何が……、——！」

混乱する中、体の奥底で警鐘が鳴る。とてつもなく膨大な【霊力】。それが近くに二つ。

ばっ、と上を見上げると、そこには不可思議な世界が広がっていた。

午後七時の蒼然《そうぜん》とした夜の空に、ぽっかりと空いた昼の青空。そしてそれよりもさらに小さな、『疾走する夜』。

「なにが——」

戸惑う茉莉の翡翠《ひすい》色の瞳が、小さな夜の中心で輝く黄金の光を捉える。

夜を駆けるその煌《きら》めきの正体は——竜。紅《あか》い燐光《りんこう》を纏《まと》う黄金の巨大な竜だ。十五メートルの体躯《たいく》の竜が、戦闘機もかくやという速度で進んでいる。

「ゴァアアアアアアアアアアア!!」

咆哮《ほうこう》が上がる。竜は自らの巣である極小の夜空も置き去って『昼』の世界に侵入し、その煌びやかな体をまっすぐに前へと進める。

その先には——見る者の言葉を奪う、壮絶なまでに美麗な巨女が浮かんでいた。

茉莉は彼らの遥《はる》か下の地上で、直感的に理解した。

姿形を変貌させた竜彦と陽華が、高く遠い空でぶつかり合うことを。

目の前に迫る竜を見て、アマテラスは好戦的な笑みを浮かべた。

「ここまで来たのは見事！　だが一足遅かったな——【葬衆《そうしゅう》 烈日《れっか》】ッッッ!!」

再び放たれる二条の熱光線。眼前の竜を狙いすました必殺の光が世界を照らし尽くす。

竜は破滅の光を見据えて、その巨大な顎《あぎと》を限界まで開けた。その奥には猛々《たけだけ》しく燃え上がる紅い炎。竜は一度大きく上体をのけ反らせ、バネのように戻しながら、叫ぶ。

「——カァアアアアアッッッ!!」

放たれるは竜の息吹《ドラゴンズ・ブレス》。

紅蓮《ぐれん》の焔《ほのお》が二条の光線とぶつかった。周囲の空気を熱し、竜と巨女の姿が陽炎《かげろう》が如《ごと》く揺らぐ。互いの顔を照らす光を前に、双方ともに敵を見据え続ける。

「——アァアアアアアアアアアアアアアアアアアッッッ!!」

数拍の拮抗《きっこう》の後に、竜が吠《ほ》え、焔が光線を切り裂いた。

「なん、だと……？」

驚愕《きょうがく》するアマテラスの体が——竜の息吹《ドラゴンズ・ブレス》によって貫かれる。

衝撃波とともに白煙が上がり、アマテラスの視界が真っ赤に染まる。彼女の下腹部には巨大な穴が開いていて、血の代わりに光の欠片《かけら》がボロボロと零《こぼ》れていく。

煙を押しのけて、竜はさらに突進する。止《とど》めを刺すべく、器を奪還すべく、アマテラスの胸部をまっすぐ見据えて。

迷いのない竜のその様子に、アマテラスは目を見開いた。

「まさか、我が核の在処《ありか》がわかっているというのか!?」

それは、神の唯一にして絶対の弱点だ。器たる天照地陽華の体を失えば、アマテラスはこの世界に留《とど》まることはできない。だからこそ、神の権能によって簡単にはわからないようにしていた。それなのに、竜彦はどういうわけか正確に位置を把握しているらしい。

彼我の距離は数メートル。【葬衆《そうしゆう》　烈日《れつか》】をもう一度撃つ余裕はない。

アマテラスは悟る。明月《あかつき》竜彦の力が、己の喉元にまで迫っていることを。

黄金の竜が突撃体勢のまま右前脚を構える。それに呼応して、竜が身に纏《まと》う紅の燐光が右前脚に集中していく。可視化されるほどの、膨大で濃密な霊力。あれで穿《うが》たれたら、神たるアマテラスですらひとたまりもない。

眼前に迫る死。消滅の予感。その光景にアマテラスは唇をわななかせ――

「やはり興味深いな、お前は！」

ニィッと、獣のような獰猛で殺意に満ち溢《あふ》れた笑みを浮かべた。

宇宙を内包したような双眸《そうぼう》を細め、刀を横に構える。

「【楼流《ろうりゆう》　絶禍《ぜつか》】！」

竜爪がアマテラスの身を貫こうとしたその直前、彼女の前に純白の炎で形作られた大壁が生み出された。

神を脅《おびや》かす不遜な力を焼き捨てる絶対防御の【霊技】。彼女が使える最大の防御手段。

そして——竜の一撃と、神の障壁が、接触する。

ドッッッッ‼

厚く低く重い轟音《ごうおん》。次いで大気を揺るがす衝撃波。火花が弾け、二体を覆う昼の光と夜の闇がせめぎ合う。

「我にこの手を取らせるとはな……！」

アマテラスは尚《なお》も笑う。先ほどのブレスにも劣らない凄《すさ》まじい威力の爪拳。遊戯だと思っていた竜彦《たつひこ》との戦いは、いつの間にか彼女の想像を超えて死闘へと変わっていた。

それでも、彼女の優位は崩れない。この【霊技】が発動している間は——破られない限りは、竜彦の攻撃は通じない。

そして竜彦の全霊を賭したこの一撃を防げば、その後の対処は容易《たやす》い。竜の焰に空けられた穴を塞いで、力を出し尽くした彼を煮るなり焼くなり好きにすればいい。

アマテラスの思惑が是であることの証拠に、竜の瞳が——竜彦と同じ紅黒の瞳が苦渋の気を宿した。

——ああ、なんて世界だろう。

茉莉は人類のスケールを超えた戦いを呆然《ぼうぜん》と見上げながら心の中で呟《つぶや》いた。

へたり込んだ地面は、先ほどから二体のぶつかり合いの余波で揺れている。最早《もはや》自分が介入できる余地は残っていない。

——でも。それでも。

茉莉は歯を食いしばり、拳を固める。

親友の陽華《はるか》と、彼女が少なからず好意的に思っているあの軽薄な吸血鬼の少年が戦っているのは、自分のせいなのだ。自分が早まらなければ、きっとこの最悪な状況は生まれなかった筈《はず》なのだ。

倫理を捨て、親友と妹の命を勝手に天秤《てんびん》にかけ、一人の少年の命を奪おうとした。その自分の愚行を、少しでも償うには——きっと、今動くしかない。

そう思ったら、自然と体は動きだしていた。

【霊力】を右手に集め、【撥熱灼棍《はつねつしやっこん》】を再びその手に握る。茉莉の覚悟に、想《おも》いに呼応するように漆黒の棍棒が赤く染まり熱を帯びる。

再び彼女の頭に生える狐《きつね》の耳。

かつて日本のどこかにいたと言われる『九尾の狐』の血を引く少女は、なりふり構わず駆け出した。同じく地面で戦いを見守っている吸血鬼の使い魔のもとへ。

「——あーしを、うち上げて！」

白と黒のアラクネ——瑠奈《るな》は茉莉の言葉を聞いて一瞬瞳に警戒の色を浮かべたが、茉莉の表情を見て無言で【アリアドネ】を発動した。

先ほどは自らの命を狙ってきていた白濁色の極太の糸。茉莉は躊躇《ためら》うことなくその糸に乗り膝を曲げた。

瑠奈が短く息を吐き茉莉の体を糸ごと投げ飛ばす。

「【化生道具】――」

【撥熱灼棍《はつねつしゃっこん》】を右腰に溜《た》め――あたかも、侍の居合い切りの姿勢のように――茉莉は自分を支えていた糸から跳躍する。

見据えるのは上空で繰り広げられる神域の戦い。卑小な人間の身で、妖狐《ようこ》の血を引く少女はその世界に向けて叫ぶ。

彼女が使える、最大威力の技を。

「――【魄面金猛窮火《はくめんこんもうきゅうび》】!」

点火、炎上。黄金の焔がまさに九つの尾のようにうねる。

炎を握りしめた狐の少女は――友を奪おうとする神の脇腹に自身の牙を叩《たた》き込んだ。

「――っぁあああああああああッッッ!!」

「――なにっ」

アマテラスは自身の懐に飛び込んできた少女に、彼女が与えてきた少なくないダメージに、宇宙を秘めた黒瞳を瞠《みは》った。ここにきての闖入者《ちんにゅうしゃ》。正面の竜に意識を割いていた神は、今の今までその接近に気付くことができなかった。

だが――

「退《ど》け、痴《し》れ者《もの》がぁっ！」

「うっ……ぁああ！」

瞳を向け力を込めれば、不遜な部外者はたちまち火達磨《ひだるま》となってアマテラスから離れ、地上へと落下していく。一瞬の反逆は、あえなく一蹴された。

「無意味だったな、狐」

だから、これでもう終わりだ。あとは目の前の竜を落とせばいい。

アマテラスが自分でも気付かぬうちに口角を吊《つ》り上げていた、その時。

ドクン――と。

アマテラスの胸が打ち震えた。

嗤《わら》う神の瞳が、何度目かの驚愕に見開かれる。

「なん、だと……？」

アマテラスの胸部中央から――陽華が眠るその場所から彼女の霊力が迸《ほとばし》った。竜彦もそれを感じ取ったのか、苦悶《くもん》の色に代わって希望の光が彼の瞳に宿る。

『茉莉ちゃんと明月君を傷つけるのは――絶対に許さないっ』

陽華から伝わってくるのは、静かな怒り。それは二人の大切な人を傷つけられた器の小さな抵抗の意志であり、神の威光をも呑《の》み込むような優しく気高い想いだった。

「馬鹿、な……！　眠っていながら、我の支配に……！」

意識外の伏兵。体の外ではなく中からの攻撃に女神の【霊技】の出力が一瞬だけ落ちる。

「人間、が……！　無駄なあがきをするなッッッ！」

アマテラスは叫び、陽華の意識を無理矢理封じ込めて、再び自らの【マナ】を【楼流《ろうりゅう》絶禍《ぜつか》】に込めようとする。

そして――ビキッ、と鳴ってはいけない音を聞いた。

狐に気を取られ、それすらも払いのけ、勝ちを確信したことで心が緩み、陽華の無意識の足掻《あが》きに繋《つな》がり――【楼流《ろうりゅう》絶禍《ぜつか》】にいつの間にか綻びを生んでいた。

しかしそれも一瞬のことだ。アマテラスが霊力を込めれば、綻びはすぐに塞がる。故に、女神は自身の勝利を疑いはしなかった。

――そう。それは、時間にすれば一秒にも満たない、ほんの僅かな油断。

だが、それで十分だった。そのコンマ一秒の隙が、数フレームの空白が、彼にとって一筋の確かな光となって輝くのだから。

明月竜彦は――異世界で足掻き生きた吸血鬼の王は、その瞬間を見逃さない。

壁に阻まれている右前脚が再び【マナ】を収束させる。

アマテラスが力を込めるより早く、爪拳を中心に罅《ひび》が走り、炎の大壁が押され始め――

竜の燐光に紛れて紫紺の光粒子が大壁を撫《な》で、
アマテラスが彫刻のように整った顔を焦燥に歪《ゆが》め、
時を同じくして、炎の隔壁が音を立てて砕け散った。

「待っ――」

彼女が何かを言うよりも早く。

『――今です、マスター』

「ァアアアアアアアアアアアアアアアアアアアアッッッッッ!!」

――竜の一撃が、咆哮《ほうこう》とともに女巨人の体を貫いた。

紅金の閃光《せんこう》が駆け抜ける。遅れてやってきた夜の世界で、真直の軌跡が天に引かれる。

その光景は、竜の体を切っ先にした光の大剣が、太陽の巨神を貫いているかの様だった。

紅色の輝きを放って、竜は人間の体に戻る。その両腕に包み込まれるのは、天照《てんしよう》地陽華の小さな体。すぅ、すぅと寝息を繰り返し、彼女は安らかに眠っていた。

怪物の放った痛恨の一撃を食らったアマテラスは、自身の体が消滅することを悟る。

「くくっ……はは、ははははははは――!」

――やがて。自らの『死』を悟った彼女は、それでも笑った。

体を貫いた勢いのまま自分の背後に飛び去り、もう見向きもしない少年に対して。

「見事、だったぞ……明月竜彦。なかなか、楽しめた……ふふ、世界を滅ぼすのは、当分先になりそうだな……」

消えゆく神は、惜しみのない称賛の声を上げた。どこか悔しげで、それでもこの敗北に納得した表情で。

燻《くすぶ》った灰が天に昇っていくように、アマテラスの体が崩れ始めた。同時に、半径三キロを覆っていた『昼』が元の夜に呑まれ始め、世界から光が剝がれ落ちていく。

「最後の、紫紺の煌《きら》めき……そうか、[redacted]……お前はそこにいたのか……」

竜彦は少しだけ振り向いて、終わりゆくアマテラスのことを眺めた。

眇《すが》められた瞳は、「訊《き》きたいことが山ほどある」と伝えてきたが、アマテラスは無視することにした。どうせこの男は、自らの手で答えに辿《たど》り着くだろうと思ったから。

「さらばだ、竜彦……」

最後にもう一度笑い、アマテラスはその体を完全に消滅させた——


——強大な女神が消えて、世界には再び夜が戻ってきた。

巨大な蝙蝠《こうもり》の羽で空気を摑《つか》みながら、俺はゆっくりと落下していく。

あのアマテラスとかいう奴《やつ》には色々と聞きたいことがあったのだが……あいつ、それを察したかのようにさっさといなくなりやがった。徹頭徹尾、場をかき回す存在だったな。

「ん……」

しみじみと先ほどの戦いを思い返していると、腕の中の天照地さんが目を覚ました。小さく身じろぎをして、俺の顔を見上げてくる。

「……おはよう、天照地さん。こんばんは、かな？　気分はどう？」

「おはよう、明月君……うん、平気」

「そっか、よかった。アマテラスを貫いた時にダメージが入ったかもしれないって、ちょっとビビってたんだ」

「アマテラス……ダメージ……？」

「あー、こっちの話」

どうやら、先ほどの戦いの記憶は残っていないらしい。それならまあ、今は思い出さなくても良いだろう。そう思って俺は強引に話を切り替えた。

「なんにせよ、天照地さんが無事で良かったよ。傷が残りでもしたら、三日三晩泣き叫ぶところだった」

「ふふ、またそんな冗談言って」

天照地さんは朗らかに笑う。守りたかった、戦う理由だった笑顔だ。

だが――ふと、天照地さんの表情に影が落ちる。

「ねえ、明月《あかつき》君……私、重くない？」

そうして、かすれた不安げな声で、問いを投げかけてきた。

それは、以前にも聞かれた質問。あの時は体重のことだったけど、これも同じ意味の問いだろうか。それとも――

――どっちにしても、俺の答えは変わらない。

「大丈夫――羽のように軽いよ」

俺の答えを聞いて、天照地さんは一度大きく目を見開いて。

「あはは……ありがとう、明月君。私を、助けてくれ、て……」

脱力したように、安心しきったように笑って、また瞳を閉じるのだった。

「――竜彦《たつひこ》様！」

天照地さんを抱えて地上に降りると、瑠奈《るな》が駆け寄ってきた。背後には糸で簀巻《すま》きにされた虎狼《ころう》と犬飼《いぬかい》が転がされている。

「お見事でしたっ！　あの雄々しき戦いぶりは、まさに吸血鬼の王！　改めて畏敬の念を抱きました！　あの猛々《たけだけ》しき竜のお姿は後世に神話となって伝えられるでしょう！」

瞳を煌めかせて、俺がいかに素晴らしかったかを滔々《とうとう》と述べる瑠奈。普通に恥ずかしい。

「あー……感想は後で聞かせてくれ。事後処理をしなきゃいけない案件が残ってるんだ」

俺は瑠奈を宥《なだ》めながら、少し離れた場所で座り込んでいる稲荷《いなり》さんに視線を向けた。あちこちに軽い火傷《やけど》を負った彼女は、自分の末路を受け入れたように澄んだ瞳をしている。

ずっと気になっていたんだけど、頭に狐耳《きつねみみ》が生えてるんだよな。【マナ】が形作ったものみたいだから触《さわ》れなそうなのが残念だ。

「ハンモックを作って寝かせてあげて」

瑠奈に天照地さんを預けて、俺は稲荷さんのほうに向かい、腰を下ろす。

「さっきのアシスト、ありがとう。おかげで勝てた」

「別に……」

稲荷さんが、少し気まずそうに答える。

「アマテラスのカウンターで、死んだかと思ったよ」

「……【魄面金猛窮《はくめんこんもうきゅう》 火《び》】は業炎になった得物を叩き込む【霊技】だから、使っている間術者には炎熱耐性がつくの。それのおかげ」

「へぇ、攻防一体って感じなんだ」

「まあ、あーしは……死んでも良かったんだけど」

「駄目だよ。稲荷さんが死んだら、天照地さんが悲しむ」

「……どうかな。もう、陽華《はるか》はあーしのこと嫌いになったと思う」

自嘲して、稲荷さんは視線を下げた。

「天照地さんは、大丈夫だと思うよ」

俺の言葉に、稲荷さんは難しい顔をして押し黙る。

事実、天照地さんは稲荷さんの行動で自身に危害が及んだとは思っていないだろう。むしろ、自分のせいで稲荷さんに辛《つら》い選択をさせたと思うかもしれない。彼女は、そういう人だ。俺でさえそう思うのだから、長い付き合いの稲荷さんだってわかっているはずだ。

実際、稲荷さんも被害者だと言える。妹を人質に取られたら道を踏み外してしまっても責められない。悪いのは全部大神達《おおかみたち》だ——とまあ、これが第三者視点的な意見なわけだが。

俺にも俺の言い分があるわけで。

「俺は、俺を裏切った人間を野放しにできるほど慈悲深くはないよ」

「……うん、わかってる」

俺の言葉に、稲荷さんが覚悟はできていると言うように頷《うなず》いた。

「明月……あーしの代わりに陽華を守ってあげてね」

「いや、そんな遺言みたいに言われても……稲荷さんを殺すわけないじゃん」

「えっ……？」

今度は目を丸くして呆然《ぼうぜん》とする。ころころ表情が変わって面白いなあ。

「さっきも言ったでしょ、稲荷さんが死んだら天照地さんが悲しむって」

「でも、野放しにできないって……」

「うん、だから首輪をつけさせてもらう。稲荷さん、君を俺の【眷属《けんぞく》】にする」

「けん、ぞく……？」

「たったたたた竜彦様!?　その女を眷属にするなどあり得ません!?　いつ裏切るかわからない危険因子ですよっ!?」

首を傾《かし》げる稲荷さんを押しのけて、ものすごい勢いで瑠奈が詰め寄ってきた。

「だから、裏切れないようにするんだろうが。【眷属】は主《あるじ》に逆らえないし、攻撃を与えることもできない。首輪としてこれ以上適当なものはないだろ？」

「で、ですが竜彦様には此方《こなた》だけいれば……」

「ちなみに、虎狼と犬飼も【眷属】にする」

「ひょぇえええええっっっ!?」

面白い悲鳴を上げてフリーズした瑠奈を置いて、俺は稲荷さんに向き直る。

「……ってわけなんだ。もちろん、傀儡《かいらい》にしようってわけじゃないよ。【眷属】になっても自由意志は保証するし、必要な時に力になってくれればいい」

「人間を『使い魔』にするってこと……？　そんなの、聞いたことないよ……」

そう、稲荷さんの言う通り。俺は今から三人の人間を『使い魔』にする。

使役する魔物を【使い魔】と呼び、使役する人間のことを【眷属】と呼ぶ。瑠奈は同じカテゴリに他の人が入ってくるのを嫌がってるってわけだ。

恐らくこの世界でも異世界でも、眷属を生み出せる人は殆《ほと》んどいないだろう。人間を意のままに操れる人間なんて危険すぎる。

だが俺は人ではなく吸血鬼だ。人を魅了し操ることこそが本領と言っても過言ではない。

……まあ、異世界の人々に使うことは殆どなかったけど。今みたいに瑠奈の反対が激しかったし、【眷属】を作ろうとしたら【退魔のロザリオ】とかいう意味わからん対策《メタ》アイテムで防がれるし。

「そこはほら、俺は吸血鬼だから」

だが、この世界なら関係ない。進んで使う気はないが、必要ならば躊躇《ちゆうちよ》はしない。

俺は稲荷さんの顎を少し上に向けて、彼女の白い首筋に顔を近付ける。

「ちょちょちょっと!?」

「たまには吸血鬼らしくしないとね」

慌てる稲荷さんに向けてほくそ笑みながら、俺は彼女の首筋に八重歯を突き立てた。

「あうっ!?」

稲荷さんの短い悲鳴を合図にして、どくどくと口の中を血が満たしていき、それを飲み干して更に舌を這《は》わせて出血を促す。

「んぅっ……あっ、はぁっ……！」

稲荷さんがくすぐったそうに身じろぎ、熱い吐息を漏らす。

「やっ……あか、つき……！」

抵抗するように細い両腕で押しのけてくるが、それを拒み俺は彼女の肩を押さえつける。

「んんっ……むりぃ、やめ、んんんっ！」

すぐに抵抗も収まり、彼女は体を俺に預けた。耳に熱を帯びた吐息がかかる。さらに血を飲み、今度は俺が体内の血を操作して彼女の中に血を流し込む。

「――ぁあっ!?　なにっか、入ってぇ……!?」

ビクビク、と稲荷さんは体を大きく跳ね上げた。

「だめっ、もうっ……ぁあああああ――！」

一際高い嬌声《きょうせい》を上げて、彼女は体をのけ反らせた。体の熱と震えが、密着している俺に伝わってくる。

エッッッロ……。

じゃなかった。【スキル】を使わなきゃ。

【不可逆の締血《カーミラ》】。心の中で唱え、俺は自分のマナを彼女の中に送り込んだ。

俺と稲荷さんの魂がつながり、目に見えないパスが通る。お互いの体が淡い紅光に包まれ――やがて収まった。

唇を稲荷さんの首から離すと、そこには血の止まった小さな二つの穴が開いていた。

「明日、明後日《あさって》はちょっと赤くなるかも。ガーゼか何か貼っておいたほうがいいと思う」

「ん……ヘンタイ」

立ち上がった俺を真っ赤になって見上げてくる稲荷さん。鎖骨の辺りを一筋の汗が流れ、妙に扇情的で困る。

「言っておきますが、竜彦様の右腕は此方ですからね。お前は下っ端です。木っ端【眷属】です。先輩である此方を敬いなさい、後輩」

「社長、センパイがいじめてきます」

「君達仲良くしてくれ。我が社はクリーンなイメージを前面に押し出しているのだから」

未《いま》だに不満を隠さない瑠奈が早速稲荷さんに絡む。稲荷さんが瑠奈のノリに案外順応しているのが面白いな。

「はぁ、これであーしは明月に言われるままに体を差し出さなきゃいけなくなったのか」

「そんなことしないけどね？　純愛派なんで」

「わかってるよ……まあ……まだ生きて陽華の隣にいられるだけ御の字か……」

稲荷さんは首筋を押さえながら静かに呟《つぶや》いた。彼女の心情は推し量れない。今は何も言わないようにしておこう。

「ほい、【不可逆の締血《カーミラ》】」

稲荷さんを置いて、俺は簀巻きにされた虎狼と犬飼にも【スキル】をかけた。手元から血が伸びて彼らの首元に突き刺さり、先ほどと同じように三人の体が紅《あか》い輝きに包まれる。

「……は？」

それを見て鳩《はと》が豆鉄砲を食ったような顔をする稲荷さん。

「えっ、あの、えぇ……？」

「ああ、別に血を吸うのは必須工程じゃないよ。そんなんしなくても【眷属】は作れるんだ。そもそも、むさ苦しい野郎の首筋になんて噛《か》みつきたくないよ。あいつら毛深いし」

「じゃあなんで、あーし……え、ほんとになんで……？」

「己の欲望に忠実になっただけです」

【無駄死に】に始まって【星月夜の暗幕《エリザベート・バートリー》】や【紅金竜の心羅《カウント・ドラキュラ》】などの大技を立て続けに使ったし、血を飲んで気力を回復しておきたかった。あと、真っ白なうなじにかぶりつきたかったってのも若干ある。若干。

「――信じらんない！　ばか、へんたい！　女の敵ッ!?　乙女の純情を弄んだぁ!?」

「まあまあ、これが裏切りの代償だと思ってよ」

「あーし、やっぱり明月《あかつき》のこと信用できない……！」

少し涙声になった稲荷さんの嘆きが、満月に照らされる工事現場跡に響いた。

間章† そして四月一日へ――

――異世界に召喚されて、七百七十日目。

「このっ……魔王めが……ッ！」

断末魔の声とともに【太陽光で熱した純銀の杭《くい》】が音を立てて床に落ちる。

最後の兵士を【夜の屠針《ノスフェラトゥ》】で串刺しにして、俺は大きく息を吐いた。

「まさか俺が魔王になっちまうとはな……正真正銘、人類の敵になったわけだ」

「このまま人類を滅ぼしましょう！　竜彦様と此方であれば可能です！」

「いやしないよ？」

「どうしてですか！」

「世界を手に入れたいわけじゃないし、勇者だのなんだの強いやつらに狙われるのはもうこりごりなんだよ。俺は、ただただ平穏な普通の生活を送りたいだけなんだ」

このクソったれな異世界を無茶苦茶にぶっ壊したいという気持ちはあるにはあるが……それを押し通すほどの気力は、今の俺にはない。

「それでノアナ、敵は近くにいるか？」

『城内にはいません。外には三万の兵士が揃《そろ》っていますが』

「わあ、大人気」

割れた窓から差す月の光を眺め、俺は辟易《へきえき》としながらぼやいた。三万人が俺のサインをねだるファンの集いだったら良かったのになあ……。

「さて、今後どうするか……正面突破かこっそり逃亡か」

正直、外にいる兵士を全て相手にするのは骨が折れる。さっさとこの国を脱出してどこかに身を隠したいが……魔王になった今、姿を隠すのも容易ではないだろう。

『姿を隠す必要はありません。魔王は魔王らしく堂々と君臨していればいいのです』

「だから人類の敵ルートは嫌なんだって。はあ……俺自身が魔王になったんじゃ、元の世界にも帰れないし……いや、待てよ？」

俺がこのクソったれな異世界に召喚された理由は、『悪《あ》しき魔王の討伐』のためだ。そう、魔王を倒すことができればいい。それを倒すのは勇者でも高校生でも吸血鬼でもいい——魔王そのものであっても、いい筈《はず》だ。

「俺《おれ》が魔王を殺せば、日本に帰れる……その可能性はないか、ノアナ？」

『っ——！』

「なっ……!?　竜彦《たつひこ》様、一体何をおっしゃっているのですか!?」

脳内でノアナが息を呑《の》み、俺の言葉を聞いた瑠奈《るな》があらん限りに目を見開いた。

「それはつまり、竜彦様が自害するということですかっ!?　一体なんの意味が……！」

「そうすることで、元の世界に戻ることができる……かもしれない」

「そんなことしなくても、ここで好きなように生きればいいではないですか！」

いつの間にか藍色の瞳に涙を浮かべた瑠奈が、責めるように俺を睨《にら》んできた。

「今の竜彦様は、富も力も持っています。抵抗する人間共は皆殺しにして、竜彦様の国を作りましょう。永遠の栄華を堪能しましょう。不本意ですが、好みのメスも抱き放題です。世界はもう、貴方《あなた》の手の中にあるのですよ!?」

使い魔の甘言は、人の欲望を敷き詰めたような、魅力的なものだ。異世界に召喚されたばかりの俺なら、もしかしたらその誘惑に乗っかっていたかもしれない。

「化け物と恐れられながら、人々に恨まれながら、ずっと生きていけって？」

「っ……！」

「――瑠奈、さっきも言っただろ。俺はそんなこと望んでない。俺はただ、人間に戻って、普通の生活を送りたいだけなんだよ。怒りとか悲しみとか、そんなものとは無縁の、普通の生活を」

『マスターの気持ちはよくわかります。ですが、あまりにもリスクが高すぎます。その方法で帰還できるとは思えません』

普段通り――いや、少し逼迫《ひっぱく》した色の混じる声でノアナは言う。

『そもそも、そのやり方で元の世界に帰れたとして、生き永らえられるかもわからない……いえ、そのまま事切れるのは間違いありません。考え直してください』

ノアナは淡々と俺の提案の穴を突いてくる。彼女の言葉はいつだって冷静で的確だ。

「俺もそう思うよ……それでも、この世界で恐怖の象徴として生きていくよりはマシだ」

『マスター……』

ノアナの声は、今まで聞いたことがないほどに弱々しく悲しげだった。

ようやく見つけた活路は——大海原で摑《つか》んだ藁《わら》のように頼りないものだ。

だが、おあつらえ向きに、兵士達《たち》が落とした【太陽光で熱した純銀の杭】が——この世界で何度も俺を殺しかけた凶器が——周囲に散らばっている。

魔王がいて、それを殺すための『聖剣』は引き抜かれている。舞台は既に整っている。

確証はない。ノアナの言う通り仮説が間違っていたら終わりだ。地球に帰るどころか、この薄ら寒い廃城の中で孤独死することになってしまう。よしんば元の世界に帰れても、その次の瞬間に息絶えてゲームオーバー。

まさに無駄死に——

「はッ……」

そこまで考えて、俺は唇を自嘲で歪《ゆが》めた。

何をいまさら。ここまで数多くの命を奪ってきて、自分だけは逃れられるとでも思っていたのか。俺に無下に殺されていった人々と比べれば、ハイリスクハイリターンの見込みがある分まだマシなほうだろう。

——殺そう。俺を、俺自身の手で。

「……瑠奈、こっちに来てくれ」

決意を固めた俺は、瞳を潤ませる瑠奈に微笑《ほほえ》みかけた。

心残りがあるとすれば、彼女達使い魔のことだ。

アクの強い彼女達には散々手を焼かされたが、彼女らのおかげでこの世界での苦しみが軽くなっていたのも、また事実だった。

魔物の癖に人の手助けをする、そんなどっちつかずの俺にここまでついてきてくれたことは、感謝してもしきれない。

瑠奈達と喧《やかま》しく好き勝手に過ごすというほうが、ハーレム帝国を作るよりも魅力的に感じる。それくらい彼女達は俺にとって大切で、家族に近しい存在になっていた。

けれど、それでも俺は人間に戻りたい。酷《ひど》い主《あるじ》だと思う。結局俺は、瑠奈達に何も返さないまま、自分のエゴのために自殺を企てているのだから。

本心を言えば、一緒に向こうの世界に行きたいが……それは無理なのだろう。召喚魔法は俺専用の可能性が高いし、地球で人間に戻ったら、使い魔を召喚することはできなくなるに違いない。

だから――

「瑠奈、ここでお別れだ」

「……はい」

最後だからか、瑠奈は必死に涙を堪《こら》えながら下手くそな笑みを浮かべた。

地球にいる妹を重ねて、思わず似た名前を付けてしまった半人半蜘蛛《はんじんはんぐも》の小さな女の子。

散々な出会い、異なる価値観からのぶつかり合いを経て大切な仲間になった——そんな彼女の頭を優しく撫《な》でる。

「こんな急で、ごめんな。瑠奈にはたくさん助けられた。俺が孤独に押しつぶされなかったのは、瑠奈と出会えたからだ。本当にありがとう」

「いえ、いえ……！」

瑠奈の瞳が、唇が、体が震える。

「たくさん助けてもらったのに何も返してやれなくて、ごめん」

「何を、おっしゃっているのですかっ……竜彦様の隣に置いていただけるのが、此方《こなた》の、此方達にとっての至上の喜びなのですっ」

「最後まで、我《わ》が儘《まま》に付き合わせてごめん。俺はもう……この世界にいたくないんだ」

「もとよりっ、竜彦様を引き留める権利は此方にありません……どうか、故郷では笑って過ごしてください……此方は、竜彦様の幸せを心から願っています。ですが一つだけ、お願いします——故郷に帰っても、此方のことを、忘れないでください……！」

「……ああ、忘れない。忘れるわけがない。瑠奈のことも、皆のことも」

俺の言葉でついに涙腺が決壊して、瑠奈が胸に飛び込んで泣きじゃくった。あやすように、存在を確かめるように、二度と忘れないように、俺は彼女を強く抱きしめる。

「さあ、今のうちに逃げるんだ。外にいる王国の兵士に気付かれないうちに……ああそれと、他の使い魔の奴《やつ》らと仲良くするんだぞ」

いった。


「はい……！　竜彦様、お元気で！」

抱擁をとくと、彼女は窓に向かい、一度名残惜しそうに振り返ってから、夜空へ消えていった。


「ノアナ……お前にも、世話になったよ」

『私はマスターを補助するために生まれた存在ですから。当然のことをしたまでです』

「相変わらず、無機質な奴だな」

瑠奈とは打って変わって平坦《へいたん》な脳内の相棒に苦笑しながら、俺は近くにあった【太陽光で熱した純銀の杭】を拾い上げた。皮と肉を溶かす音をたてて、握った手が焼け焦げる。

このクソったれな異世界とも、これでお別れだ。

思い残すことはない。願いは砕け、望みは断たれ、行く道も帰る道も見失った。

あとはもう、この大博打《おおばくち》をもって全てを終わらせるだけだ。

ひび割れた床に腰を下ろし、正中に純銀の杭を構え切っ先を心臓に向ける。

「ッ――――！」

鋭い呼吸が廃城の広間に響いた。

何が起きたか、一瞬わからなかった。自分で自分を刺したというのに、何者かに殴られたかのような衝撃が胸に響いた。

視界が狭まり、意識が遠のく。けれど眠れるような心地いいものじゃない。気絶と覚醒を何度も繰り返させられている気分だ。そう簡単には死ねないらしい。

痛みは想像より少なかった。けれど、魂の内にある何か大事なものを傷つけられた感覚がした。たった一つの命に、汚れた手で無作法に触られているような気分だった。

これが、死の感覚か。天地がひっくり返るような、世界がめちゃくちゃに崩れるかのような——覚悟を決めていたつもりだったが、それも今や風前の灯火《ともしび》のように脆弱《ぜいじゃく》なものに成り下がっている。

熱い。太陽の熱を孕《はら》んだ純銀が胸の肉を焼いている。握っている両手の皮膚が爛《ただ》れ、いつの間にか貼りついてしまいそうだった。意味などないが、俺は太陽光で熱した純銀の杭を抜いてその辺に放り投げる。カランカランと乾いた音が響いた。

途端、胸元で悍《おぞ》ましいほどに熱いものが蠢《うごめ》いた。純銀の杭の熱でもなく、痛みでもなく、それは血だった。体から逃げ出すように傷口から零《こぼ》れ出し、あっという間に俺の足元に紅《あか》い水溜《みずた》まりを作っていく。

血鏡に映るのは、今にも死にそうな、平凡な男子高校生の顔だった。ぼんやりと自分の顔を眺めていると、唐突に嘔吐《おうと》に襲われて、俺は腹の底からせり上がってきたものを吐き出した。それもまた血だった。ビチャビチャッと飛沫《しぶき》を上げて、水溜まりが広がった。

「——かっ……は……」

血反吐《ちへど》を吐いて、俺は床に左手をついた。その拍子に開いた胸元から、鮮血が更に流れ落ちていく。一体どれだけの血が俺の体の中に入っているのだろう。すでに足元は血の水溜まりを超えて血の海になっている。

「これで、どうだ、ノアナ……」

『――はい、マスター。あなたに課せられた使命――【悪しき魔王の討伐】はたったいま達成されました。ただいまより帰還のための召喚魔法が発動します。これによって二年前の緑山《みどりやま》公園にあなたは帰還します――お疲れさまでした、マスター』

ノアナの声音は、拍子抜けするほどに平坦でいつも通りだった。

【悪しき魔王の討伐】――か。なんでこんなことになったんだろうな。

俺は本当は、魔王を倒す勇者になるために異世界に呼ばれた筈だったのに。今では俺自身が魔王になってしまい、そして自決することでこの身を縛っていた使命を果たすことに成功した。なんて格好のつかない幕引きだろう。

朦朧《もうろう》とした意識の中でそんな益体もないことを考えていると、ちょうど俺を取り囲むぐらいの魔法陣が、淡い緑光とともに音もなく浮かび上がった。

けれど――視界が霞《かす》んでいく。緑色の光は、雨粒越しに見るネオンのようで。水底に置いてけぼりにされたかのように、音が遠ざかっていく。酷く寒い。そして、寂しい。

失敗、か……。こんな状態じゃあ、万に一つも生きられない。俺は死体で元の世界に返されて、明日の朝のニュースでお茶の間を賑《にぎ》わせるんだろう。

家族は悲しむかな。悲しんでくれるだろうか。こんな、これだけの罪を犯した俺のために泣いてくれるだろうか。いや……家族は俺が異世界でなにをやっていたか知らないから、責められることもないか……ならやっぱり、このまま死んだほうが良いんだよな、俺はさい。

……。それで結局、何も知らない家族を悲しませるんだな……本当にごめん……ごめんなさい。

届くことのない謝罪の泡が頭の中を過《よぎ》っていく。泡はすぐに弾《はじ》け、水底の中に消えていく。意識すらもぼやけた世界の中に溶けていく。眠るような感覚だった。体の苦しさに反して、どこか穏やかな気分が心の中に生まれていた。

――これでいい。

痺《しび》れるような痛みに唇を震わせながら、俺は笑う。

介抱する人も、見届ける人もいない。願いの一つも果たせず、俺はここで孤独に死に絶えるのだ。多くの命を奪ってきた吸血鬼にはお似合いの、無様な顛末《てんまつ》だ。けれど、この不格好な終局こそ、俺にとっての救いだったんだ。

だからこれでいい。これでいい――

ああ――でも。もし……もしこれで俺が死んでしまうのであれば。

――来世では、俺の手を握ってくれる人が見つかるといいな。

そんな身の丈に合わない願いが、薄れゆく意識の中にいつまでも残っていた。

エピローグ† 『吸血鬼』明月竜彦の悲願

稲荷《いなり》さんの裏切りを発端にした四月三十日の事件は、アマテラスを退けたことで一応の解決を見せた。

大神《おおかみ》家も元当主が急に死んだとあっては、しばらくは後継者の選定などで忙しくなりこちらに近付くことはないだろう、と稲荷さんは言っていた。

それを聞いて安心した俺は、天照《てんしよう》地《じ》さんを稲荷さんに任せ自宅に戻った。

玄関先は血痕の一つもなく綺麗《きれい》になっていた。どういうことかと首を傾《かし》げたが、恐らくこれは稲荷さんが俺の家族を驚かせないために掃除してくれたのだろうと結論づけた。証拠隠滅のためではない……と信じたい。

帰宅したのは午後九時半だった。そのせいで、家族からこんな時間までどこに行っていたんだと、遅くなるのなら連絡をしろと説教を食らって平謝りを繰り返すハメになった。

紗奈《さな》も随分心配してくれていたようで、俺が帰ってきた時はちょっと涙ぐんでいた。

遅い夕飯を食べて、風呂に浸《つ》かった後に、俺はいつも通り首を絞めて眠りについた。能力を沢山使ったから今晩はぐっすり眠れる、なんて都合の良い話はないのだ。

クソったれ。

そして翌朝、五月一日。相変わらず頭を襲う眠気を天照地家の丸薬で治めた俺は、いつものように最寄りの緑山駅から私鉄に乗って星川《ほしかわ》学園に向かっている。

アマテラスの攻撃でボロボロになった制服は、瑠奈《るな》が直してくれた。すっかり忘れていたが、彼女は裁縫が得意なのだ。直すのにはそれなりに時間がかかり、その分帰りが遅くなってしまったが、そのおかげで帰った時にいじめを心配されずに済んだ。

『虎狼《ころう》と犬飼《いぬかい》の様子はどうだ？』

『竜彦《たつひこ》様への忠誠心が圧倒的に足りていません。まだまだ躾《しつけ》が必要です』

『ほどほどにな』

そんな念話を瑠奈と交わして、俺は小さく肩をすくめた。

成り行きで俺の眷属《けんぞく》にした虎狼と犬飼に上下関係を叩《たた》き込むため、と瑠奈が躾をしている最中だ。まあ死なない程度にしごいてやってほしい。

彼ら二人にはゆくゆくは大神家の動向をこちらに教えてくれるようになってもらえればいいなと思っている。犬飼はともかく、虎狼は頭が回るようだし期待だな。

『あの二人はそれでいいとして……あのアマテラスとかいう奴のことはわからずじまいになっちゃったな』

『一番知っていそうな大神が殺されてしまいましたからね。現状、得られる情報はないと考えていいでしょう』

ノアナの言葉に、『そうだな』と内心で頷《うなず》く。

どう考えてもこの世の存在ではなかったアマテラス。もしかしたら俺のいた異世界と何らかの関係があるんじゃないかと思ったりしたが、それも今の段階では妄想の域を出ない。念のため『太陽鉾《たいようぼう》』と『太陰縄《たいいんじょう》』は俺が【インベントリ】に入れて厳重に保管している。これならそう簡単に復活はしないだろう。

アマテラスが出てくるということは、天照地さんの体が乗っ取られるということだ。叶《かな》うなら直接話を聞いてみたいが……今は無理だろうな。

『逆に言えば、今後もし大神と同じような狙いを持った輩《やから》が現れても、天照地陽華《はるか》の身柄はかなり高い確率で保障されますね。天照地陽華を攫《さら》っても「太陽鉾」と「太陰縄」をマスターから奪わなければいけません。しかし、マスターを倒すなど悪夢のような難易度ですので。最早《もはや》敵側に同情します』

『誰が難易度ナイトメアやねん。俺を応援しろや』

思わず猪俣《いのまた》みたいなエセ関西弁でツッコんじゃったじゃねーか。

『まあ半分くらいはノアナの言う通りだけど……それはいいや。大神家の奴らがまたやってきたら返り討ちにするのは変わんないしな』

『お家騒動が終わっても、大神家が天照地陽華を狙う可能性は低いと予測されます』

『え、そうなの？』

『大神早雲《そううん》は、神の御子《みこ》について独自に調べ上げたと言っていました。それに加え、あの男はプライドが高く周りを信用していなさそうだったので、周囲には神の御子関連の情報を漏らしていない可能性が高いです』

『なるほどな。ってか、散々な評価だな……』

『客観的に見た上での、正当な評価です』

取り付く島もないノアナ。ちょっと大神が可哀《かわい》そうになる……いや、ならないな、うん。

とにもかくにも、一件落着ということだ。ということはつまり、俺には普通の青春高校ライフが待っているということ。俄然《がぜん》やる気が出てきたな。

はりきっていると電車が停車し、車内アナウンスが星川学園前に到着したことを告げる。

人波に押し出されるようにして電車を降り、そのまま改札を抜けて星川学園に向かう。

思い思いの速度で歩く生徒らの顔は、三連休が終わってしまった寂しさ、もうすぐ始まるゴールデンウィークへの期待、その先にある中間テストの不安など様々な感情を窺《うかが》わせた。

「昨夜、県央のほうめっちゃまぶしくなかった？」

「てか俺、屋根を走る幼女を見かけた気がすんだけど」

「昨日、袴姿《はかますがた》のお爺《じい》ちゃんがうちの学校の生徒に声かけてたんだって」

「コワ～……」

「座間《ざま》に現れた女巨人……これはなにかの陰謀か？　人体実験の産物か？」

時折聞こえてくる会話に心当たりしかなくて、肩を縮こまらせながら歩くこと五分。

ずいぶん懐かしく感じる星川学園の巨大な校舎の前に俺は辿《たど》り着いた。

階段を上り、二年三組の教室の戸を開ける。ざわざわ……と若干いつもより騒がしいように感じる教室の中に入ると、真っ先に黒髪の美少女が声をかけてきてくれた。

「——あっ、おはよう！　明月君《あかつき》！」

たたっと駆けてくる天照地さんマジ天使。いやマジ女神。誇張抜き。

「おはよう天照地さん」

「明月君ごめん！　明月君に借りてたカーディガン、今朝気付いたらなくなってて……」

「ああ、それ？　なんか瑠奈が昨日勝手に回収してきたよ」

「ええ、そうだったの!?」

稲荷さんが俺を騙《だま》すために勝手に持ってきたよ、とは流石《さすが》に言えないので真っ赤な嘘《うそ》を伝える。あっさり信じてしまう天照地さんを見てると良心が痛むな……。

「そんな…………のに」

ん……？　なんか今「せっかくあれを理由に家に遊びに行こうと思ったのに」と聞こえた気がしたが、たぶん幻聴だな。さすがにそれは俺に都合が良すぎる。

「じゃあ今度またちゃんと、お礼させてね？……前言ってた、一日デート権を使う時でもいいよ？」

「ぐはっ……」

「明月君、明月君!?」

顔を赤らめて上目遣いでそんなこと言われたら、そんなこと言われたら……っ！

天照地さんが慌てふためく声が頭上から降ってくる中、俺は数十秒の間心臓を押さえてしゃがみ込んでいた。

「大丈夫、大丈夫。それじゃあ、お礼の件は考えておくよ」

「――うん！」

発作が収まり、天照地さんと別れて一度席に荷物を置こうと窓際に向かうと……なんだかとんでもない人だかりができていた。

稲荷さんの机を中心にして女子、その周囲を取り囲む男子。円は広がり一つ前の俺の席まで完全に侵食していた。

「なぁにあれ……」

「キスマークや……」

まるで、クラスのカーストトップだけど今まで男っ気が微塵《みじん》もなかった超美少女に彼氏ができた時のような野次馬の多さにドン引きしていると、隣から幽鬼のような声が響いた。

見ると、声の主である猪俣が視線を机の天板に釘付《くぎづ》けにしている。

「稲荷さんが、キスマークつけとった……三連休でお楽しみしたんや……」

「キスマーク……？」

それはおかしい。三連休最終日の昨夜に血を吸った時はそんなものなかったから、つくとしたら別れた後ということになる。けどあの激闘の後にそんな余裕あったのか……？

そんなことを思って俺はとあることを思い出す。キスマークって大体首筋についてるよねって。昨日俺が噛《か》んだのも首だったなって。

嫌な予感がして視線を猪俣から稲荷さんのほうに向けると。

「ヒッ!?」

甘い熱を帯びた稲荷さんの眼差《まなざ》しが、それにつられるように周囲からの注目が、さらには天照地さんの向日葵《ひまわり》のような眼《め》が、ついでに猪俣の視線が——全て等しく俺に向けられていた。

不気味なぐらいに静まり返った教室の中で、稲荷さんの首に残る赤く腫れた吸血痕だけがやかましいぐらいに存在を主張していた。

うーん……やっぱり見覚えのある位置ですね。

「おはよう……昨日は激しかったね、明月」

その、稲荷さんの爆弾発言を皮切りに——

「うそだぁああああああああああああああああッッッ!?」

「きゃぁあああああああああああああああああああッッッ!?」

教室全体が震撼《しんかん》した。男子は慟哭《どうこく》し女子は盛り上がる。

やられた——昨日のセクハラに対して、特大の意趣返しをされた。

今更気付いたところで、もう遅い。教室を呑《の》み込んだ混沌《こんとん》の渦は、もはや俺と稲荷さんを置き去りにして廊下を伝い他クラス他学年にまで伝播《でんぱ》していくだろう。

どこぞの馬の骨ともわからない男が、あの稲荷茉莉《まつり》とランデブーした。

とんでもない特ダネを聞いた生徒達《たち》が押し掛けてくることは間違いない。

「おいどういうことだ明月ぃ!?」「あの百メートル走から怪しいと思ってたんだよ俺はぁ!?」「たまに稲荷さんと昼食とってるって本当!?」「っていうか、明月君って天照地さんとも最近仲良くなかった!?」「──師匠！　タイムが縮んだので勝負しましょう！」

「「「お前は黙ってろ緑川《陸上バカ》ぁっ！」」」「ぐはぁっ!?」

群がる野次馬達と彼ら彼女らに突き飛ばされる緑川《みどりかわ》に遠い目を向けて。

「どーいうことや、説明しろ明月ぃいいいいいい!?」

血涙を流す猪俣に肩を揺すられ。

「べー」

悪戯《いたずら》が成功した子供のように舌を出して妖艶な笑みを浮かべる稲荷さんを見て、冷や汗をかいていると。

「むぅ……」

「あいでっ!?」

いつの間にか天照地さんが頬を膨らませながら寄ってきていて、手の甲をつねってきた。

「天照地、さん……あの、これには事情があってですね？」

俺の震える声に、天照地さんは一層目を細め、顔を少し赤らめながら。

「知らない……明月君の、バカ」

「っ……！」

そんな……！　そんな『嫉妬してます』みたいな表情を向けられたら……！

再び心臓に激痛が走り、俺は蹲《うずくま》る。俺の奇行を見た周囲のざわめきがより大きくなる。

膝をついてこれから降り注ぐ艱難辛苦《かんなんしんく》を思い、俺は顔を蒼褪《あおざ》めさせて小さく呻《うめ》いた。

「こんなの全然、思っていた『普通』と違う……！」

——けれど。

『ですが……もう孤独ではないですね、マスター』

安堵《あんど》したようなノアナの声が優しく響く。

——そうだ、ノアナの言う通りだ。

異世界でずっと独りぼっちだった俺の周りに、今はこんなにも大勢の人が、対等の人間がいる。

憎む人も、嫌う人も、攻撃する人も、ここにはいない。

吸血鬼の俺がこんなに多くの人に囲まれることが、喧《やかま》しい親友が隣にいることが、俺が吸血鬼だと知る女子二人が嫌悪以外の感情を向けてくれることが——堪《たま》らないほど嬉《うれ》しい。

傷つき、傷つけ、怒りと悲しみに塗《まみ》れた異世界から帰った。

策謀に巻き込まれて、瀕死《ひんし》になりながら勝利をもぎ取った。

そうして手に入れたのは、普通でも理想でもない、幸福で騒がしい世界。

そんな光景をもう二度と失いたくないと——俺は心の底で願った。

あとがき

この度は『最強の吸血鬼は普通に生きたい　1　異世界で王となった吸血鬼、現代に帰還する』をお手に取っていただき、誠にありがとうございます！　そして初めまして！　本作で第11回オーバーラップ文庫大賞で銀賞を受賞した浦田阿多留と申します！

主人公の竜彦《たつひこ》を吸血鬼にしたのに深い理由はなかったのですが、いざ書いてみると物凄《ものすご》く書きやすかったです。強い！　明確な弱点もある！　ダメージ描写を盛れる！　吸血シーンがセクシー！　吸血鬼を題材にした作品が数多く生まれ、そして愛されてきた理由を肌で感じました。

主人公だけでなくヒロインズも気に入っていただけたら幸いです。陽華《はるか》も茉莉《まつり》も胸が大きいのはバランス的にどうなんだと何度も思ったのですが、胸が大きいほうが幸せを多く感じられると思ってそのままにしました。調整役は瑠奈《るな》に任せています。余談ですが構想段階では茉莉はギャルではなく、坊主頭の野球部でした。な、なにがあったんだ……。

以下、謝辞になります。

担当編集のN様。受賞連絡の際にこの作品を好きだと言ってくれたことを、昨日のことのように思い出せます。担当様が本作を見つけてくれたことは、私にとって非常に幸運なことでした。出版にあたっては本当にご迷惑をおかけしました！　申し訳ございません！

ありがとうございます！　今後ともよろしくお願いします！

　イラストレーターのSiino様。超絶ハイクオリティで最強吸血鬼のキャラ達《たち》を描いて下さり、本当にありがとうございます！　全体的に見ても「好きすぎる」という感想になるのですが、特に小物のセンスには脱帽しっぱなしです。次巻もよろしくお願いします！

　編集部並びに第11回オーバーラップ文庫大賞審査員の皆様。自分の作品をこのレーベルの末席に加えて頂いたこと、心から感謝しています。応募時に頂いた講評は本作だけでなく、未来の自分の作品にも活《い》かしていきます！　自分、書けます！　書かせて下さい！　今後ともよろしくお願いします！

　校正、デザイン、広報など、本作を発売するにあたり尽力していただいた全ての方へ。本当にお世話になっております。右も左もわからない身ゆえ色々なげっぱなしで心苦しい限りですが、今後ともよろしくお願いします！

　本作を読んで下さった全ての方へ。この作品は、少しでも貴方《あなた》の心を動かせたでしょうか。貴方が面白いと思ってくれることが、私の何よりの幸せです。そして同時に作品を書き続ける理由になります。なので、もし面白いと思っていただけたならぜひSNSなどで感想を送って下さい！　泣いて喜びます。ファンレターも欲しいです。よろしくお願いします！

　それでは、また次巻でお会いしましょう！　浦田阿多留でした！

OVERLAP

最強の吸血鬼は普通に生きたい 1
異世界で王となった吸血鬼、現代に帰還する

発　　行　2025 年 1 月 25 日　初版第一刷発行

著　　者　浦田阿多留

発 行 者　永田勝治

発 行 所　株式会社オーバーラップ
〒141-0031　東京都品川区西五反田 8-1-5

校正･DTP　株式会社鷗来堂

印刷･製本　大日本印刷株式会社

Printed in Japan ISBN 978-4-8240-1054-4 C0193